文春文庫

スタフ staph

道尾秀介

文藝春秋

目次

スタフ staph

第一章

（一）

「ロコモコ丼ひとつ」

「七百円になります」

「あたしショートパスタ・アラビアータ」

「百円でミニ美肌サラダがつきますが」

「あじゃあ、つけます」

「七百七十円になります」

ＯＬの二人連れが財布の中を探るあいだに、掛川夏都《かけがわなつ》は保温庫の扉を開けた。ライスとショートパスタがそれぞれ入っている発泡トレーを取り出し、調理台に置く。ロコモコ丼に載せるハンバーグと目玉焼きは、ヒートランプの下でほかほかに温まっている。それを手早くライスに載せ、右手をロコモコ・ソースの鍋に、左手をトマト・ソースの鍋に伸ばす。同時に二つのおたまを摑《つか》み、二種類のソースをそれぞれ一滴も飛び散らせることなく料理にかけると、その手際に感じ入ったように、ＯＬたちが何か囁《ささや》いた。

こういうときは、少しだけ気持ちがいい。嫌なこともみんな忘れられる。九ヶ月前に離婚した昭典《あきのり》のことも、離婚の原因であるあの女のことも、その女が一昨日《おととい》ここへわざわざランチを買いに来たことも。――夏都がひそかに想像していたよりも彼女は不美人だった。何も知らずに「ご注文は？」と笑顔を向けた夏都に、彼女は小声で自分が誰であるかを告げ、「ひとこと謝りたかったんです」と呟《つぶや》いた。夏都は言葉を返すどころか動くことさえできず、吸い込んだ息が吐き出せなくなり、彼女が「こんにゃくサラダM」を注文すると、無意識に近い動きでそれをクーラーボックスから取り出して、「ドレッシングはそちらにありますので」という決まり文句とともに手渡していた。自分が小食であることを誇示するかのような「こんにゃくサラダM」。その小さな手で差し出された料金二百五十円を、まるで慰謝料のように自分は受け取り――ああ駄目だ、ぜんぜん忘れられていない。

ソースの上に刻みパセリを散らし、トレーの隅にハート形ミニトマトを添える。このハート形ミニトマトは、細長いタイプのミニトマトを斜めに切り、片方を百八十度回して断面を合わせ、横から楊枝を挿すだけで出来上がる。毎朝四十個ほどつくってストックしておき、客が女性の場合だけ料理に添える。ときどきトマトを黄色に変えてみたりすると、固定客は「あ、黄色」なんて喜んでくれたりする。男性客の場合はただミニトマトに楊枝を挿して添えるだけなので、同じ値段で女性のほうにだけ一手間加えていることになるが、どうせ男はそんなもの気にしないし、たぶん気づいてもいないし、そもそもハート形のものを見ても喜ばない。

ワゴン車で料理を売る移動デリでは、提供した料理を客が食べているところをこの目で見ることができない。料理の注文と受け渡しだけが客との接点なので、みんなが満足してくれているのかどうか、確認のしようがなく、来客数とリピート率で判断するしかない。

競争相手は多い。一番の強敵はもちろんコンビニだが、ここ新宿には移動デリもたくさん出ている。その上、一般の飲食店も昼時になると手押しワゴンで歩道に繰り出し、中華料理屋なら中華弁当、焼き肉屋なら焼き肉弁当といったものを、一個五百円、ときには四百五十円ほどの安価で売る。ちょっと気を抜けば簡単に客を持っていかれてしまう。

とにかく、常に工夫が必要なのだった。

「お待たせしました、こっちがロコモコ丼、こっちがショートパスタとミニ美肌サラダです」

ＯＬ二人からそれぞれ代金を受け取り、レジがわりの手提げ金庫に突っ込んだ。

「割り箸、スプーン、フォークがそちらにありますのでご自由にどうぞ。ビニール袋もそちらに。パルメザンチーズはかけ放題なので」

「かけ放題だって」

「え、いいね」

ＯＬ二人組はうきうきした様子で脇へ移動し、パルメザンチーズの缶を手に取った。チーズかけ放題というのも、客を呼ぶ工夫の一つなのだが、このアイデアは当たりだった。牛丼屋で大量の紅ショウガを盛っている人を見かけたことがあるので、みんなチーズをあんなふうに山盛りにしていったらどうしようと、思いついた当初はためらったのだが、やってみると意外にチーズは減らない。注文の列に並んでいる人たちの目があるので、みんな思い切ってたくさんかけることができないのだろうか。心理はどうであれ、ありがたいことだった。

「月水金はここでやってますので、よかったらまたお願いします」

ＯＬたちに心底からの声をかけ、夏都はつぎの客に笑顔を向けた。

「お待たせしました」

「カルビ丼ね」

週三日、この駐車場に店を出しているときに必ず来てくれる中年男性だ。辛いものが好きなようで、いつもランチを受け取ったあと、その料理が何であろうと、必ず七味唐辛子をたっぷりとかけていく。唐辛子に含まれるカプサイシンという成分に痩身効果があるという話は嘘だったらしい。

「いつもありがとうございます」

保温庫から出したライス入りのトレーに、鍋の中の熱々カルビ肉を隙間なく敷き詰め、「自家製だれ」とラベルを貼った自家製だれをかけ、マヨネーズの線をジグザグに走らせる。刻んだ小ねぎを散らし、ミニトマトを添えて差し出すと、相手はお釣りの出ないよう用意してあった小銭を夏都に手渡した。

「七味の缶、中身を多めに入れといたんで、どんどんどうぞ」

わざと共犯者のような顔をして笑いかけると、男性客は太い首をスーツの襟に埋めながらへっへっへと脇へ移動した。夏都がつぎの客の応対をするあいだ、彼はまるで自分の勇ましい行為でも見せつけるかのように、カルビの上に七味を大量にかけていく。一度スーパーで買い物でもしてみたら、七味唐辛子というものがけっこう高いことがわかるだろうに。

男性客は真っ赤になったカルビ丼に蓋《ふた》をし、車の外にマグネット式のフックで掛けてあるビニール袋の束から一枚を取ると、店を離れていった。やってきた道とは反対のほうへ歩いていく。新宿中央公園がある方向だ。もう町にクリスマスの装飾が施されている時期なのに、外で食べるのだろう。オフィスに戻らず、飲食店にも入らず、寒さに耐えながら公園でランチを食べるその気持ちは、企業の事務員として約十年間働いていた夏都にはよくわかった。

「すみませーん、カルビ丼売り切れましたー」

先ほどの中年男性が見えなくなるのを待ち、夏都は順番を待つ七、八人の行列に向かって声を張った。

「バッテンしとく？」

「あはーい、すみませんお願いします」

馴染みの中年女性が一人、客の列から離れてカウンターの脇へやってくる。彼女は車の外に掲げたホワイトボードの前に立つと、マグネットでボードにくっつけてあるマーカーを取り、ちょっと背伸びをして腕を斜めに二回動かす。夏都からは見えないが、メニューの「カルビ丼」の文字の上に×を描いてくれたのだ。本当は夏都がやらなければならない仕事なのだが、ときおりこうして常連客がその役を買って出てくれる。

「ありがとうございます」

「いいわよ」

中年女性はふふふと満足そうな様子で笑い返し、列に戻っていく。彼女はいつも両目に力を入れたような顔をしていて、笑うときも決して目を細めない。目が綺麗だと言われたことがあるのかもしれない。

「おにぎりを一つ」

カウンターの向こうに新しい客が立っていた。

「……あ、おにぎりですね」

返事をするまでに、一瞬の間があいた。

「お味は――」

「梅干しを」

二十代後半か三十代前半くらいの男性。小柄で中肉――いや、少し肥っているほうだろうか。髪は地肌に張りつくタイプの天然パーマで、毛先は眉毛に届かず、顔は水餃子のようにつるっとしている。様子に妙なところがあったわけではない。服装も、ジーンズにダウンジャケットという、オフィス街に似つかわしくないものではあるが、それほど珍しいわけでもない。なのにどうして返事が遅れたのかというと、ついさっきも自分が同じ客におにぎりを売ったことを憶えていたからだ。あれは五分ほど前だったか。たしかそのときも、梅干しのおにぎりだったような。

「梅干しですね、ありがとうございます」

おにぎりは一個一個ラップに包んで四角いバットの中に並べてある。梅干しの列からおにぎりを取り出しつつ、夏都は考える。行列の最後尾に並んだ客が、このカウンターに行き着くまで、ちょうど五分ほどかかる。するとこの人は梅干しのおにぎりを一個買って、そのまま列の最後尾に並び直し、いままた梅干しおにぎりを注文したのか？　夏都の握るおにぎりは、どちらかというと小ぶりなので、二つ三つまとめて買っていく客も多い。しかし、わざわざ並び直してまで買っていった人はたぶんこれまでいない。しかもこの客は、梅干しおにぎりと、梅干しおにぎりだ。

商品を手渡しながら、ちらっと目線を下げた。男性客は手ぶらで、バッグのようなものは持っていない。ダウンジャケットのポケットから、四つ折りにされたチラシの端が覗《のぞ》いている。見慣れているので、すぐに夏都の移動デリのチラシだとわかった。月水金はここでやってます、火木土はここでやってます、という出店場所の紹介と、メニューの一部が書かれている。一色刷の安いやつで、営業中に車の外にマグネット式のクリップでぶら下げ、自由に持っていけるようになっている。

　気づけば、男が夏都の顔をじっと見ていた。咽喉《のど》もとまで閉めたダウンジャケットの襟に、頭部がぽつんと置かれているような印象だった。

「百二十円になります」

　小銭を差し出すあいだも、夏都の顔から目をそらさない。

やがて男は背中を向けて歩き去っていった。途中でおにぎりをダウンジャケットのポケットに突っ込み、そのまま歩道を右へ向かって進むと、建物の陰に入って視界から消えていく。

　まるで料理中に床へ落ちたはずの野菜の欠片《かけら》がどこにも見つからないような、曖昧《あいまい》な気がかりを夏都はおぼえた。

「ハヤシライスとミニ美肌サラダください」

　かわってカウンターの前に立ったのは、学生のように初々しい顔をした、制服姿のOLだった。

「野菜ごろごろハヤシライスとミニ美肌サラダですね、ありがとうございます」

　注文をこなしながら腕時計の針を読む。昭典と恋人同士だった頃にプレゼントされたグッチの腕時計は、浮気発覚直後に箱へ戻し、離婚成立直後に売り払ってしまったので、いまは雑貨屋で見つけたシリコンラバーの白いスポーツウォッチをつけている。現在十二時三十五分──くらい。文字盤に目盛りがついていないので正確な時刻はわからないが、夏都の生活には正確な時刻はあまり関係ない。オフィスの昼休みは十二時から一時と決まっているわけではなく、客がランチを買いに来る時間帯は曖昧だ。

月水金、夏都は西新宿の外れにあるこの月極駐車場にワゴン車を駐《と》め、ランチを売る。火木土は高田馬場にある私営塾の駐車場で営業している。

移動デリを営業する上で最も苦労するのは、駐車スペースを見つけることだった。個人が道路使用許可証を取得することはまず不可能で、もし無許可で行って摘発でもされたら一発で刑事処分、三ヶ月以下の懲役か五万円以下の罰金となってしまう。九ヶ月前にこの商売をはじめようとしたとき、夏都は営業可能な場所を探してオフィス街を奔走したが、どう頑張っても適当な場所は見つからなかった。仕方なく、ほかの多くの移動デリがやっているように、営業場所を斡旋している業者に登録し、約一ヶ月の順番待ちの末、有楽町の駅からほど近い屋台村での営業許可をもらった。そこは九台の移動デリが集まる場所で、昼時になると近くのオフィスから会社員がたくさん集まってくるので、客の数は十分だったのだが、なにしろ斡旋業者に売り上げの一部をバックしなければならず、生活費を引いたら赤字の月が多かった。

しかし、つい二ヶ月ちょっと前、智弥《ともや》がこの場所を見つけてくれた。

中学校から帰ってくるなり夏都から経営難を愚痴られた智弥は、面倒くさそうにノートパソコンであれこれ情報を調べ、その夜のうちにここを見つけてくれたのだ。棟畠《むなはた》不動産という会社が出していた物件情報に、この西新宿の駐車場が載っていて、そこに「オフィス街の駐車場で移動屋台はいかがでしょう」というようなことが書かれていた。しかも、使用料不要という謎のコメントとともに。

さっそく翌日、現地を見に行った。駐車場には十台分の駐車スペースがあり、左右にそれぞれ五台分ずつ並んでいた。ホームページで紹介されていた駐車スペースは、一番手前の左側。夏都の移動デリは、ほかの多くの移動デリと同様、車体の左側にカウンターが設けられているので、ここなら前進駐車で駐めて営業できる。前進駐車ならば必要なときにハッチを開けることも可能なので、まさにぴったりの場所だった。

駐車場の一角で移動デリを営業することは、経営者に歓迎されると聞いたことがある。無人になりがちな駐車場では車上荒らしの被害が多発するので、犯罪防止効果をありがたがられるのだとか。無料で貸してくれるというのも、そのあたりの狙いがあってのことなのかもしれない。夏都は看板に書かれた連絡先にその場で電話をかけた。先方は、こちらから頼んだわけではないのに途中で電話を切ってわざわざ駐車場までやってきてくれた。すぐ近くのマンションに一人で暮らしているというオーナーの棟畠は、お茶の水博士が普通の鼻になったような、丸っこい老人だった。

――ここねえ、じつは近くのNPO団体の役員さんが契約してるんですよ。

しかしその役員は、火曜日と木曜日と土曜日しか出勤してこないので、ほかの曜日は車を駐めないのだという。ぜひ空いている曜日に場所を使わせてくれないかと頼むと、棟畠は夏都の人相風体をもう一度確認するように視線を上下させてから、にっこり頰笑んだ。

——信用できそうだし、いいでしょう。

後光が差して見えるというのは比喩表現ではなかったことを、夏都はそのとき知った。昭典と離婚して以来、ありがた迷惑ではなく本当にありがたい行為は、はっきりいってそれが初めてだった。

夏都が丁寧に礼を述べると、

——妻に死なれてから、気にかける相手もいなくてね。

棟畠はそんなことを言って薄く笑った。

——誰かの力になれるのは嬉しいことですよ。

「また金曜日に来るわね」

先ほどメニューに×を描いてくれた女性が、見せびらかすように両目を大きく広げて頰笑み、夏都の渡したロコモコ丼を手に歩き去っていく。

「ありがとうございましたー」

冷たい風が吹き、カウンターの上で折り紙が揺れた。サンタクロース、星、クリスマスツリーが凧糸《たこいと》でぶら下げてある。これらの折り方も智弥がみんなインターネットで調べてくれた。

こういうものを飾って季節感を出すのも、店のメニューをときおり変えるのも、客を飽きさせないための工夫だった。同じ曜日の同じ時間帯、同じ場所に店を出すことで、固定客を摑めてはいるが、飽きればすぐに別の店に鞍替《くらが》えされてしまう。自分の工夫が、はたして客の獲得にどれほど役に立っているのかはわからないけれど、とにかくいつも新しいものをアピールしていないと不安で仕方がないのだ。

以前に昭典とよく行ったバーのことが思い出された。

——もうすぐ三十年なんですよ、この店つくって。

神楽坂の外れにある、エミットという名前の店だった。マスターは胡麻塩の細い顎《あご》を撫でながら、こんなことを言っていた。

——これだけ長くやってると、お客さんの中には五年ぶりとか十年ぶりに来る人もいるでしょ？　そういう人にとっちゃ、店の様子が変わってるってのは、やっぱし残念なことなんですよ。

だから三十年間、店の雰囲気を変えないよう頑張ってきたのだという。

——でもねえ、変わらないってのも、けっこうエネルギーがいるもんでね。

急に疲れたような顔を見せ、マスターはそうこぼしていたが、正直なところ、そのときはあまりぴんとこなかった。しかし、いまではよくわかる。あのバーは客のそれほど多い店ではないので、大きな儲けは、きっと出ていなかったことだろう。そんな中、新しいものをアピールせず、じっと変わらずにいることは、さぞかし不安だったに違いない。

そういえばあの店にもずいぶん長いこと行っていない。もしかしたらこのままずっと行かないかもしれない。昭典と行った店だから行きたくないとか、そういうことではなく、心と身体とお金の余裕がない。バーのカウンターでゆっくりグラスを傾けることなんて、もう永遠にないのかもしれない。暮らしていかなければならない。マンションの家賃やこの車のローンも払っていかねばならない。智弥の食事もつくらなければならない。「ない」ばっかりだ。

「カルビ丼はないんですか?」

「ないんです、すみません――」

驚いた。

「あれ先生」

智弥が通っている学習塾の講師、菅沼《すがぬま》だった。

「どうしたんですか先生?」

「はい?」

「いえあの、何でここに?」

訊《き》かれたことの意味がわからないというように、菅沼は半白の前髪の向こうで眉根を寄せた。確かな年齢は知らないが、たぶん夏都よりも一回りほど上の、四十代半ばくらいだろう。老けて疲れたウォーリーのような風貌で、本家ウォーリーよりもずっと人混みの中に溶け消えてしまいそうな人物だった。気温のような体温を持っていそうだし、歩いても足音さえ立たないのではないかという気がする。

「昼食を買いに来たのですが」

菅沼のよれたジャケットの肩越しに歩道を見ると、ガードレールに寄せて、見慣れた自転車が駐められていた。塾の駐輪場にいつも置かれている、白い自転車。前カゴに細かいハートがあしらわれた可愛らしいデザインで、よく見るとフレームにはクリーム色の水玉も散っている。あの人どうしてあんな自転車に乗ってるのかしらと、以前に何気なくリビングで疑問を口にしたところ、智弥が膝の上に載せていたノートパソコンをなにやら素早く操作して、しばらく経ってから、サイクルショップで一番手前に並んでいたからだと教えてくれた。機械に極端に弱い夏都は、いまはそんなことまでパソコンで調べられるのかと一瞬だけ驚いたが、智弥はただ菅沼にメールで訊いただけだった。

菅沼の勤める学習塾「馬場《ばば》学院」は高田馬場駅の近く、路地裏に建つ古い雑居ビルの一階にある。「学院」と名付けられてはいるが、外から見るかぎりでは中学校の教室ほどの大きさもないようだ。その馬場学院が借りている駐車スペースが一台分あり、そこを週三日、火木土に、夏都は移動デリの営業場所として使わせてもらっていた。

塾の駐車場で営業することを提案してくれたのも智弥だった。二ヶ月前、棟畠の厚意によってこの駐車場を使えることが決まったあと、ほかの曜日の営業場所を探していたとき、いい場所があると教えてくれたのだ。

――お昼前後の時間帯は誰もそこに駐車しないから、問題ないと思う。

使用が可能かどうかを、智弥はメールで菅沼に訊いてくれ、翌朝すぐにOKとの答えが返ってきた。あまりに簡単に決まってしまい、夏都は嬉しいやら驚いたやらだったが、智弥いわく「あの塾は菅沼先生でもってる」ので、塾長の馬場氏は何でも言うことを聞くのだそうだ。ついでながら、そのとき初めて、塾の名前が地名ではなく塾長の苗字に由来していることを知った。

——塾長さんと菅沼先生に、お礼しないとなあ。

後日、夏都はデパートの高級菓子売り場へ行き、つぎにネクタイ売場へ移動し、そのあと紳士用小物売場へと向かい、最終的にそこでハンカチを二枚買った。菅沼に渡したハンカチは、紺に白のストライプが入ったものだった。夏都はそれを、馬場学院の駐車場での営業初日、菅沼が通りかかったときに呼び止めて渡したのだが、実際に使ってくれているかどうかはわからない。智弥によると、菅沼がハンカチを使っているところ自体、一度も見たことがないらしい。汗をかいているところも、トイレに行くところも見たことがないという。

——まあ単に体質とタイミングの問題なんだろうけど。

菅沼はとても人気の講師で、彼の数学の講義を受けるため近県からわざわざ通ってくる生徒もいるのだとか。それも抽選で選ばれた上で初めて通えるほど競争率が高いらしいのだが、日常会話しか交わしたことのない夏都には、なかなか想像しがたいことだった。感じたままを言えば、失礼ながら、どちらかというと頭の回らない人物に思えてしまう。

「わざわざこっちまで、ありがとうございます」

菅沼は馬場学院が入っているビルの二階を借り、住居として使っている。だから火木土にはときどき昼食を買っていってくれるのだが、西新宿のほうへ来たのは初めてだ。

「掛川さんに、ちょっとお訊きしたいこともありまして」

智弥のことだろうか。

「ご連絡しようと思ったのですが、メールアドレスを知らなかったもので」

「あ、でもたしか電話番号を塾のほうにお伝えしてあったかと」

「電話は不得手なのです」

「ああ」

「おにぎりを二つ。和風シーチキンと洋風シーチキンを」

「二百四十円になります」

バットの中からおにぎりを二つ取り出していると、訊きたいのはおにぎりのことなのだと菅沼は言う。

「いつも、どのように握っていらっしゃいますか？」

「どのように……と言いますと？」

「素手かどうか」

「素手ですけど」

「やはり」

事件の真相を見破った探偵のように、菅沼は眼鏡に手を添えて唇の端を持ち上げた。

以前に買ってもらったおにぎりに、もしやゴミか何かでも入っていたかと、夏都は思わず手を止めて菅沼の顔を見直した。

「人間の皮膚にはいくつもの常在菌が棲息していて、その中には乳酸菌もいます。乳酸菌というのは何かを代謝することによって乳酸を生成する細菌類の総称で、科学的な正式名称ではありませんが、ここでは乳酸菌と呼ばせていただきます」

「はい……」

「じつは素手で米を握ることで、その乳酸菌がおにぎりの表面に付着し、米のデンプン質と塩による乳酸発酵が進み、時間が経つとうまみが増し、おにぎりが美味しくなる——つまりおにぎりは発酵食品なのだという説があるんです」

夏都はただ両目を大きくしてみせた。それ以外にすることが思いつかなかった。菅沼は内ポケットから財布を取り出すと、小銭入れのファスナーを開けて小銭を数えた。

「あなたの店で買ったおにぎりはとても美味しいので、きっと素手で握っているのではないかと思い、確認しに来た次第です。私は出身が新潟ですから、おにぎりの味の良し悪しを判断することに関しては信頼していただいて構いません」

財布を探る手を止め、くるりと夏都の顔に目を向ける。

「あなたのおにぎりは美味しい」

夏都は礼を言って頭を下げた。

「大学時代の後輩に頼めば実験場所を使わせてもらえるので、乳酸発酵について今度きちんと比較実験をしてみるつもりなんです。結果はもちろんご報告させていただきますので」

「いえ、べつに――」

「二百？」

「四十円です」

「四十円。ない」

菅沼は百円玉三枚を夏都に手渡した。

「ところでお母さん」

「はい？」

「え？」

「あたしですか？」

「ええ」

「違いますよ」

「はい？」

「あたし母親じゃありません、叔母です。智弥は姉の子です」

菅沼は首を突き出して盛大に目を剝《む》いた。

夏都は離婚して旧姓の掛川に戻り、智弥も事情により姓が掛川なので、どうやら勘違いされていたようだ。夏都は手提げ金庫からお釣りの六十円を取り出しながら笑った。

「そのことも塾のほうにお伝えしてありましたよ。あの子が入学、あ、入塾ですか？　するときに提出した用紙に、あたしちゃんと〝叔母〟って――」

「講師はそんなもの見ません」

「そもそもあの子は中学二年生で、あたしの子供だったら大きすぎるじゃないですか。十八歳くらいで産んだことになっちゃいますよ。まあ実際そういう人だっていますけど――」

菅沼はものすごく驚いた様子で夏都の顔を見た。

「ええ？　三十二歳？」

「……はい」

大学時代あたりから、夏都はしばしば年齢を実際よりも上に見られることがあった。しかし、実年齢を知ってこんなに驚かれたのはさすがに初めてだ。姉に世話を任されている智弥を、夏都の息子だと勘違いしていたことで、もっと上の年齢を想像していたのかもしれないが、それにしたってこんなに思い切って驚くことはないだろう。一人でこの商売をはじめてから、忙しさのせいで化粧もおざなりになってしまったし、髪はただ後ろでしばっているだけだし、その髪も熱気のこもった狭い車内を動き回っているうちにどんどん乱れてしまうし――。

「同い年です！」

菅沼が自分の顔を指さしたので、今度はこっちが驚いた。

「私も三十二です！」

「……え、そうなんですか？」

十歳以上離れているものとばかり思っていた。

「そうです。ではまた。乳酸発酵の件は必ずお伝えしますので」

菅沼は唐突に背中を向けて店を離れていった。

その後ろ姿を見送りながら夏都は、頭がもやもやしたままだった。同い年だということに、こっちは驚いたけれど、向こうにとってもそんなに驚くようなことだったのか。するとやはり、自分はずいぶん老けて見えていたのだろうか。もちろん若く見えていたという可能性もなくはないが――ついさっきまで夏都を智弥の母親だと思い込んでいたのだから、それは極めて低い。などと考えつつ、菅沼と入れ替わりでカウンターの前に立った客を見て、ぎょっとした。

「……いらっしゃいませ」

「おにぎりを一つ」

「お味――」

「梅干しで」

また同じ男だった。

（二）

客が途絶え、腕時計を見ると三時前。仕込んできた料理がほとんど売り切れてくれたことに安堵しつつ、夏都は店じまいをはじめた。

換気扇がわりに回していた扇風機のスイッチを切り、カウンターの上のものを片付け、カウンター自体も収納する。これは左右にチェーンがついた横長のボードが、外側へ向かって倒れるという単純な仕組みのもので、引っ張り上げるだけで仕舞うことができる。こうした改造費用や、キッチンの設備費用、車体の塗装費用などが積み重なり、中古ワゴン車を移動デリ仕様にするために二百七十万円もかかった。車体の価格を合わせると四百万円を超え、ローンはまだ八割近く残っている。まさかそれを自分一人で働いて支払っていくことになろうとは思ってもみなかった。

運転席の裏側に設《しつら》えられた小さなシンクで手を洗う。疲れがじわじわと全身に広がっていくのを感じながら、夏都はぼんやり考える。菅沼が言っていた乳酸菌の話は本当だろうか。いつもより念入りに手を洗いたいような、もったいないような、妙な気分だ。百円ショップで買ってきた鏡を覗き込む。鏡は両面テープでヘッドレストの後ろ側に貼りつけてある。瞬《まばた》きをする。顔を右へ向ける。左へ向ける。知らない人が見たら、自分はいったい何歳に見えるのだろう。

「……っとに余計なことを」

菅沼に対する理不尽な苛立ちと、自分も老けて見えるくせにという無意味な悪態がこみ上げたが、ふっと息をひとつ吐いてそれらを胸から追い出した。

エプロンを外し、水が入ったポリタンクの上に広げてかける。いつのまにかここがエプロンを置く定位置になった。このシンクやポリタンクがなければ、もっと広くスペースを使えるのにと、いつも思う。水を使うのは手を洗うときくらいで、そんなものは濡れタオルでも用意しておけば済む話なのだが、水道設備がないと保健所が移動販売車としての許可を出してくれなかったのだ。

車の後部へ移動する。内側からハッチを開けると、冷たい風がぴゅうっと吹き込んだ。駐車場をうろついていた鳩が二羽、人が現れたことに驚いて羽ばたく。しかし飛び立ちはせず、地面を覗き込みながらまた歩きつづける。

吐く息が白い。

この商売をはじめて、最初の冬だった。天井のルーフドアを開けないでおいても車内が蒸すことはないし、寄ってくる蠅《はえ》に気を配る必要もない。漠然と予想してはいたことだが、移動デリの仕事は夏場よりも冬のほうが快適だ。

歩道に出してあった看板をたたんで回収する。車体にフックで引っかけてあるホワイトボードも外して車に積み込む。ホワイトボードには、智弥にやりかたを教えてもらってカラー印刷した料理の写真が、セロハンテープで貼りつけてある。それぞれの写真の下には黒マジックで「ロコモコ丼」「カルビ丼」「ショートパスタ・アラビアータ」「リーフ・サラダ」「ミニ美肌サラダ」……と料理の名前が書いてあり、それらのほとんどは×で消されている。残っているのは「ロコモコ丼」と「おにぎり（シャケ）」の二つ。ほとんどが売り切れてくれたわけだが、べつに大儲けしたということはなく、単に目算で仕込んできた料理の量が妥当だったというだけだ。

駐車場の脇の自動販売機で、あたたかいミルクティーを買った。振り返ると、車の上部に大きく描かれたロゴが目に入る。筆文字で太々と書かれた「柳牛十兵衛」。その文字は真っ赤な火炎に包まれている。

溜息とともに車へ戻り、夏都は荷台の端に腰かけた。缶のプルタブを引いてミルクティーをひと口飲む。疲労がじんじんと満ちている身体に、あたたかさと糖分が染み込んでいくのが目に見えるようだった。駐車場が面している片側二車線の道路を、ときおり車が走り去っていく。そのエンジン音も、振動も、頬にあたる冬の風も、狭い車内で休みなく動いていた身体に心地いい。

本当は、夏都は車の中で働くはずではなかったのだ。そこに立って料理をしているのは昭典のはずで、メニューも「柳牛十兵衛」という店名にふさわしい、新鮮な牛肉を使ったステーキ丼やステーキサンドや串焼きのはずだった。夏都は車外で客の注文を聞いたり、昭典が出した料理に蓋をして輪ゴムで留めたり、それをビニール袋に入れたり、客から料金を受け取ったり、お釣りを返したり、土日などに子連れでランチを買いに来た客に笑顔で飴玉を渡したりするはずで、そのために購入したワゴン車であり、そのために支払った車の改造費用だった。

――事務所を辞めようと思う。

だしぬけに昭典が切り出したのは、金曜日の深夜、ベッドで夏都がティッシュペーパーを使っているときのことだった。事務所というのは昭典と夏都が勤めていたデザイン事務所のことだ。

いまの場所で働きつづけても先が見えている。しかし自分はデザイナーとして独立できるほどの才能を持っていない。だから新鮮な牛肉を得意とする移動デリをはじめたい。

意味不明の三段論法だった。もちろん夏都は、二段目から三段目のあいだはどうなっているのか、身を起こして訊《たず》ねた。すると昭典は汗で光る身体のままベッドを出て書棚の前に立ち、三冊の本を持って戻ってきた。移動デリ開業のためのハウ・ツー本が二冊と、都内のレジャー情報誌が一冊。レジャー情報誌の表紙には「移動デリがアツい！」と書かれていた。デザイン関係の雑誌が並んでいる段の端に、その三冊が置かれていることに、夏都はそれまでまったく気づいていなかった。

――賭けてみたいんだ。

熱い、熱い熱い説得がそれにつづいた。質問に答えてもらっていないことにも気づかないほどの熱い語り口だった。思えばあの夜は昭典の身体も熱かった。自分が説得に動かされてしまった理由の一つに、その身体の熱さがあったことを、いまでは夏都は自覚している。そしてそれがプロポーズを受けたときとまったく同じだということにも、最近になって気がついた。大事なことはみんなあとになってから気づく。

柳牛十兵衛という店名はもちろん江戸時代の剣豪、柳生十兵衛からとっている。失くした片眼を、トレードマークである刀の鍔《つば》で隠した柳生十兵衛は、幕府の隠密で、小説や映画の主人公として昔から描かれてきたが、昭典はそれを読んだことも観たこともなかった。ただなんとなく格好いいので、牛ステーキをメインにした移動デリの店名を考えているときに思いついたのだという。

ローンの契約者は夏都だった。昭典は早々に事務所を辞めて準備に奔走しはじめたので、彼の名前ではローンを組めなかったのだ。いっぽう夏都のほうは、事務所に退職の話をしてはいたものの、まだ事務員として勤めつづけていたので契約が可能だった。車が完成したら、すぐにランチを売りはじめよう。ローンは十年以内、できれば八年くらいで完済しようなどと盛り上がったのだが、昭典はステーキ丼もステーキサンドもつくる前に女をつくった。

——いっしょになろうって、いま二人で話をしてる。

柳牛十兵衛号が納車される直前のことだった。

——俺、彼女との人生に——

賭けてみたいんだ、という台詞の途中で夏都は昭典の側頭部を殴りつけ、その日のうちに家から叩き出した。翌朝のメールで離婚届に判を捺《お》して送るよう命じ、それが届いた当日に役所へ提出した。

そして夏都のもとには四百万円以上のローンと雄々しいデザインの移動販売車が残されたのだ。

もちろん、その車を使って夏都が一人で移動デリをはじめる義務などなかった。しかし、没頭できる何かがほしかった。そして、昭典の説得に動かされ、二人であれこれ下調べをしたり、方々の移動デリに足を運んで料理を食べたりしているうちに、強い魅力を感じてしまっていたのだ。ローンの返済をいくらか負担させてほしいという昭典の提案を、勢いではねつけてしまったことも、いまでは後悔していない。

昭典を追い出して一人きりになったときから、夏都は丸二日間、家に籠《こ》もり、昭典が置いていった酒瓶をぜんぶ空け、飲むものがなくなってからは丸一日昏倒し、酒瓶と同じく胃の中身も空っぽになったとき、一人で移動デリをやろうと決めていた。

いつか資金に余裕ができたら、車の両側に大きく描かれた「柳牛十兵衛」のロゴも消して、新しい店名を掲げよう。なにしろ牛肉メインの店ではないし、客の中には「柳生十兵衛」の書き間違いだと思う人もいるだろうし、なんというか、このロゴがあるかぎり、人生の一部が昭典に不当に所有されているような気がしてならないのだ。所有されたその部分を、まさにローンを支払っていくように、少しずつ成功で埋めていきたい。昭典の置き土産ともいえるこの熱意も、なんとか一人だけのものにしたい。

自分は馬鹿なのではないかと懊悩《おうのう》する時期は、もうとっくに過ぎ去っていた。

馬鹿だろうが何だろうが、とにかく成功するしかない。この九ヶ月間、その気持ちを絶やさないよう我武者羅《がむしゃら》に働いてきたし、客も売り上げも順調に増えてきた。最初は「敗北」のイメージだった昭典とのあれこれも、いまは単なる「失敗」として思い出せる。きっとこのまま上手くいく。自分には味方も多い。この月極駐車場のオーナーである棟畠。いろんな調べ物をしてくれたり、塾の駐車スペースのことを提案してくれた智弥。それをOKしてくれた塾長。その塾長に掛け合ってくれた菅沼。今日なんて、菅沼はわざわざ高田馬場から西新宿までランチを買いに来てくれた。考えてみれば、こうなってよかったのだ。一人でやることになってよかった。移動デリの仕事は予想していたよりもはるかに難しく厳しい。昭典はそういった困難を乗り越えるよりも、人に喋ったり、人前でさも苦しげに溜息をついたりするほうに心血を注ぐタイプなので、いっしょにやっていたらもっと大変になっていたはずだ。

立ち仕事で火照《ほて》った身体が、いつのまにかすっかり冷えていた。紅茶の缶をジーンズの腿《もも》のあいだに押し込んで、夏都はささやかな暖を取った。

直後、どきっとして顔を上げた。

駐車場の端、ビルの陰に、誰かの姿が素早く隠れた。——ような気がしたのだ。

夏都はその場所を注視した。梅干しのおにぎりを合計三個買っていった男性客の顔が脳裡《のうり》をよぎった。もっとも目鼻立ちをはっきりとは憶えていなかったので、何か虚ろで曖昧なものがよぎったというイメージだった。

が、やがてビルの陰から現れたのは、棟畠だった。

まず顔を半分出し、夏都と目が合ってしまったことで隠れるのを諦めたように、おずおずと近づいてくる。その動きに内心で首をひねりながら、夏都はこんにちはと声をかけた。

「ん？　ああ、こんにちは。寒いですよねえ、ここねえ、ビル風が吹いちゃうもんだから」

臙脂《えんじ》のセーターで着ぶくれた棟畠は、丸まっちい手で側頭部の白髪を掻きながら目をそらす。反対側のわきの下に挟まっているのは、競馬新聞だろうか。

「どうされたんですか？」

「うん？」

「いえ、何だか――」

様子がおかしすぎる。

棟畠は両手を後ろに回し、駐車場の中に漠然と視線をめぐらせた。やがてその目を夏都に向け、すぐにまたそらす。さらにもう一度こちらに向け、ふたたびそらしてから唐突に言った。

「ここ使えなくなっちゃったんだよね」

全身から、血が音を立てて引いていくようだった。

「ここって……この場所、ですか」

「そう、その場所」

視線で夏都の背後、柳牛十兵衛号を示す。

「契約してたNPO団体の役員さんがね、なんか引退だか定年だかわからないんだけど、要するにもう使わないってんで契約解除になってね、こっちはそりゃやっぱし商売でやってるわけだから、募集を出すわけですよ。出したわけですよ。ちょっと前にね。まあ先月なんだけども」

夏都はぐっと顎を引いてダメージに備えた。

「それで昨日、あ一昨日《おとつい》かな、申し込みがあってね、貸すことになったんです。その人は近所で会社やってる人で、年中ここに駐車するつもりらしくて、いやまあ駐車場ってのはもともとそういうものなんだけどもね。それで、駐める時間とか駐めない時間とか、そういうのは決まってなくて、だからまあ要するに、その屋台?」

「あ、移動デリです」

「そのデリの車をね、ここに駐められなくなっちゃったわけ」

呼吸をするのを忘れ、息が苦しかった。夏都は仕草が大きくならないよう気をつけながら空気を吸い込んだ。それを吐き出し、もう一度吸い込んでから訊いた。

「……いつまでなんですか?」

え、と棟畠は訊き返したが、夏都が言い直す前につづけた。

「いやそりゃ、いつまで借りるかはわからんですよ。ずっと借りるかもしれないし」

「あ、じゃなくて、この車です。いつまでなら、ここで――」

棟畠はまた目をそらし、掌《てのひら》の付け根で耳を押すような仕草をしながら、今日までだねと答えた。

「その人、明日からすぐ駐めたいって言うもんだから」

相手の顔へ向けていた視線が、勝手に下がっていった。棟畠が着ているセーターの、毛糸の目が、やけにはっきりと見えた。わきの下に挟んだ競馬新聞に、赤鉛筆でいくつか丸がされているのも見えた。

「申し訳ないね」

努力して顔を上げると、半白の眉を垂らした棟畠の表情は、申し訳なさそうというよりも、夏都を哀れんでいるようだった。

「あの……参考までにお訊きしたいんですけど」

最初にこの場所を使わせてもらう話をしたとき、棟畠が近所にいくつか別の駐車場を所有していると言っていたのを思い出した。

「このへんの駐車場を、たとえば月極で契約した場合、おいくらくらいになるものなんですか？」

「平置き？」

「え」

「タワー型じゃなくて？」

「はい、それはもちろん」

棟畠は腕を組んで顎に肉を寄せた。だぼついたズボンのポケットからスマートフォンを取り出し、もしかしたら単に気まずさを紛らわすためなのかもしれないが、何か調べているような感じでディスプレイをいじる。初めて見る棟畠のスマートフォンは、朝のニュース番組に入るCMで見たことのある最新機種だった。

「五万から……まあ七万だねえ。あとは敷金が二ヶ月分と手数料が一ヶ月分」

とても手の出せる金額ではない。敷金と手数料を捻出するだけでも無理な上、いまの稼ぎでは、生活費を含めたら毎月がマイナス収支になってしまう。

「いや、高いもんだなあと思いますよ私だって。自分で車乗らないもんだからとくに。でも相場ってもんがあるから仕方がないんですよ。しょうがないわけです」

ただね、と棟畠は急に口調を変える。

「まだ、あれだな。なんとかなるかもしれないかな」

「なんとかって何ですか？」

「先方と交渉して、その人に、私が持っているほかの駐車場を使ってもらうことができるかもしれない」

雲が一気に晴れたように、ぱっと周囲が明るくなった。

「ぜひお願いします！」

急いで両手を揃えて頭を下げると、

「私もほら……妻に死なれて寂しいもんだから」

棟畠はよくわからないことを言った。

「まあべつにねえ、条件ってわけじゃないけど、やっぱり特別に骨を折るわけだし」

意味は不明だったが、こちらが何か言うのを待っているようだったので、夏都は思いつくまま言葉を並べた。

「お礼はもちろんさせていただきたいんですけど、あたしいまちょっと蓄えが……でもあの、料理はできますから、もしお口に合えばですけど、たとえばここで出してる料理をご自宅までお持ちして――」

いやいやいやと棟畠は何故か照れくさそうに首を振る。

「お金や料理だけが、あんたの持ってるものじゃないでしょうが」

「はい?」

「掛川さん、あんたほら、美人だし」

丸い頬に笑いを浮かべたまま、棟畠は視線をそらし、ふたたび夏都の言葉を待つように黙り込んだ。いや、待っていたのは言葉というよりも、返事だったのだろう。

胸がしんと冷たくなり、目の前にあるその顔が急に、グロテスクな知らない生き物に見えた。今度食事の席をどうのこうのと、棟畠は話しているようだったが、言葉はまったく頭に入ってこなかった。

（三）

「これ、余ったから」

ロコモコ丼とシャケのおにぎりを入れたビニール袋を、ドアの隙間から突き出すと、昭典は大きな虫でも近づけられたように後退《あとずさ》った。その手がノブから離れ、ドアが閉じかけたので、夏都はスニーカーを突っ込んで押しひらいた。薄暗い三和土《たたき》には、昭典のサンダルと革靴だけが置かれている。細い廊下の奥は昭典の陰になっていて見えない。夏都がそれとなく首を傾けると、相手の身体が視線を遮るように移動した。

「いないんでしょ？」

ほんの一瞬、昭典は質問の意味がわからないという顔をしかけたが、夏都が両目に力をこめると、それに圧《お》されて頷《うなず》いた。

「ＯＬだって言ってたもんね。この時間、まだ仕事中よね」

西新宿からマンションへ帰る前に、夏都は昭典の暮らすこのアパートへと車を回した。何かのときのためにと住所だけは控えておいたが、実際に来たのは初めてだ。いや、来ることがあるなんて思ってもみなかった。ヒステリックな無関心を捨ててまで訪ねて行く理由ができるなんて、考えたこともなかった。

とはいえ実のところ、いったい何をしに来たのか、自分でもわからない。

「べつに……いっしょに住んでるわけじゃないし」

「通い妻?」

「通ってるわけでもない」

「どのへんなの?」

訊くと、昭典は両目に警戒の色を浮かべた。

「申し訳ないけど、そういうのは――」

「違う、職場。住んでる場所じゃなくて」

まるで相手の策略に嵌《は》まるのを怖れるかのように、昭典はぐっと上体を引く。

「そんなの知って……どうするつもりだ」

そう訊き返されたとき、夏都は初めて、自分がここに来た理由に思い至った。

あの女は一昨日、どこから来たのか。すぐ近くからだったのか。それともわざわざ電車に乗るなどの手間をかけたのか。昭典は彼女がランチを買いに来たことを知っているのか。

自分はそのあたりを確かめたかったのだ。

まず、彼女が来たことは、どうやら知らなかったらしい。昭典の反応からそれはわかった。

あの女の職場については、彼女がランチを買いに来たことを話さないかぎり、きっと場所を教えてもらえないだろう。しかしそれを夏都のほうから口にする気にはなれない。

「なんとなく訊いてみただけ」

夏都はビニール袋をもう一度ぐっと突き出した。

「これ、ほら」

さっきよりも大きな虫を近づけられたように、昭典はさらに後退った。一度だけマンションのキッチンにゴキブリが出たときのことを、夏都は思い出した。虫が大の苦手である昭典は、一匹いれば十匹いるという言葉を信じ、夏都に残りの九匹を殺してくれと懇願した。夏都は適当に探すふりをしながら夕食の支度をつづけ、そのうちキッチンワゴンの下から本当に一匹出てきたので、スリッパで踏みつぶした。昭典が気づく前にそれをティッシュペーパーでくるんで捨て、さっきのゴキブリはたまたま迷い込んできただけだろうということにした。その言葉だけで、昭典は安心した。

傍らに目をやると、黒い革製のキートレーに、飾りのついていない鍵が一つ。昭典のものだろう。シューズボックスの上にこうして鍵を置く習慣は、変わっていないらしい。離婚という出来事よりも、そんな些細な習慣が優先された気がして、夏都は胸の芯が熱くなるようだったが、考えてみれば自分も離婚前と離婚後で習慣はそれほど変わっていない。インスタントコーヒーの内蓋はぜんぶ剝がさず、端だけ破いてそこから出すし、トイレットペーパーが小さくなって芯に近づいてきたら、新しいやつをタンクの上に置いておく。

鍵が入ったトレーの隣では、親指ほどの身長のキティちゃんが、玄関口に立つ人を歓迎して片手を挙げている。そこに視線を数秒据えてから昭典に目を戻すと、悪戯《いたずら》を見つけられた子供のように頰を歪《ゆが》めていた。

「いい趣味ね」

キティちゃんを顎で示す。昭典は言い訳するときの顔で何か言いかけ、唇が「う」に似たかたちに軽くすぼめられた。実際に声は出てこなかった。しかしその動きだけで、相手が何を言おうとしたのかが夏都には察せられた。察することのできる自分が忌々《いまいま》しかった。

「若いから？」

言ってやると、昭典は頷くような頷かないような角度で首を動かした。図星を指されたときの仕草だ。先ほど胸の芯に生じた熱が急激に咽喉もとまで迫《せ》り上がった。それを誤魔化そうと、ロコモコ丼とおにぎりの入ったビニール袋をキティちゃんの隣にどんと置いた。何か熟れた果物を握りつぶしたような、快感に近いものがあった。それを意識したとき夏都は、自分がランチの余りを持ってここを訪れた本当の理由に気づいた。

あの女が店にやってきたことへの仕返しがしたかったのではないか。

しかし誰に対しての仕返しだ。女だろうか。それとも昭典だろうか。あるいは二人の関係性に対しての仕返しだろうか。別れた夫の言おうとしていることは容易に予想できるのに、自分の気持ちはわからない。

「仕事は見つかったの？」

努力して何気ない口調で訊いた。

昭典は首を横に振って訊き返した。

「そっちは？」

「順調」

そう答えた瞬間夏都は、今度こそ本当にわかった。いや、これが言いたくて自分はここへ来たのではないか。

自分は順調にやっていると。移動デリは一人でも上手くやれていると。

昭典の両目がすっと素直にひらかれ、口もとが嬉しそうに持ち上がった。その視線を受けたくない気がして、夏都は咄嗟《とっさ》に顔をそむけた。――違う。自分はこんな嘘をつくためにここへ来たのではない。順調でないものを順調だと嘘をついても意味などない。

「ねえ、あのさ」

面倒になって、夏都は訊いた。

「あたしが何しに来たかわかる？」

昭典は上体を硬直させたまま、小刻みにかぶりを振った。

だろうな、という思いしかなかった。

（四）

「でさあ、わからなかったわけ、理由がぜんぜん。ぜんっぜん」

ラム酒の麦茶割りで咽喉を湿らせてから夏都はつづけた。

「別れた旦那が言おうとしてたこととかはね、わかっちゃうんだよ？　こうやって〝う〟みたいな口しただけで、ああこりゃ〝若いから〟って言おうとしたんだなってわかっちゃうの。ぴんときちゃうの。なのに何で自分のことがわかんないかね」

智弥は返事もしなければ顔も上げず、じぃっとノートパソコンの画面を覗き込んだまま、天麩羅《てんぷら》でも揚げているような音をさせて高速でキーボードを叩きつづけている。その横顔を見ながら夏都は、またラム酒の麦茶割りを咽喉に流し込んだ。べつにラム酒が好きなわけではない。家にある飲用アルコールがこれだけだったのだ。

ラム酒の瓶にはラベルが貼られておらず、ガラスに直接商品のロゴと、何やら外国語が印刷されている。夏都の姉であり智弥の母親である冬花《とうか》が、先月パプアニューギニアから送ってきたものだ。ストレートやロックでは強すぎるので、はじめは水割りにしてみたのだが、あまりぱっとしなかった。冷蔵庫に飲みかけのグレープフルーツジュースがあったが、甘い酒は好きではないし、炭酸水を買ってこようかとも思ったが、きっと余らせてしまう。どうしたものかと考えあぐね、ためしに冷蔵庫につくり置きしてある麦茶で割ってみたところ、意外と美味しかったので、こうしてリビングのローテーブルでグラスを傾けながら智弥に喋りつづけているのだった。——そう、まさに先ほどから自分は、智弥と喋っているのではなく、智弥に喋っている。

「っとにさあ……」

いつものことだった。

話しかけられていないながら、これほど長い時間黙っていられる人間に、夏都はいままで会ったことがないし、今後も会う気がしない。が、これはいわば壁に向かって話しているようなもので、言いたいことを全部言えるから、下手に相槌《あいづち》を打たれるよりもむしろ楽なのだった。昭典と暮らしていた頃、夏都が愚痴を言ったり何か日常の出来事を報告したりしているとき、相手の相槌がいちいち邪魔くさかったのは記憶に新しい。そうだ、まだ記憶に新しい。だからこうして智弥に向かって喋っているとき、いっそうの気楽さをおぼえるのかもしれない。中学時代は軟式テニス部だったが、負け試合のあと、夏都はいつも黙々と壁打ちをやっていた。あの感覚に少し似ている気がする。しかもこの壁は、打ち返してもらいたいと思ったときには、ちゃんとそうしてくれるのだ。

「聞いてる?」

というのが、打ち返してもらうための合図だった。

いや合図というよりも、コツだろうか。

「一つの行動に一つの理由があるわけじゃないよ」

ノートパソコンのディスプレイに見入りながら、智弥は唇だけ動かして言う。

「とくに女の人はね」

「とくに女の人はね」

わざと顎を突き出し、唇を尖《とが》らせて繰り返してやったが、こんなことで智弥は動じない。

グラスの中身をひと口飲み、ソファーの座に寄りかかった。このリビングにはローテーブルの二辺に沿ってL字形に木製のソファーを置いているが、夏都はほとんどその上に座ったことがない。新婚当初、このソファーセットが届いた日から、座るのは絨毯《じゅうたん》の上で、ソファーは寄りかかるために使っていた。昭典はそれが嫌なようだったが、くつろぎ方を人に合わせるのもおかしな話なので、いつもこの体勢だった。

「それって、男は単純だって言ってるようにも聞こえるわよね」

「そうだよ」

眼鏡にディスプレイの光を白く反射させながら智弥は平然と返す。

「あくまで女の人と比べたらだけど」

「ほかに何がいるのよ。男と女と」

「雄と雌」

何か性的な意味合いのことを言ったのかと思い、少し身構えたが、人間以外の生き物のことだとすぐに気がついた。

「人間の、しかも女は、いちばん難しいか」

「行動の理由が複合的だからね」

「まあ言われてみると確かに、あのアパートに行った理由は一つじゃないんだよなあ」

……さっき言った全部かも」

アパートの玄関先で感じた自分の気持ちについては、もうすっかり智弥に話し終えていた。ドラム式洗濯機の窓を覗き込んでいるみたいに、いろんな色が見えては消えていったと夏都は描写したが、あれはなかなかいい喩《たと》えだったかもしれない。要するに、全部そこにあったのだ。

智弥はディスプレイに向き直り、また素早くキーボードを操作して何か打ち込む。あんなに速く指を動かすだけでも難しいだろうに、指先がすべて決められた場所に打ち下ろされているのだから、いつ見ても驚く。何を書いているのだろうと、夏都はそれとなくディスプレイを覗いてみたが、角度が悪くて見えなかった。

「でも、夏都さん自身が気づいていない理由が、もう一つあると思うんだよね」

「何よ」

「まあ気づいていないかどうかは僕にはわからないけど、少なくともさっき僕にはそれを言わなかった」

「だから何よ」

「夏都さん」

「うん？」

「昭典さんのアパートに着いて、車から出る前に、車のルームミラーを見なかった？」

いったい何の話だ。

「ルームミラーってほら、フロントガラスの手前についてる横長の」

「知ってるわよ」

昭典に会う前の自分を思い返してみた。アパートのそばに柳牛十兵衛号を駐め、サイドブレーキを引き、用意してきたロコモコ丼とシャケのおにぎりが入ったビニール袋を助手席から取り上げ——いや、その前にルームミラーを見た。

確かに見た。髪を直したのだ。

「……見たら何なの？」

「あまり美人じゃなかったんでしょ？　夏都さんの店に来た人」

「うんまあ」

だからだよと智弥は言う。

「だから夏都さんは昭典さんの部屋に行ったんじゃない？　もちろん理由は複合的だったんだろうけど、一つにはそれがあったんだと思う」

「何で相手が美人じゃなかったら元旦那のアパートに行くのよ。まったく意味がわからないんだけど」

「ほらいま〝相手〟って言ったでしょ。夏都さん、前からずっと、昭典さんが付き合ってる女の人のこと、どうでもいいとか、馬鹿馬鹿しすぎて考えるのも面倒くさいとか言ってるけど、やっぱり敵視してるんだよ。まあ敵視して当然なんだけどもさ」

マウスを動かして画面のどこかをクリックする。

「要するに、その人よりも自分のほうが美人だっていう事実を、夏都さんは昭典さんに再認識させたかったんだろうね」

顎が固まったように、急に言葉が出なくなった。

が、無理やり口をひらいた。

「再認識させて……どうするってのよ」

「どうするんだろ」

無表情な横顔で答える。

「わからないな、僕には」

「あんた、何か言いたいんじゃないの？」

「僕が？ 僕はただ訊かれたことに答えてるだけだよ。言いたいのは夏都さんでしょ」

「あたしが何を言いたいのよ」

「知らないよ。何でも訊かないでよ」

じつのところ、訊くまでもなく、もうわかっていた。

自分が昭典のアパートに何をしに行ったのか。

お前が逃した魚はこんなに大きかったんだぞ。こんなふうに、お前がやりたかった移動デリの仕事を一人で成功させているんだぞ。――それを見せつけたかった。見せつけることで安心を得たかった。それほどまで自分は不安だった。

そんな夏都の心情をさらりと解き明かしてみせた中学二年生の少年は、相変わらずキーボードを操作して何か打ち込んでいる。それがまるで、自分の心情を目の前のコンピューターで分析されているかのようで、夏都は思わずローテーブルの下で甥《おい》っ子の足を蹴った。

「あんたさっきから何してんのよ」

「何って？」

智弥はくるりと顔を向ける。

「それ、いま書いてるやつ」

「ただのメールだけど」

智弥はノートパソコンをこちらに向けてみせた。英文で何か長々と書かれたメールが表示されている。

「あんた人と話してるときに何メール書いてんの？　しかも英語の」

「言語は関係ないでしょ」

夏都の姉であり智弥の母親である冬花は、看護師として都内の総合病院で働いていたが、十五歳年上の外科医と結婚し、離婚し、退職し、二歳の智弥を連れてアフリカのガーナに飛んだ。ジャパンなんとかという国際協力団体に所属し、派遣看護師として現地の医療を助けに行ったのだ。姉はそこに六年間いたあと、今度はジャマイカに派遣されて二年間働いた。だから智弥は海外で十歳まで過ごした。ガーナもジャマイカも英語圏だし、智弥は日本に戻ってきてからもインターネットを通じて夏都にはよくわからない相手とよくわからないやりとりをつづけているので、英語を使える。ただし〝使える〟というのは読み書きに関してのことで、会話に関しては謎だ。十歳まで英語圏で暮らして、まさか少しも喋れないことはないだろうけれど、夏都は智弥が英語を喋っているところを一度も見たことがない。冬花に訊いてみたら、彼女も、智弥がほんの三歳か四歳の頃、ガーナで現地の子供たちとたどたどしいやりとりをしていたのを憶えているくらいらしい。学校のテストはいつも満点で、成績表もオール◎だったので、言葉に関して何の問題もないという気でいたが、そういえば喋ってるの見たことないわなどと適当なことを言って笑っていた。

智弥本人にも訊いたことがあるけれど、

——いまは日本に住んでるんだから喋る必要ないでしょ。

そっけない返事だったので、それ以後は面倒で話題にしていない。

「っとに、お姉ちゃんがしつけを怠ったせいで、息子はこんなになっちゃいましたよ。人と喋りながらメールですよ」

鼻を鳴らしてラム酒の麦茶割りをすすった。

「夏都さん、知ってると思うけど」

智弥はディスプレイに顔を戻して言う。

「ノートパソコンって、どこでも使えるんだよ」

言葉に詰まった。

以前に昭典が使っていた部屋を、いまは智弥に使わせている。だから智弥には自分の部屋があるし、そこにいる時間が長い。しかし、夏都が仕事の片付けや明日の準備を終え、リビングでひと息つこうとすると、いつのまにかここでノートパソコンを使っている。そして夏都はこうしてソファーに寄りかかり、智弥に愚痴を言ったり、その日の出来事を喋りまくったりする。そのあいだ智弥は、こちらが意見を聞きたがらないかぎり相槌さえ打たないが、そのかわり、席も立たない。いままでそのことに、夏都は何の疑問も持たなかったけれど、思えば中学二年生といえば、誰かが家にいるときこそ、自分の部屋に籠もりたがる年頃のはずだ。

「……ごめん」

口の中で呟くような声になった。

「いや、べつにいいんだけど」

智弥はこちらに顔も向けず、スウェットパンツのポケットを探って何か取り出した。黒いコードをほどいて先端をノートパソコンの横に挿す。何かと思えばゲームのコントローラーだ。今度は反対のポケットを探ってイヤホンを取り出し、両耳に装着すると、猫背になって画面を覗き込み、コントローラーをぱちぱち操作しはじめた。急にゲームがやりたくなったのか、それともこれ以上は夏都と話したくないという意思表示なのか、わからない。

しばらく待ってみたが、智弥は眼鏡にカラフルな色を目まぐるしく反射させながらゲームをつづけるばかりだった。こっそり上体をそらして画面を覗いてみると、西洋の鎧《よろい》や日本の着物を身につけた五人の男女が、よってたかって一匹の化け物を殴りつけている。やられているのは斧《おの》を持った二足歩行の猪で、斬りつけられるたびに本物のような赤い血が傷口から噴き出た。しばらく見ていると、最後にひときわ激しく血しぶきを上げて猪人間は斃《たお》れ、きらきらのコインと、何だかわからない緑色の人魂《ひとだま》のようなものを残して消えた。

「そのノートパソコンの電気代だって――」

意識する前に、口から声が洩れていた。

「あんたが払ってるわけじゃないでしょ」

ただし、イヤホンを両耳に突っ込んでいる智弥に聞こえない程度の声だった。昭典のアパートで、手を振るキティちゃんのすぐそばにロコモコ丼とおにぎりを置いたときに似た、快感に近い感覚が走った。しかしその感覚はすぐに消え去り、胸の中が虚しさで埋まった。さらにそこに隙間風でも吹いたように、夏都は不意に冷たいものを感じた。

浮かんできたのは、駐車スペースを貸せなくなったと言ったときの棟畠の顔だった。申し訳なさそうというよりも、相手を可哀想に思うような、あの顔つき。あれは、そのあとにつづける話を演出するための手段だったのかもしれないが、もしかすると本心が顔に出ていたかもしれない。棟畠は本当に夏都を哀れに思っていた可能性もある。ひょっとしたら、智弥も同じだったのではないか。中学二年生の甥っ子は、ここで二人で暮らしながら、ずっと夏都のことを可哀想に思っていたのではないか。だからいつもこうしてリビングで時間を過ごしてくれているのではないか。

雲が太陽を隠し、地面の影が薄れるように、自分と外部との輪郭がふと曖昧になる感覚に囚《とら》われた。黙っているのが怖かった。

「お姉ちゃんから毎月お金は送ってもらってるけどさ」

智弥に聞こえないよう、声のボリュームを調整したまま呟いた。

「それって何、養育費っていうの？　あんたの学校とか塾とか文房具とか、基本的な食費とか、たまに買う服とか、そういうのに必要な金額だけでさ、余分にはもらってないんだよ。お金、足りないんだよ。今日から足りないの。いつもお店をひらいてた場所が使えなくなっちゃったの。ここの家賃だって、いつ払えなくなるかわからないの。今日からわからないの。いままでだってわからなかったのに、もっとわからなくなったの」

吐き出すことで、不安や哀しさが少しでも小さくなってくれるかもしれないという、淡い期待もあった。しかし言葉をつづけるごとに、その期待のほうが逆に小さくなっていき、ついにはどこかへ消え失せた。智弥は相変わらず画面に見入ったままコントローラーを動かしていたが、夏都が言葉を切ると同時に、すっと上体を起こし、両耳からイヤホンを抜き取って差し出した。

「え……何」

智弥はただ唇を結んでいる。

夏都は差し出されたイヤホンを自分の耳に入れてみた。

何も聞こえなかった。

「本音でもこぼすかと思ってさ」

言うなり智弥は顔をそむけてノートパソコンに向き直る。

「そうだよね。ノートパソコンを使うだけで電気代かかるよね」

「あ、違う、いまのは――」

「違わないでしょ。電気代のかからないパソコンなんてないんだから」

「そうだけど――そうじゃなくて――」

ぱた、と智弥はノートパソコンを閉じた。ゲームのコントローラーといっしょにそれを脇に抱えて立ち上がると、そのままソファーの後ろを回り込み、夏都と距離をとるようにしてリビングを出て行こうとする。

「ねえ――」

夏都が腰を上げかけると同時に智弥は振り返った。

「売り払ってお金つくる」

「え、何でよ。売ったりしないでいいよ。さっきのは違うんだから」

智弥は答えず、そのままリビングを出ていき、キッチンを抜け、廊下の先に消えた。かつて昭典が使い、いまは智弥が使っている部屋のドアが、いつもと変わらない静かな音で閉じられた。

どうして、何もかもこんなに難しいんだろう。

（五）

十二個目のゆで卵を蛇口に押しつけ、水道のレバーを上げた。卵の中に流れ込んだ水が一気に殻を割り、ぽこんと中身が飛び出して、流しに置いておいたボウルに転がり込む。あらかじめ殻の上下を薄皮ごと少し剝いておき、こうして水を勢いよく流し入れてやると、ゆで卵は綺麗に素早く中身を取り出すことができる。チン、と音が鳴った。電子レンジの扉を開けると、キッチンペーパーに並べておいた大量の細切りベーコンがカリカリに仕上がっている。

「やっちゃったなあ……」

キッチンペーパーごとベーコンを取り出してテーブルに運びながら、夏都は壁の時計を見た。午前十時十五分。智弥は学校に行っている。

「やっちゃったよなあ……」

宛先不明の言葉を、また呟いた。

朝食のとき、夏都はあれこれと話しかけたり、昨夜のことをもう一度謝ったりしたが、智弥は無反応だった。もっとも無反応はいつものことなので、昨夜のことを気にしているのかどうかはわからず、わからないまま通学バッグを持って出ていかれてしまった。目の前のテーブルに向き直って溜息をつく。空気を吐き出したというよりも、身体から空気が洩れたような気分だった。ぐつぐつと鍋が鳴っている。ショートパスタ用のお湯が沸いたらしい。鍋のお湯に塩を入れようと、テーブルに置いたキャニスターを手に取ったとき、玄関のドアが音を立てた。

ほんの微かな音。

誰にも気づかれないよう、注意深くドアを閉めたような。

耳をすます。寸胴鍋のお湯が泡立つ音以外は何も聞こえない。午前中の買い出しに行って、一時間ほど前に帰ってきたとき、ドアには確かに鍵をかけたはずだ。そして、夏都以外に玄関の鍵を持っている唯一の人物である智弥は、いま学校にいる。昭典の顔も浮かんだが、合い鍵はとっくに返してもらった。

昨日の男のことを思い出した。梅干しのおにぎりを三度も買いに来て、夏都の顔をじっと見つめていた、ダウンジャケットの男。

振り返り、廊下へつづくドアに近づく。右手に塩のキャニスターを持ったままでいることに気づき、それをテーブルに置いた。そっと置いたつもりなのに、硬い音が心臓に響くようだった。

わざと咳払いをしてから、じっと聴き耳を立てる。

「智弥ぁ?」

意識して気の抜けた声を出してみたが、何も聞こえてこない。

ドアの前に立つ。レバーを下げ、ゆっくりと押す。隙間から首を差し入れて暗い玄関を覗き見るが、誰もいない。何もない。

いや、封筒がある。

廊下を抜け、玄関マットの前に膝をついた。無地のクラフト封筒が一枚。夏都はそれを手に取ったが、中を見る前に立ち上がり、靴下のまま三和土へ下りてドアを開けた。左手につづく外廊下は途中で右に折れ、そこを曲がるとエレベーターが一基ある。目を凝らすと、階数ランプが動いていくのが見え……四……三……二……ここは七階なので、ちょうど、さっきドアの音をさせた誰かが乗り込んで、下りていったようなタイミングだ。

外廊下の風に身体をさらしながら、夏都は封筒の中を覗いた。

一万円札が見えた。一枚ではない。

ドアを閉めて玄関の明かりをつけた。

封筒の中には一万円札が三枚と千円札が四枚。そして折り畳まれた紙が入っていた。

その紙はノートの一ページで、定規か何かをあてて切り取ったように見えた。

『これまでの電気代と、これからしばらくの電気代として渡しておきます。』

知らない人が見たら、漢字をよく知っている小学校低学年の子供が書いたと思うかもしれないが、智弥の字だった。

（六）

ジャマイカから戻ってきた冬花がふたたび日本を離れたのは、半年前のことだ。

小児医療にまつわる技術不足と人手不足を解決する、その一助となるべく、姉は単身パプアニューギニアに飛んだ。いや、本当はそれまでと同様、智弥も連れていくつもりだったのだが、本人が行かないと言ったので、一人で行ったのだ。そのせいで、昭典と離婚したうえ移動デリの開業直後で大忙しだった夏都が、智弥を預かることになり、いまこうして3LDKのマンションに二人で暮らしている。

はじめは、長崎の田舎町で暮らす祖父母——夏都と冬花の両親が、智弥を世話するという話になっていた。しかし、それを本人が頑《かたく》なに嫌がったのだ。冬花が理由を訊いたところ、町に光がないと智弥は答えたらしく、姉は自分の息子が祖父母の暮らす土地に対して何かよほどネガティブなイメージを持っているのかと思ったらしいが、要するに光通信のことだった。

「問題勃発だなあ……」

智弥の部屋の真ん中に、夏都は立っていた。

掃除をするとき以外、ここに入ったのは、ひょっとすると初めてかもしれない。

昭典が使っていたデスクと入れ替わりに置かれた、智弥のパイプデスク。

いつもその中央に置かれていたノートパソコンが、消えている。

がらんとしたデスクの上を眺めているうちに、鼻の奥がぐんぐん痛くなり、気がつけば涙がこぼれる寸前だった。ほんの一瞬迷ったが、夏都は泣くことにした。玄関に置いてあった封筒を、まだ右手に持ったままだった。あとで中身ごと智弥に返すつもりなので、それを濡らさないよう気をつけて泣いた。

封筒の中身を目にしたあと、夏都はサンダルをつっかけてエレベーターに乗り込み、一階に下りてマンションの周りを探してみたが、智弥の姿はどこにもなかった。学校を抜け出してきたのだろうか。中学二年生が、どうやってノートパソコンを現金化したのだろう。学校に電話をかけたほうがいいだろうか。いや、その前に冬花に連絡をしたほうがいい。パプアニューギニアとの時差は一時間程度だ。夏都は海の向こうにいる姉の携帯電話を鳴らしたが、相手が出る前に咄嗟に切ってしまった。

智弥のことでは、こちらからは絶対に相談の連絡をしないと決めていたのだ。

異常な人手不足の中、乏しい設備の小児病院で働く冬花に余計な心配をかけたくない——のではない。単に悔しいからだった。何かあったらいつでも連絡してくれと冬花には言われているが、これまで一度も夏都のほうから連絡をしたことはない。こうして意固地になって一人で何でも抱え込んでしまうのが、自分の短所だとわかってはいるのだけれど。

けっきょく夏都は、どうしたものかと心を決めかねたまま、封筒を片手に、こうして智弥の部屋に立っている。

もうすぐ智弥の誕生日だ。一月八日なので、あと二週間ほど。そのときに新しいパソコンをプレゼントするという考えが、夏都の頭をよぎったが、それをやってしまったら、智弥をさらに傷つけることになるかもしれない。いや、ならないだろうか。自分が冷静でないときに、人の心情を上手く想像できるはずもない。昭典のように単純きわまりない構造の人間相手なら別として。

デスクの端に置いてあるティッシュペーパーを何枚か抜き取り、目頭に押しつけて涙を吸い取った。濡れたそのティッシュペーパーで洟《はな》をかみ、少しすっきりすると、鼻の下を拭きながら、夏都は部屋の中を漠然と眺めた。

といっても、見るものはあまりない。

パイプベッドと青い布団。本が並んだスチールラック。折りたたみ式のパイプデスク。シンプルなペンケース。デスクの下に置いてある、いつも中身がほとんど入っていないゴミ箱。その隣にある縦長の薄い機械は何だろう。裏から電源コードが延び、手前側で緑色のパイロットランプが光っている。

いまの男の子の部屋というのは、みんなこんなものなのだろうか。

もっとも夏都は、昔の男の子の部屋がどんなものだったのかも知らない。姉妹二人で育ったし、中高生の頃は奥手で女の子とばかり遊んでいたので、智弥がここへ来るまで〝男の子の部屋〟というものを生まれて一度も見たことがなかった。

そういえば、智弥が引っ越してくるとき、持ち物や家具類があまりに少なかったので驚いたのを憶えている。夏都に気を遣って処分でもしてきたのかと思ったら、本人曰く、「いやこれで全部」とのことだった。

そうだ、あのとき。

——ここにほとんど入ってるから。

そう言って持ち上げてみせたのはノートパソコンだった。

それを、智弥は手放したのだ。

「まいったよなぁ……」

その独り言が鼻声だったので、また泣きそうになった。しかし今度は面倒なので堪《こら》え、夏都は部屋の角に寄せられたスチールラックの前に立ってみた。パソコン関連の雑誌や、数学や物理学関係の新書がたくさん並んでいる。それらを眺めているうちに、一番端に、背表紙の雰囲気がほかと違う雑誌が一冊あるのを見つけた。一番端というのは、左から右へ並んだ本たちの、右端ではなく、左端だった。ほかの本にもたれかかられ、壁とのあいだに挟まれている。背表紙もちょっと引っ込んだ位置にあるので、ちょうどその雑誌は、隠してあるような格好で仕舞われていた。青少年が部屋にこっそり保管するのが、どんな種類の雑誌なのか、ちょっとした予感はあったが、夏都はつい腰を屈《かが》めて手を伸ばした。上端に指を引っかけて手前に引いてみると、表紙のタイトルが見えた。『移動デリで稼ぐ』。

視界がぶわっと滲《にじ》んだ。

「叔母はねえ……心打たれてしまいますよ」

冗談にまぎらわせないと、とてもじゃないが哀しすぎた。

「可愛げのない甥っ子に、なんとか許してもらいたいもんですよ」

ロングTシャツの袖口を目もとに押しつけながら、夏都は雑誌をもとの場所に戻そうとして——ふと手を止めた。

壁際に何かある。

この雑誌が一番端に押し込んであったかと思ったら、そのさらに左側、壁とのあいだに、何か薄いものが挟まっていたのだ。

そっと引き出すと、それはクリアファイルだった。

中身を抜き出してみる。どうやら、右側に並んでいるパソコン関連の雑誌からページを切り取ったもののようで、切り取った目的は、ひと目でわかった。

どの切り抜きにも、同じ女の子の写真が載っている。

智弥と同年配くらいの、なんとも可愛らしい少女。目が大きくて、首が細くて、鼻筋が通っていて、昔には絶対になかった顔だ。髪の毛は緑色だったりオレンジ色だったり真っ白だったり、着ているものは、宇宙服のようだったり、外国の人形のようなひらひらのドレスだったり、猪の着ぐるみだったりした。猪の写真では、右手に斧を手にしている。

少女は様々な格好で、様々な特集ページに登場し、新発売のゲームを試して感想を言ったり、パソコンで画像を加工するやり方を紹介したり、ただ立っていたりした。名前はカグヤというらしい。かぐや姫のカグヤだろうか。その顔を眺めているうちに夏都は、以前にテレビCMで彼女が喋っているところを見たことがあるのを思い出した。あれは何のCMだったろう。声のトーンが妙に一定で、それほど早口でもないのだが、ぽきぽきと小枝でも折っていくように喋る少女だった。

なるほど、智弥も普通の男の子だったわけだ。

クリアファイルを壁際に戻しながら、夏都はなんだか少しほっとしていた。

（七）

「あの……先生？」

高田馬場の駐車場で開店準備をしていると、菅沼の姿が見えたので、夏都はカウンターから身を乗り出して呼びかけた。

菅沼は自転車置き場に、例の水玉模様の白い自転車を駐めているところだった。声をかけられた瞬間、陰気な白髪まじりのウォーリーは、ぎくっとした様子で、一瞬動きを止めてから振り向いた。

「……何でしょう」

その様子が、夏都が用意してきた質問の抑揚を変えた。

「智弥から何か連絡がありましたでしょうか」

ノートパソコンを売るのに、誰か大人が協力したのではないかと考えたのだ。

中学二年生が電化製品を売り払おうとしても、あんなに即座に現金化できるものではないだろう。親の承諾書か何かが必要になってくるはずで、たとえそれに自分で記入しようとしても、中学生の字ではすぐにばれてしまうし、智弥の字ならなおさらだ。

そう考えたとき、最初に浮かんだのが菅沼の顔だった。

「……智弥くんから、ですか」

昨日と同じジャケットの、肩のあたりをぎこちなく強ばらせながら、菅沼は上体を起こしてきをつけの体勢になった。

夏都はいよいよ二人の共犯を確信した。

「ええ、昨日の夜か、今朝か」

「いえ、彼からメールは——」

「メール？」

夏都は探偵になった気分で指摘した。

「あたしメールだなんて言ってませんよ」

「え……」

「連絡がありましたかって訊いたんです。メールだなんて言ってません」

菅沼の唇が細く隙間をあけ、度の強そうな眼鏡の奥で両目が不安げに揺れた。何か言おうとして、菅沼は息を吸い、それをそのまま吐き出し、また吸ってから声を洩らした。

「昨日……申し上げたとおりなんです」

「はい？」

「私はその、電話というものが不得手でして……彼には電話番号を教えていないのです。いえ彼だけではなく、ほとんど誰にも」

「……そうですか」

拍子抜けがした。

封筒を見つけてから一時間以上経っているが、けっきょく学校には連絡できていない。冬花からも電話は返ってきていなかった。

「先生、ちょっとお訊きしたいんですけど」

電話が不得手であることを責められるとでも思ったのか、菅沼は叱られた子供がさらなる追及に対して身構えるように、両手を握って顎を引いた。

「たとえばなんですけど、中学生くらいの子供がパソコンとかそういったものを中古品店に売ろうとしたら、簡単にできるものなんでしょうか？」

菅沼はぱっと明るい顔を上げた。

「無理でしょうな」

「ですよね」

「智弥くんならば可能かもしれませんが」

「どうしてです？」

「彼には協力者がたくさんいますから」

「協力者？」

「あれ、ご存じない？」

「はい」

そうですか、と菅沼は意外そうに夏都の顔を見直した。

「いるんですよ、協力者が。智弥くんは彼らをメンターズと呼んでいますが、これはなかなかいい命名だと思います。メンターというのは助言者、指導者という意味の言葉で、オデュッセウスが我が子の教育を託したメントルという指導者の名前が語源になっていると聞きます」

「え、どこにいるんですか？」

あっはっはっと菅沼は急に笑い、ゆるゆると頭を横に振った。

「どちらも神話の中の人物ですよ。オデュッセウスもメントルも」

「いえそれはわかってますけど、その、メンターズ？　その人たちは」

「ああ、世界中です」

世界中、と夏都は思わず繰り返した。

「彼は世界中に助言者を持っていて、何か自分では解決できない問題に直面したとき、私などよりも素早く解法を見つけてみせます。もちろん日本にも協力者はいますから、国内でパソコンを現金化したり現金をパソコン化したりなんて造作もないことでしょうね。頼れる相手がたくさんいるというのは、まったくうらやましいかぎりです。きっと社交性のたまものなのでしょうな」

「社交性、ですか」

「ネット上の」

「ああ」

菅沼の説明はずいぶん大仰《おおぎょう》だったが、要するにインターネット経由で大人が関わりさえすれば、中学生でもパソコンを現金化することは可能なようだ。智弥もそうしたのだろうか。

「そういえば智弥くんの叔母さん」

「はい」

顔を向けると、菅沼はしまったというように口許を押さえた。が、何がまずかったのか夏都にはわからなかった。

「申し訳ありません、叔母さんという呼び方は失礼でした。私と同い年なのに、もっと年上の女性のように聞こえてしまう」

「べつに構いませんけど」

「しかし、掛川さんとお呼びした場合、智弥くんと同じ姓なので紛らわしい」

そうだろうか。少なくとも夏都の前では智弥のことを「智弥くん」と呼んでいるのだから問題ないと思うが。

「あっそうだ、彼があなたを呼ぶのと同じ呼び方をするのが一番わかりやすいかもしれませんね。どうしてすぐに気づかなかったのでしょう。でも気づいてよかった。これからは夏都さんと呼ばせていただきます」

「あ、ええべつに何でも」

「そうそう、例の件でご報告です。素手で握ったおにぎりが皮膚の常在菌と塩によって発酵し、うまみが増すというあの仮説は正しかったことが証明されました」

「あのあたし、ちょっと準備しながらお話ししても……？」

「構いません」

今日のメニューを貼ったホワイトボードを抱え、車の外に出た。それをカウンターの脇に掛けたり、ゴミ用のポリバケツや看板を車から出したりしながら、夏都は菅沼の話を聞いた。

「昨日の夜、実験をしました。ラップを使用して作ったおにぎりと素手で握ったおにぎりをそれぞれ十個ずつ用意し、アルミホイルで包んで五時間置いた上で食べ比べてみたんです。するとやはり、素手で握ったもののほうが断然美味しかった」

「じゃあその、乳酸菌だかが実際にあれして――」

「わかりません」

「え」

「食べ物の味というのはあくまで主観的なものですから、食べて美味しければ、それは美味しい食べ物です。乳酸菌の数がどうというよりも、今回は素手で握ったおにぎりが本当に美味しいのかどうかを確かめる実験でしたので、あれで十分かと思います。ブラインドテストでしたから、思い込みの類《たぐい》でもありません。結論としては、素手で握ったおにぎりは美味い」

何か言葉をつづけるかと思ったが、菅沼はただ得意げに、耳と耳が口でつながったような笑顔で、こちらを見ている。夏都はフォークとスプーンと割り箸が入ったトレーをそれぞれカウンターに並べた。

「なんだか昨日、ずいぶん大がかりな実験をするように聞こえたので、あたし何かその、乳酸菌の数でも数えて比べたりするのかと思ってました。学生時代の後輩の方に場所を借りてとか、たしかそんなこともおっしゃってましたし」

「借りました」

「あ、じゃあやっぱり実験室で」

「そんなことは言っていません」

「違うんですか」

「とんかつ屋です」

菅沼は眼鏡を直し、また得意げに頰笑んだ。

「彼の家の家業でしてね」

（八）

「最初から、きっかけが欲しかったんじゃないの？」

意味がわからず、夏都はハンドルを握ったまま助手席を見た。

智弥はシートに背筋を伸ばして座り、眼鏡に街灯が映り込んでいる。

「何のきっかけよ」

「夏都さんに話しかけるきっかけ」

「何で」

「青だよ」

夏都はアクセルに足をのせ換えて車を発進させた。

午後三時前に、夏都は店を仕舞ってマンションに戻った。智弥がいるかと思ったが、どうやら一度帰って出かけたあとのようだった。塾のある日だけれど、まだ家を出るには早い。きっと自分と顔を合わせたくなかったのだろうと、夏都は智弥の帰りを待ちながら溜息ばかりついていたが、やがて腰を上げ、また柳牛十兵衛号に乗り込んで高田馬場へと戻ったのだ。

塾帰りの智弥を迎えに来たのなんて、初めてのことだった。

建物から出てきた智弥を助手席に乗せたものの、ノートパソコンのことは、いまも切り出せていない。学校を抜け出したのかどうかも訊くことができず、けっきょく夏都は冬の日暮れの早さや夜風の冷たさなど無意味な話題で沈黙を誤魔化し、それが終わると、菅沼の話をしたのだ。

「乳酸菌とか発酵とかが、そもそも最初からあたしに話しかけるきっかけだったってこと？」

「そう。しかもそれって、次回もう一度話しかける口実ができる話題だしね。実際に今日、実験してみましたよって言ってきたわけでしょ？」

「きた」

「なら間違いないよ」

でもどうして自分に話しかけるきっかけなんて、わざわざ——。

という疑問は浮かばなかった。

「へえ……」

中学校時代くらいから、夏都はまあ、もてないほうではなかった。

女子高時代、いまは音信不通となってしまった朋香《ともか》という当時の親友と、そのせいで仲違《なかたが》いしたことがある。あれは朋香が他校に通う彼氏と待ち合わせをして、その待ち合わせ場所まで付き合ってくれと言われ、いっしょにミニストップの前まで歩いて行ったときのことだ。もう名前も忘れてしまったけれど、ブレザーのネクタイを極端に緩めた、自分の容姿にちょっと自信を持っていそうな彼氏は、夏都を意味ありげな目で見ていた。誰かに風邪をうつされたと感じたときのような、漠然とした嫌な感じがあった。朋香が夏都を紹介し、この子こんなに可愛いのに彼氏いないんだよと余計なことを言った。二週間くらいすると朋香に学校で避けられるようになった。なんとか捕まえて話をすると、避けていた理由は「ターくんがあんたのことを好きになった」からだった。そう、あの男はターくんだった。ほんの二分か三分だけいっしょにいた相手を好きになるということがまったく理解できなかったし、たとえそれが単なる思い込みだったとしても、そのことを朋香に伝えるという行為が意味不明で、あの彼氏に死んでほしいと夏都は本気で思った。

「菅沼先生は夏都さんと正反対だからね」

「何がよ」

「ぜんぶ事前に計算して、それ通りに物事を進める。ただ誰かに話しかけるだけなのに、わざわざ話題を周到に用意したり、おにぎりを握って食べ比べたり」

「無計画でごめんなさいね」

一長一短だよと智弥は言った。

「菅沼先生みたいなタイプは、予想していなかったことが起きたときに、かえって困るんじゃないかな。ほら今日、夏都さんが最初に声をかけたとき、慌てたような感じだったって言ったじゃない？ それも、計算外のタイミングで話しかけられたもんだから、きっとびっくりしたんだよ」

「教え子の叔母に話しかけられるのが、そんなに計算外かしらね」

「数字が出てくる計算以外は、先生、たぶんまったく才能がないんだ」

「なら計算しなきゃいいのに」

ノートパソコンの話を、いいかげんしなければ。

しかし引き延ばしてしまったぶん、余計に切り出しづらくなっていた。

「でもさ、おにぎり、ほんとに二十個もつくって食べ比べたのかね」

「先生は、そういうことでは嘘はつかないよ」

「正直者」

「いや正直ではない」

「何で？」

「夏都さんけっこう嘘つかれてるし」

「ん？」

「だって先生、夏都さんが僕の叔母だってこと知ってたよ。年齢だって知ってたはず」

「は？」

「前に授業の内容で訊きたいことがあってメールしたんだけど、そのときついでに僕、夏都さんのこと書いたから。あの人は母の妹で、叔母ですって。菅沼先生とちょうど同い年だとも書いた」

「忘れてたとか」

「先生は一度知ったことは絶対に忘れない」

「何それ、え、じゃああの人――」

できれば控えめな表現を見つけたかったが、見つからなかった。

「大嘘つきじゃない」

「単に嘘がばれやすいんでしょ。たとえば僕に口止めするとか、そういった根回しをしないから。大嘘つきなんて、人間みんなそうだよ」

契約している月極駐車場に到着した。

マンションから徒歩一分の場所にある、砂利敷きで露天の駐車場だった。マンションのタワーパーキングだと車高制限に引っかかってしまうし、料理や荷物の積み卸しには露天のほうが便利なので、ここを契約したのだ。仕事に出るとき、そして仕事から帰ってきたとき、夏都はここととマンションのあいだを、台車を押しながらそれぞれ二往復ほどして料理や水を運ぶ。

「ねえ智弥」

サイドブレーキを引いてエンジンを切ったときになって、ようやく踏ん切りがついた。

「あのパソコンのことなんだけど」

ジーンズの後ろポケットでスマートフォンが振動した。抜き出してディスプレイを見てみると、冬花からだった。出ようかどうしようか。いまは智弥が隣にいる。しかし冬花も忙しい中、かけてきたのだろうからと、けっきょく通話ボタンを押した。

『おう、なーちゃん。着信入ってたけど、なんかあった？』

遠く離れた国からなのに、こうしてはっきりと声が届くことに、いつもながら奇妙な気分になる。

「あ、ううん大丈夫。ええと、ごめん、またあとで話せるかな？」

『今日は難しそうだなあ、院内で蚊に刺されてマラリア発症しちゃった子がいてさ、しかも窓口に強盗入ったし』

「そっかあ。まあべつに――」

喋りながら助手席のほうへ目をやった瞬間、言葉がどこかへ飛んでいった。

智弥が膝の上でノートパソコンをひらいているのだ。

『明日の朝なら大丈夫だと思うけど。強盗も捕まってるだろうし。なに智弥のこと？』

「あ、ごめんお姉ちゃん、何でもない」

『何よ』

「何でもない、ごめんごめん仕事頑張って」

電話を切り、智弥に向き直った。

「……何で？」

智弥はくるりと顔をこちらに向けた。パソコンのディスプレイで白く照らされた顔には、とくにこれといった表情も浮かんでいない。

「ん？」

「あんたそれ、売ったんじゃないの？」

「それって？」

「そのパソコン」

智弥はしばらくノートパソコンを見つめてから、また顔を上げた。

「何で？」

「何でって、あんたそれ売ってお金つくったんでしょ？」

「ああ、玄関に置いといたお金の話？　あれはそうびを売ったんだよ」

そうび、と夏都は繰り返した。

「ゲームの装備。武器とか防具とか指輪とか」

ゲームの中の品物がインターネット上で現金売買されることがあるというのはニュースで見て知っていたが——。

「あんな金額がぱっと手に入るの？」

「欲しがる人はたくさんいるからね。お金もネットバンキングですぐ振り込んでくれるし。まあ今回は最初にドルで売って、それを円に換えたから、そんなにすぐでもなかったけど。夏都さん、お母さんに何か用事だったの？」

「あっちに着信履歴を残しちゃったのよ」

「ああ……スマホいじってたら間違えて発信して、あっちに着信履歴を残しちゃったのよ」

「僕が夏都さんに電気代を払うために大事なノートパソコンを売っちゃったと思い込んで、それをお母さんに相談しようとしたけど、頼ることが悔しくなって相手が出る前に切ったとか？」

むかっときたが、夏都は何も答えず、ただ鼻で笑った。それをどう捉えたのかわからないが、智弥も軽く鼻で笑い返した。

「僕がパソコンを手放すわけないじゃん」

それをぱたっと閉じ、智弥は先に車を降りた。

夏都も外に出て、ダウンジャケットの前を掻き合わせた。

「あんた来月、誕生日だよね」

「そうだっけ」

誤魔化し半分だった。

「何がほしい？」

「べつに何も」

「去年はお姉ちゃんに何もらった？」

「憶えてないよ」

「そうですか」

路地を吹き抜ける夜風には、固いけれど少しほどけた、年末の肌ざわりのようなものがあった。

「今日、あんた学校抜け出したんでしょ」

抜け出したよ、と智弥は先を歩きながら平然と頷いた。

「銀行に行ったり、マンションにお金を置きに行ったりしなきゃならなかったから」

「不良になるよ」

「古い言葉だね」

智弥に謝るのを忘れていたことを思い出した。

いまがいちばん謝りやすそうだったので、夏都は足を速めて智弥に追いついた。

第二章

（一）

二日後の土曜日、馬場学院の前の駐車場で開店準備をしていると、菅沼がビルから出てくるのが見えた。こちらに顔を向けずに自転車置き場のほうへ真っ直ぐに歩いていく。その横顔には、話しかけないでもらいたいという、強い願いのようなものが浮かんでいる気がした。

夏都の年齢や智弥との関係性を実は知っていたという、例の嘘がばれたことについて、智弥がメールで連絡でもしたのだろうか。ちょっと面白かったので、夏都は柳牛十兵衛号の中からその様子を観察していたのだが――。

「あっいけない」

急に菅沼が声を上げ、片手で自分の額を摑んだ。

「自転車の鍵を忘れてしまった」

一秒。

二秒。

三秒ほど経ってから、くるりとこちらを振り返る。

「ああどうも、こんにちは」

「こんにちは」

「いえ、いまですね、ちょっと出かけようと思ったのですが、自転車の鍵を部屋に置いてきてしまいました。これでは自転車に乗れない。もうすぐお昼なので、昼食を買いに行くつもりだったのですが」

どうやら例の嘘がばれてしまったことは知らないらしい。

「まだ開店前ですけど、どうぞ。料理はお出しできますから」

なんとなく相手の頭の中にある展開が見えたので、余計なやりとりを飛ばし、親切のつもりで先に言ってみた。すると菅沼は、まるで腹でも殴られたように腰を引き、屁っぴり腰になって目を泳がせた。

「ここに今日のメニューが書いてありますから、ご覧になってください」

夏都はホワイトボードを持って車の外へ出た。

「はい、では」

事前に想定してきた展開の、どこかの地点に戻れたのか、菅沼は急に落ち着いた様子で近づいてきた。ちょうど画板のように夏都が抱えたホワイトボードを、眼鏡を押さえながら覗き込んでくる。立ち位置は、驚いたことに、夏都の斜め後ろだった。ひょろ長い体型の菅沼は、その位置からだと、たしかにメニューの文字を天地を崩さず読むことができるが、夏都との距離が異様に近づいてしまう。トレーナーごしに相手の体温が感じられるような気さえしたが、不思議と嫌ではなかった。菅沼が持つ存在感の薄さのせいだろうか。

「ふむ。トマトたっぷりミートソースショートパスタ。チキンどっさりまんまるオムライス。お肉たっぷりビーフステーキ丼。そういえば智弥くんはパソコンを売らなかったようですね。あの日、あれから教室でいつものラップトップをひらいているのを見ました」

「え、智弥がパソコンを売るとか売らないとか、あたしそんなことまで言いましたっけ？」

振り返ると、びっくりするくらい菅沼の顔が近かったので、夏都は半歩動いて距離を取った。

「いえ言っていません。しかし」

菅沼は半白の髪を掻き上げ、痩《や》せた頰を片方だけ持ち上げてみせる。

「言ったようなものです」

あのときの菅沼との会話《やりとり》を思い返すと、確かにそうかもしれない。

「まあ、けっきょくあれはあたしの勘違いだったので、何でもなかったんですけど」

「そうですか、なるほど」

智弥から受け取ったあの封筒は、キッチンカウンターの上に並べたレシピブックの端、ブックエンドとのあいだに挟んである。あれから智弥に返そうとしたのだが、頑なに受け取ってくれず、かといって本当に電気代に充ててしまうこともできず、迷った末にそこへ突っ込んだのだ。カウンターの上は、キッチンでの作業中に嫌でも目に入る。――使い道は、いつか考えよう。それまでは、仕事へのモチベーション維持効果を期待して、レシピブックの端に挟んでおこう。そんな気持ちだった。

ただし昨日はそのキッチンで働く時間はあまりとれず、西新宿の駐車場にかわる新たな場所探しにかかりきりだった。どのみち、もうしばらくして企業が冬休みに入れば、あの駐車場で店をひらいても客は激減していたはずだ。早急に新しい場所を見つけられさえすれば、金銭的ダメージは少ない。そんなふうに考えを切り替えることができたので、思っていたよりも気分は楽だった。楽でなくなったのは、車で走り回ったり電話で問い合わせたり智弥のパソコンを借りてあれこれ調べたりした、そのあとのことだ。夜中までかかっても、ここならいけそうだという場所は一つも見つからなかった。

「では、おにぎりをいただきましょう。明太子と昆布を一つずつ」

「ありがとうございます。おにぎりならすぐ出せます」

夏都がホワイトボードを車外に掲げて中へ戻ろうとすると、

「あっそうだ、おにぎりといえば」

菅沼が身体をぴんと伸ばして声を上げた。

「はい」

「ほら例の話です。おにぎりが発酵食品であるという」

不器用な人がつくったピタゴラスイッチのようで、菅沼のやりかたはいちいち軽い苛立ちを誘ったが、見ていて面白くないわけでもなかった。

「じつは少々まずいお知らせがありましてね」

「何でしょう」

開店準備をつづけようと、車に戻りながら訊き返すと、菅沼は夏都がまったく予想していなかった言葉を返した。

「素手でおにぎりを握ることは保健所から禁止されています」

「へえ」

数秒遅れで夏都は事態を把握した。

「え！」

「正確には素手での調理全般が禁止されています。大量調理施設衛生管理マニュアルというものに明記されているそうです」

聞いてない——。

移動デリをはじめる前に食品衛生責任者の資格を取るとき、半日の講座を受けた。必要な知識や注意事項はそのときにすべて教わったはずだ。場所は保健所が指定したコミュニティーセンター——二月の一番寒い時期で、室内の暖房が心地よかった。ものすごく心地よかった。じつは少し寝てしまった。そのあいだに説明があったのかもしれない。

講座のあとで職員から書類をたくさん渡されたが、おそらくあの中にも書かれていたに違いない。しかしあまりに書類の数が多く、ついざっと読み流してしまったのだ。まさかそんなに大事なことが書いてあるとは思わなかった。そういうことは太字か何かで書いてくれればいいのに。

「様々な料理の中でも、とくにおにぎりという食べ物は、じつは意外とアタることが多いので、手袋を装着して調理することが義務づけられているようです。たとえば手を怪我しているときなどには黄色ブドウ球菌が繁殖して食中毒を引き起こす可能性がありま す。この菌はコロニーと呼ばれる集合体をつくりながら食べ物の中で増えつづけ、冷蔵庫で保管した場合はそのスピードをある程度は抑えることができますが、常温の場合は非常に危険です。ブドウ球菌自体に毒性があるわけではなく、菌の増殖過程で生産される毒素、エンテロトキシンが問題なのです。この毒素は不可逆性変化で生まれ、一度生産されてしまうと加熱などをしても決して不活性化できません。つまり、ひとたび菌が増殖してしまうと、何をどうやっても手遅れで、もうおにぎりをつくり直すしかないのです。これらのことは、保健所に行ったときついでに確認してきました」

「何しに行ったんですか?」

「素手での調理がはたして認められているのかどうかを調べに行ったのです」

何で、わざわざ。

「すると、認められていなかったことがわかり、黄色ブドウ球菌の危険性も知ったというわけです」

礼を言うべきなのかどうか、わからなかった。正直なところ少しだけ腹も立ったが、それは完全にお門違いというものだろう。

「……そうだったんですね」

まあいい。そういう決まりがあるのなら、次回から手袋を使うまでだ。菅沼が言う発酵云々の効果はなくなってしまうが、そんな僅《わず》かな味の違いくらいでは客数に影響しないだろう。もともと手荒れ防止に、料理を仕込むときには使い捨てのエンボス手袋をよく使っている。それを嵌《は》めたままだとおにぎりを上手く握れず、これまで外していただけのことだ。

「そこで、お力になれればと、今日はこんなものをお持ちしました」

菅沼はジャケットのポケットから謎の小瓶を取り出した。大きさはマニキュアの瓶ほどで、表面には何のラベルも貼られていない。中に入った透明な液体は何かと訊くと、「乳酸菌生産物質」だという。

「その名のとおり乳酸菌が発酵をする際に生産される物質で、それをミネラルウォーターにまぜ込んだものです。市販されている商品もありますが、今回は学生時代の後輩に頼んで特別につくってもらいました。手袋を装着しておにぎりを握る際、その手袋の表面に少し塗ってやれば、以前と似た味を再現できるのではないかと思いましてね」

怪しい——という以外に何も感じられず、しかしそれは口に出せず、夏都は菅沼が掌に載せた小瓶を黙って見下ろした。怪しいというのは、液体そのものというよりも、どちらかというと、それを差し出している菅沼のほうだった。小瓶の中に入っているのは実際に乳酸菌なんとかという、いま菅沼が説明したものなのかもしれない。しかし、いくら非科学人間の夏都にも、そんなものがぱっとつくれるとは思えない。市販の商品があると言っていたから、それを買ってきて、この瓶に詰め替えでもしたのかもしれない。わざわざこんな小さな瓶を選んだのは、そのほうが使い切るのが早いからだろうか。あるいは貴重な雰囲気を持たせたかったのだろうか。これをつくらせた学生時代の後輩というのはどこの人かと訊いたら、とんかつ屋だと答えるかもしれない。じつのところ夏都は、おにぎりの実験をするのに場所を借りたというあのとんかつ屋の後輩についても、いまやその存在を疑っていた。

が、嫌ではなかった。

菅沼の中にある気持ち——それがどの程度のものなのかはわからないし、そもそものような種類のものなのかもはっきりとはわからないが、とにかく自分に向けられたその思いに、じつのところ嬉しささえ感じた。そしてそれと同時に、ああこれはかなり心が弱っているなと思った。

「ありがとうございます」

もちろん客に出す食べ物に、こんなものを使うことはできないが。

「明太子と昆布でしたよね」

小瓶をとりあえずエプロンのポケットに入れて車内に戻り、バットからおにぎりを二つ取ってカウンターごしに差し出した。菅沼は両手をこちらへ伸ばしたが、そのとき夏都はふと思いつき、手を引いて、おにぎりを自分のほうへ引き戻した。菅沼の顔に、ありありと困惑が浮かんだ。夏都はエプロンのポケットから小瓶を取り出し、おにぎりと見比べてから、なるだけ自然な声で訊いてみた。

「塗りますか?」

不器用なピタゴラスイッチに、ちょっと悪戯をしてやりたいというような気持ちだった。

しかし菅沼はジャケットの腕を組んで考え込み、数秒してから首を横に振った。

「私はいますぐ食べるつもりなので、味の変化は期待できません。やめておきましょう。もったいないですから」

「そうですか」

心の中で舌打ちをしながらおにぎりを渡した。

菅沼はズボンの右ポケットに手を突っ込んで二百四十円をぴったり取り出し、夏都に差し出すと、今度は左ポケットから四つ折りにされたメモ用紙を、何か固い決意のようなものが感じられる仕草で取り出した。

「もし乳酸菌生産物質についてのご質問などあれば、これが私の連絡先です」

まだ小銭を持っていた夏都の手にメモ用紙を押しつけ、菅沼は一礼して階段口に消えていく。

その後ろ姿を見送りながら夏都は、食べ物と同じように人にも後味というのがあるのだなと、ぼんやり考えた。そして、いつか読んだ料理本に、食べ物そのものの味よりも後味のほうが記憶に残りやすいと書いてあったことを思い出した。

もらった小銭とメモ用紙を、レジがわりの手提げ金庫に入れていると、路地のほうから足音が近づいてきた。

そちらを見た瞬間、心臓がとくんと鳴った。

「どうも、こんにちは」

低い声で呟きながら、カウンターの向こうで足を止めたのは、あの男だった。三日前の昼、西新宿の駐車場で梅干しのおにぎりを三度買っていった男。その日はダウンジャケットだったが、今日はスーツを着ている。

夏都は努力して不安を押し隠し、いらっしゃいませと笑いかけた。

「いいえ客ではありません」

意識的に声を低くして喋っているような印象だった。額に張りついた天然パーマの下で、表情のない両目がぱちぱちと瞬《まばた》く。鳥の瞬きのように素早い動きだった。

「保健所のほうから来ました。いえ保健所のほうではなく保健所から来ました、実際。保健所の者です」

「保健所――」

反射的に自分の両手を見た。咄嗟に近くにあった布巾を取って掌を拭いたが、もちろんまったく意味がない。

「あの、何か」

「衛生環境のチェックです。チェックというより確認です、実際。確認というのは、ちゃんとしてることを確認するのではなく、ちゃんとしていないことの確認です」

「どういうことですか?」

「とにかく中を見せてください」

男は車の後部へと回り込み、開けっ放しのハッチを抜けて勝手に上がり込んでくる。小柄なところに足があまり長いほうではなかったので、上がり込むときに勢いをつけなければならず、その勢いのまま夏都のそばまで一気に接近してから、あまりの近さに自分で驚いたように後ずさった。

「情報が入りまして」

片手でネクタイを撫で下ろしながら車内を見回す。

「こちらのお店が、衛生をちゃんと、あれしていないという」

おにぎりのことを言っているのだろうか。

そうに違いない。三日前、列に三度も並んでおにぎりを三回買ったのは、何かの確認だったのだ。しかし、情報というのはいったい何だ。密告のようなものだったのだろうか。ひょっとして菅沼が保健所に行ったとき、この移動デリの名前を出したのかもしれない。あ、いや違う。菅沼がおにぎりの実験をしたり保健所であれこれ調べたりするよりも前に、この男は夏都の店で梅干しおにぎりを三つ買ったのだ。いやいや菅沼のことだから、もしかすると実際に保健所に行ったのはもっと前のことなのかもしれない。

——などと考えているあいだにも男は車内のあちこちを覗き込み、鍋の蓋を持ち上げたり、食べ物のにおいを嗅いだり、おにぎりをラップごしに指でついたりしはじめた。

状況がのみ込めず、質問するにも言葉を選ぶ必要がありそうで、夏都はエプロンの肩紐に両手を添えながら、男が動き回るのをただ目で追っていた。近くへ来たときは場所を空けた。そのうち夏都はあることに気がついた。男が左腕につけている腕時計が、どうもスーツにそぐわないのだ。あくまで袖口からちらっと覗く程度で、よくは見えないけれど、樹脂製で、色は明るい緑。その腕時計が、この突然の出来事を理解する糸口になってくれるような予感がして、夏都はそっと首を傾けて覗き込んだのだが、

「運転席に座っていただけますか？」

男が振り返った。

「移動の際の振動を調べます。実際、どれくらい揺れるかを」

「運転するんですか？」

「そうです」

調理スペースから運転席へは直接移動できないので、夏都はいったん車外へ出た。掲げたばかりのホワイトボードを仕舞ってハッチを閉じ、出したばかりのカウンターを収

納してから、運転席に乗り込む。男は調理スペースに立ったままでいたので、どうするのかと思ったら、夏都の斜め後ろへやってきた。揺れに備えるためか、助手席のヘッドレストを両手でしっかり胸に抱え込む。

「あの、どうすれば……」

「とりあえず道路に出てください」

車をバックさせて切り返し、駐車場の出口で停車した。

「右と左、どちらに……？」

男がすぐに答えないので、そっと振り返ると、スマートフォンをいじっている。

「右です」

夏都はハンドルを右に切り、なるべく車を揺らさないよう注意しながら車道に入った。

「このまま早稲田通りに出ちゃってもいいんですか？」

「はい。右に」

「右折禁止ですけど」

えっと男は慌てた。

「あれ、これ徒歩移動モードか……ちょっと待ってもらっていいですか……いま車のあれに切り替えて……ん……うわぁ……」

いささか遅すぎるかもしれないが、夏都は怪しさを感じはじめた。

「あの……車がどれくらい揺れるかを調べるんじゃないんですか？」

「そうですよ」

「保健所の人なんですよね？」

「そうですよ。あ、出たドライブモード」

男はスマートフォンの画面に顔を近づける。

「いいです左で。左に出て最初の信号を右に曲がってください」

早稲田通りはもうすぐそこに迫っていて、信号も青だったので、夏都は仕方なくハンドルを左に切った。朝の渋滞が終わり、道は空いている。

「怪しい行動はしないでくださいね」

男が突然言った。

「はい？」

「後悔することになりますから」

「何をです？」

「とにかく走りつづけてください。あ、もちろん信号などで停まるぶんには構いません。携帯電話でどこかへ連絡するのも駄目です実際」

「あの、ほんとに何なんですか？」

「いいから僕の指示通りに走ってください。ある場所に向かってもらいます」

「嫌です」

「後悔しますよ」

「どうしてです？」

「指示に従ってもらえない場合、僕は中からハッチを開けます」

男の気配が遠ざかった。ルームミラーを見ると、両手を左右に広げてバランスを取りながら、車の後部へとよちよち移動していく。

「ハッチを開けます」

「開けて、この、何ていうんでしょうこれ、ごはんとかマカロニとか入ってる」

「保温庫？」

「その保温庫や、下に置いてあるこの、あ、これクーラーボックスですよね、知ってます。これとか、ほかにも手当たりしだい、すべて道路にぶちまけます」

「困ります」

「だからやるんです。もし指示に従ってくれなかった場合ですが。あそうだ携帯電話を渡してください」

男が戻ってきて肩ごしに手を差し出したが、夏都は動かなかった。下半身の感覚が消えて宙に浮いているようで、しかし心臓は肋骨の内側で暴れていた。男が手を引っ込め、その気配がエンジン音の向こうに遠ざかっていく。急いでルームミラーに目をやると、男がハッチの前で屈み込み、開閉レバーに手をかけるのが見えたので、夏都は大声を上げた。

（二）

奥の部屋に通されたその瞬間、正面に座っている少女に目を奪われた。

部屋には彼女だけでなく、ほかに三人の人物がいたのだが、彼女のインパクトが異様に強かったのだ。あまりに強すぎて、自分が以前に彼女の顔を見たことがあるという事実にも、すぐには気づかなかった。

「オブさん、ありがとう」

夏都を連れてきた男を見て、少女は頬笑んだ。オブと呼ばれた男は「は」と「へ」のあいだのような息を洩らして照れ笑いを返す。

フローリングの、六畳ほどの部屋だ。奥の遮光カーテンはピッタリと閉じられ、天井の蛍光灯だけが室内を白々と照らしている。木製のローテーブルが真ん中に一つ。右側に男が二人、左側に女が一人。それぞれの前には種類の違うノートパソコンが一台ずつ置かれており、左側に座っている女の隣にも、人はいないが、やはり置かれている。あそこは、いまオブと呼ばれたこの男の席なのだろうか。夏都がそう思うのと同時に、オブがそばを離れてそのパソコンの前に腰を下ろした。マウスに手をのせ、ぐるんと適当な感じで動かしたのは、スクリーンセーバーを消したのだろう。自分がたったいま一人の女性を拉致《らち》してきたことなどすっかり忘れたように、オブはひょいと画面を覗き込み、

「うっわ」と小さく呟くと、キーボードとマウスを操作して、何かした。何をしたのかはわからないが、べつにいまやらなくてもいいことだというのが、雰囲気でわかった。

オブ以外の全員が、部屋の入り口に立つ夏都を見ていた。

オブの隣の女は二十代半ばだろうか。何色とも形容しがたい、グレーに近い中途半端な色のセーターを着ている。丸顔のひっつめ髪で、それほど肥っているわけではないのだが、眼鏡のつるがこめかみのあたりにぐっと食い込んでいた。眼鏡のサイズが合っていないのだろうか。あるいは塩分の摂り過ぎなのだろうか。

右側に座った二人のうち、一人は肥っていて、一人は瘦せている。どちらもオブや眼鏡の女性よりも少し年上で、夏都と同年配に見えた。瘦せているほうは、どこかコリー犬を思わせる顔立ちの長身長髪で、いかにもギターか何かを弾きそうな感じだが、たぶん弾かないのだろう。そのことは、彼が着ている白いロングTシャツの胸で、漫画のキャラクターらしい美少女が頰笑みながらピースサインを突き出していることからも、なんとなく想像できた。彼の手前に座ったもう一人の男は、身体の大きさを誤魔化すためか、ゆったりとしたデニムシャツを着ている。偏見かもしれないけれど、こういう体格の人はごく短髪か、もじゃもじゃ頭のどちらかという印象があるのだが、彼はサラサラのストレートヘアを真ん中で自然に分け、その様子は黒いテントウムシが翅《はね》を広げようとしているところを連想させた。

夏都が連れてこられたのは、ごく普通のマンションの、ごく普通の一室だった。

運転するあいだ背後にいる男のことばかり気にして、まわりを見ていなかったので、ここが正確に東京のどのあたりなのかはわからない。たしか飯田橋をすぎてからしばらく走ったから、お茶の水あたりだろうか？　夏都に運転させているあいだ、オブは自分のスマートフォンを見ながら道を指示し、やがてコインパーキングに駐車させると、近くにあったこのマンションのエレベーターで五階に上がった。

「手荒な真似をして申し訳ありません。でも、わたしがここにいるのを見れば、もう用件は承知していただけたことと思います」

正面の少女が立ち上がり、夏都の目を真っ直ぐに見て言う。

「メールを消去してください」

言葉の一つ一つが粒になって飛んでくるような声だった。ちょっと未来じみたイメージの青いワンピースに、前髪を眉の高さでぴったりとそろえたボブで、髪の色は蛍光緑。年齢は知らないが、まだ中学生だと思われるので、電灯の下でつやつやと輝くあの髪は、おそらくカツラなのだろう。目鼻も口も、その整いかたは驚くほどで、単にものを見たり嗅いだり食べたりするための器官とはまったく別物に見え、赤ん坊が成長してこうなったというより、はじめからこの顔で生まれてきたという印象だった。ところでメールというのは何だ。それを訊き返そうとすると、少女は——名前は何だったか——肥ったサラサラヘアの男に命じた。

「オブラージさん、彼女の携帯電話を」

彼は即座に動いた。いや、そうしようとしたらしいのだが、身体が大きいのでそうはいかず、体重を後ろへやり前へやり、床に手を突いてやっと立ち上がった。

「携帯は、車の中でさっきその人に渡しました」

自分をここへ連れてきたオブを、夏都は目で示した。少し声が震えていた。オブラージと呼ばれた男が何か言おうとして口をひらき、ぱちんと微かに唇が鳴ったが、けっきょく彼は黙ってまた座り直した。かわりに正面のオブが立ち上がり、上着の胸ポケットから夏都のスマートフォンを取り出して、慇懃《いんぎん》な仕草で奥の少女に渡す。彼女は細っこい人差し指をしならせてディスプレイを操作し、しかしすぐに顔を上げ、ひたと夏都を見た。

「パスコードは？」

ロックをかけてあるのだ。

煩《わずら》わしくて、昔はそんなものかけていなかったのだが、昭典とごちゃごちゃやっていた時期、友人知人に愚痴メールを送りまくっていたので、万一落としたりしたら恥ずかしいと思って設定し、そのままになっている。いや、そんなことよりも——。

「いったい何なんですかこれ」

ようやく言えた。

まだ声が震えていた。

「どうしてこんなところに連れてこられなきゃならないんですか」

その言葉ごと夏都をのみ込むように、少女の瞳が広がった。

「ですからメールです」

言われたことの意味をなんとか探ろうと、夏都は少女の顔をじっと見返した。視覚的なインパクトが強いせいで、部屋の景色やほかの四人の姿がだんだんと薄らいで、宙に浮く蛍光緑のキノコを見つめているような感覚になった。

「お姉ちゃんからのメールを消去していただきます。何のメールのことかは——」

ふふっと少女は笑う。

「わかっていますよね」

わかりませんと正直に答えた。

「あたし、あなたのお姉さんなんて知りませんし、メールをもらったこともありません」

十個の目がザッと夏都に向けられ、

「シラを切っても無駄だっ」

鋭い声が飛んできた。長い腕をびしっと伸ばして夏都の顔を指さしているのは、オブラージの奥に座った、長髪で細身の男だ。彼は顔を心持ちそむけ、しかし目と片腕はこちらに向けたままつづける。

「僕たちはカグヤさんからすべてを聞いている」

そうだ、彼女の名前はカグヤだ。智弥の部屋にあった雑誌の切り抜きに、そう書いてあった。

「ですから、そのカグヤさんのお話が、あたしには――」

「あがいても意味はないっ」

断ち切るように声を上げると同時に、彼は夏都に向けて伸ばした片手をもっと伸ばすような感じで、ぐっと力を込めた。人差し指が小刻みに痙攣《けいれん》した。

「いいの、タカミーさん」

カグヤが穏やかな声をかける。

「ありがとう。でも彼女がシラを切るなら仕方がないわ。わたしたちのカードをすべてオープンしてみせるしかない。彼女を降伏させるために」

彼女はいつもこんな話し方をするのだろうか。

「あの、あなた、有名な人ですよね」

甥がファンですとはさすがに言えなかった。

「よくパソコンの雑誌に出たりテレビのコマーシャルに出たりしてる子ですよね。そうよね」

最後に「そうよね」と付け加えたのは、自分よりもはるかに年下の、それも意味不明な迷惑をかけられている相手に対し、つい敬語を使ってしまったことに対する悔しさからだった。

「はい。寺田桃李子《てらだとりこ》の妹、カグヤです」

「え」

「〝え〟って……」

テーブルの左側、オブの向こうに座った眼鏡の女が、ほくそ笑みながら呟く。こうした、意見でもなければメッセージでもない、人に不快感を与えることだけを目的とした態度が夏都はいちばん嫌いだったが、いまは困惑と驚きでそれどころではなかった。

寺田桃李子といえば、かなり有名な女優だ。去年はNHKの大河ドラマで、主役ではないがメインのヒロインを演じていた。いまは確か病院もののドラマで医者だか看護師だか薬剤師だか、とにかく白衣を着た主役を演じている。放送は観たことがないが、番組のCMは何度か見た。颯爽《さっそう》と病院に入っていく寺田桃李子。誰かと言い争っている寺田桃李子。医療用マスクを装着した彼女の顔が、下からのアングルで大写しになり、手にしたメスがじわじわと画面に向かって近づき——そうか、外科医だ。そして、そう、寺田桃李子といえば、ついこのまえ智弥のパソコンを借りて業務用パスタの価格を調べているときに、結婚報道を見かけた。相手は誰だったか憶えていないが、会社の社長だった気がする。

「ここで同じ話をして、今回の件を一から思い出したくはなかったのですが……いいわ、話します。忘れたふりなのか、本当に忘れてしまったのかはわからない。いずれにしても思い出させてあげる」

「カグヤさん、わたしがかわります」

先ほどほくそ笑んだ女が、カグヤのほうへ首を回した。

「おつらいでしょうから」

「ありがとうプーさん」

プーさん。

「お願いするわ」

プーはカグヤに頷き、くるりと首を回してノートパソコンの画面に顔を向けた。完全な無表情だ。いつも笑っている顔には笑いが染み込むし、怒っている顔にはしかめ面が染み込むものだが、彼女の顔は無表情が肌の奥まで染み入っているようだった。いっぽうカグヤのほうは、ローテーブルの下からピンク色のイヤホンを取り出して耳に入れ、自分のパソコンを何か操作すると、目を閉じてしまった。音楽でも流して、話を聞かないつもりだろうか。プーはマウスを動かし、かちかちと何かをクリックしたあと、眼鏡に画面の光を反射させながらひと息に喋った。もちろん実際にひと息ではないのだが、本当に一度も息継ぎをしていないのではないかというような喋り方だった。

「現在三十二歳のあなたは十一年前、マキタプロモーションに所属していた当時、同じ事務所に所属していたカグヤさんの実のお姉さんである寺田桃李子さんとアイドルユニット『アマレッツ』を結成、ショッピングモールで歌い、浄水器の広告に起用され、テレビ番組で熱湯に入るなどの活動を行いました。しかし鳴かず飛ばずで一年と十一ヶ月で解散。問題の出来事が起きたのは結成一年を過ぎたあたりで、寺田桃李子さんによると、なかなか仕事が入らずお二人が最も焦っていた時期です。その焦りを知ってのことなのでしょうが、大手広告代理店である奉YOU《ホウユー》の営業マンがアマレッツにテレビCMの仕事を持ちかけてきました。あなたも寺田桃李子さんも大喜びでした」

　ここでプーは挑発するような目を夏都に向け、「はじめは」とつけ加え、また呪文のように喋りつづけた。

「仕事の話を具体的に進める前に、奉YOUの担当者から、お二人それぞれのことをよく知ってもらうため上役のヤマウチ氏と食事をしてほしいという提案がありました。先方は別々の日にちを設定し、あなたと寺田桃李子さんはそれぞれヤマウチ氏と夕食をともにすることになりました。最初があなた、つぎに寺田桃李子さんです。あなたはヤマウチ氏と食事をしたあと道玄坂のバーに連れて行かれ、そこを出ると、相手に誘われるがまま近くのホテルに入りました。数日後、今度は寺田桃李子さんがヤマウチ氏と食事をする番となりました。あなたは事前に彼女にメールで連絡を入れ、わたしもヤマウチ氏と寝たのだからあなたも寝てくれという趣旨の要望を伝えました。これは寺田桃李子さんご自身がお使いになった言葉なので敢《あ》えて使わせていただきますが、いわゆる枕営業です。寺田桃李子さんはあなたと数件のメールをやりとりし、苦悩した末にとうとう決断され、ヤマウチ氏と食事をした夜、相手にその身体を捧げました」

　で、す、が、と一文字一文字を区切るようにして言いながら、プーは画面のどこかをクリックする。

「そうまでして手に入れたテレビCMの仕事は深夜枠十五秒で、放送期間もごく短いものでした。現在ではＹｏｕＴｕｂｅでさえ見つけることはできません。やられ損ではありますが、べつに相手に強要されたわけでもなく、そもそもこうした関係は大手広告代理店と女性芸能人のあいだではよくあることなので、アマレッツはヤマウチ氏とのあいだにあったことを忘れて歌やダンスに励み、しかし結果はあなたがよくご存じのとおりです」

ちらりと夏都を見て、ちゃんと聞いているかどうか確認してから、またつづける。

「その後あなたは芸能界に嫌気がさし、マキタプロモーションを辞めて料理の専門学校に通いはじめ、卒業後は総合外食企業『エンターテーブル』に入社、その会社が経営する蕎麦屋『花椿』、ハンバーガーレストラン『ＪＵＪＵ《じゅーじゅー》』、カレー専門店『ワンモアホット』で調理担当として働きました。いっぽう寺田桃李子さんのほうは事務所に所属しつづけ、あなたが飲食業界で働いているあいだに才能を開花させてぐんぐん成長、つぎつぎ大きな仕事をこなして有名になっていきます。去年はとうとう大河ドラマのヒロインに抜擢《ばってき》され、いまは医療ドラマ『アポロンの娘』で主演をつとめておられます」

夏都が油断した隙をついて急に顔色を見てやろうというように、プーはさっと目を向けてきた。そして自分の攻撃が思ったほど効かなかった悔しさのようなものを顔に浮かべ、また画面に目を戻した。

「二ヶ月ほど前の十月十二日金曜日、寺田桃李子さんはあなたに電話をかけています。

そうです結婚の報告です。先日報道された通り、彼女はこのたび医療福祉施設の経営を手がけるワームハート・ホールディングスの社長である時岡誠悟《ときおかせいご》氏とご結婚されることが決定しています。入籍および挙式は寺田桃李子さんの誕生日である二月五日」

カグヤ以外の三人が、示し合わせたように頷く。

「結婚の報告とともに、寺田桃李子さんはあなたに一つの質問をしました。その内容は、十年前の古いメールをどうしているかというものでした。あなたはこう答えました。機種変更の際に新しい電話へ、大事な相手とのメールをインポートしており、現在使用しているスマートフォン——いまカグヤさんが持っておられるあのスマートフォンにも保存されていると。そして、その中にはもちろん寺田桃李子さんとのメールも含まれていると。それを聞いた彼女は、あなたに頼み事をしました。十年前にやりとりをしたメールが、もしまだ手もとに残っているならば、どうか削除してほしいと。十年前のメールというのはもちろんヤマウチ氏への枕営業に関する事柄です。事前にやりとりしたメール。そして事を行ったあとの、あなたへの報告のメール。時岡誠悟氏とご結婚されるにおいて、彼女にとってただ一つの不安要素が、あのときの過ちが世間に露呈してしまうことでした。ヤマウチ氏のほうから情報を洩らすことはないとしても、あなた経由で、何かの拍子に第三者に伝わってしまう可能性があると心配したのです。芸能人のスキャンダルが露見するのは、本人の人気が急上昇したとき、あるいは結婚や交際といった出来事で世間の脚光を浴びたときと決まっています。あなたも芸能界の経験がおありなので理由はおわかりかと思いますが、週刊誌などが記事になる情報を一斉に集めようとするからです。桃李子さんももちろんそのことをよく知っています。だからこそ、あなたに連絡し、メールを消してくれるよう頼んだのです。しかしあなたは」

ぴたりと言葉を切り、プーは震える声で囁いた。

「あなたはその頼みを断った」

ほかの三人が、肉体的な痛みにでも堪《た》えるように、首を垂《こうべ》れて両目を閉じた。

「かつての仲間に裏切られ、傷つき、悩んだ桃李子さんは、妹であるカグヤさんに相談をしました。芸能界の中で唯一信頼できる相手がカグヤさんだったからです。カグヤさんはお姉さんを窮地から救うために仲間を集めました。そう、それがわたしたち。だからわたしたちは今日、あなたをここへ連行しました。そうしなければならなかったのです」

おぞましい生き物の入った箱でも閉じるように、プーは唐突にノートパソコンのディスプレイを閉じ、これでわかっただろうという目でキッと夏都を見た。テーブルの左右に並んだほかの面々も同様の目を向けた。

しかし、まったくわからなかった。

もちろん、いま自分が置かれているこの状況に対する説明は一つしかない。しかし、それは誰にでもすぐに思いつくような簡単な説明で、だからこそ夏都は途惑《とまど》っていた。もっと複雑な説明がほしかったのだ。こんなに迷惑をかけられて、怖い思いをさせられて、その理由があまりに馬鹿馬鹿しいものだったら、怒りがおさまらない。が、その怒りを相手にぶつけるほどの度胸は、自分にはない。できれば夏都は、自分が突然ここへ連れてこられたことに対し、何か難しくて、奥深い、はっとさせられるような理由がほしかった。

が、残念ながらその願いは叶わなかった。

「さあ、いまこの場でメールを消去してください。できないとは言わせませんよ――」

プーは眼鏡の奥から鋭く夏都を睨《にら》みつけた。

「キョウコさん」

（三）

「人は誰でも間違いを犯すものです」

自虐的な冗談にしか聞こえない言葉とともに、カグヤは宙を見上げて悩ましげな表情をつくった。

「わたしは、お姉ちゃんにまったく落ち度がなかったなんて思っていません。そして、ある一つの間違いが別の何かに影響を及ぼす可能性があることもわかっています。この世界ではあらゆる物事が有機物の化学構造式のように複雑につながり合っているので、それは避けられないことです。ただわたしは、一つの間違いが、それとはまったく関係のないものとタギングされることが我慢ならないのです。ｗｅｂ動画の閲覧数を稼ぐ目的で無関係の有名人がタギングされたり、個人のブログに無断で他人の楽曲がタギングされたり、そうした無関係なタギングは必ず利用された側の不利益につながります」

「タギングって何……？」

ローテーブルを挟んでカグヤの反対側で話を聞いていた夏都は、そばに座っているオブラージに小声で訊いた。

「タグ付けのことです」

「タグ付けって……」

「わからなくても問題ないと思います」

そう囁くとオブラージはお肉たっぷりビーフステーキ丼を頬張った。

彼の名字は小渕沢《おぶちざわ》で、夏都をここへ連れてきたオブの実の兄だという。顔も体型も似ていないが、よく見ると耳が同じだった。二人はどちらも名字が小渕沢なのだが、兄のほうは巨漢であるため、オブラージと自ら名乗っているらしい。弟のオブのほうは、いまローテーブルの反対側で梅干しおにぎりを囓《かじ》っている。その隣でチキンどっさりまんまるオムライスとミニ美肌サラダを食べているプー。プーの向かいでトマトたっぷりミートソースショートパスタをぱくついているタカミー。

「お姉ちゃんが結婚する二月五日、わたしはお姉ちゃんに、最高のプレゼントをあげるつもりだったのです。誕生日祝い、そして結婚祝いの、最高のプレゼントを」

カグヤの前には和風シーチキンおにぎりが一つ置いてあるが、まだ手はつけられていない。

「プレゼントといっても、モノじゃない。わたしは問題のメールをこの世から削除して、永遠の安心というプレゼントをお姉ちゃんにあげるつもりだったのです。そのために、この方たちに協力を要請しました。わたしを支えてくれている人々の中から、わたし自身が選び、SNSを通じて協力を呼びかけた四人の精鋭です」

その四人の精鋭とカグヤの前にある食べ物は、夏都が柳牛十兵衛号からわざわざ運んできたものだ。もちろんそれぞれには正規の金額を支払ってもらった。こんなことに巻き込まれ、今日は売り上げゼロを覚悟していたが、少なくとも五人の客にランチを売ることはできたわけだ。

人違いであるという事実を夏都が切り出したとき、最初のうち彼らは一様に、そんな馬鹿みたいな言い訳が通ると思っているのかという態度をとった。しかし夏都がスマートフォンの中身や免許証を見せて説明しているうちに、しだいに嘘ではないことを理解しはじめた。「そんな馬鹿みたいなこと」が事実であり、しかもそれをやってしまったのが自分たちだと知ったときの反応はそれぞれだった。オブは奥行きを失くした目で何もないところを見つめ、オブラージは腕を組んでうつむいたまま唇だけを別の生き物のようにぶつぶつ動かし、タカミーは哀しみに囚われたような顔で額に指先をあてて目を閉じ、プーは意図的に平然とした態度で、つぎの指示は何でしょうという表情をつくっていた。

四人のそんな反応を見て、夏都は急に安心した。

自分がキョウコ——彼らの説明によると、当時の芸名では菱村杏子《ひしむらきょうこ》、いまは本名に戻って室井《むろい》杏子——なる女性ではないと知ったとき、彼らがどんな態度に出るかが不安だったのだ。俺たちの話を聞いてしまったからには帰すわけにはいかない、というようなことを言われる可能性だってあった。しかし帰さないどころか、いつでも勝手に出て行けそうだったし、じっさい夏都がそれぞれの注文したランチをつくりに車まで行ったときも、誰もついてこなかった。

自分たちの間違いを知ったときからいまにいたるまで、カグヤだけはまったく顔色を変えていないが、それはべつに虚勢を張っているというわけではなさそうだ。そもそも彼女は、夏都がこの部屋に入ってきてから一度も表情を変えていない。智弥の部屋で見た写真の中でも、思えばいつも同じ顔をしていた。表情が乏しいというよりも、固定されているといったほうがいいかもしれない。頼りない両目。僅かに頰笑んだ口もと。その頰笑みは、どうやら表情筋によるものではなく、生まれつきそういう顔らしい。両目の頼りなさと、余裕を感じさせる頰笑みが、なんともアンバランスで、危うくて、少し目を離していると、もう一度見たくなるような顔だった。

「まあその、あなたの気持ちはわかりました。お姉さんを助けたかったこともね」

自分よりずっと年下の、蛍光緑の髪をした少女を相手に、夏都は言葉遣いがなかなか定まらなかった。

「でも、どうしてその室井杏子さんと、あたしを間違えたの？」

「わたしが説明します」

横からプーが答えた。

「室井杏子さんがマキタプロモーションを去ってからも、寺田桃李子さんは時折彼女と連絡を取り合っていました。だから彼女が移動デリの仕事をはじめて、西新宿のあの駐車場で店を出していることも知っていたのです。そこでわたしたちは、彼女を営業開始前か営業終了後に車ごと連れ去ることに決めたのですが、オブさんが下見に行ったところ、あまりに人通りが多すぎたので、考え直すことにしました。そして話し合った結果、オブさんが下見の際におにぎりを買ったとき持ち帰ったチラシに書かれていたもう一つの営業場所、高田馬場で実行することに決めたというわけです」

なるほど。

「じゃあ、その最初の話が間違いだったのね。室井杏子さんが西新宿のあの場所で店を出してるって話が。だってあそこで移動デリをひらいてるのはあたしだけだもの」

「ちょっといいですか」

タカミーが口を挟んだ。

「それは毎日ですか？　あなたがあの駐車場で移動デリをひらいているのは」

痛いところを突いてやろうというような口調で彼は夏都の顔を指さしたが、べつに痛くもなんともないので、ただ首を横に振って答えた。

「月水金だけ。だけというか、だけだった。こないだ、そっちのあなた、オブさん？オブさんが来た日が最後で、もうあそこでお店はやれなくなっちゃったから」

「なるほど、では一つしか考えられませんね」

タカミーは両目を細め、その目を急にカッとひらいた。

「あなたが店を出していない日に室井杏子は店を出していた」

この人はいちいち相手が事件の犯人か何かであるみたいな言い方をするが、どちらかというと犯人は自分たちのほうではないのか。

「ほかの曜日に移動デリなんて出てないわよ。あそこは、何だっけ、なんとか団体の役員さんが契約してる駐車場で、その人が車を駐めない曜日に、あたしが使わせてもらってたんだから」

と言ってから、夏都はふと気がついた。

「ん……」

いや、気がついたというより、疑いを持った。

もしかして。

「あの……ちょっと電話かけてもいいかしら？」

夏都はジーンズの後ろポケットから、さっき返してもらったスマートフォンを取り出した。

「どちらへ？」

カグヤが訊く。

「ちょっと知り合い。何でこういうことが起きたのか、わかるかもしれないの」

「わたしたちの名前を出さないと約束していただけるなら」

「出さないわよ。そもそもあなた以外みんなあだ名じゃない。あなたも本名じゃないんだろうけど」

夏都は相手のメモリーを探して発信した。二度と聞きたくない声だったが仕方がない。

『はは……掛川さん、どうしました？』

その余裕に満ちた訊ね方と、なんともいやらしい笑いが響いてきた瞬間、ああやっぱり声を聞きたくなかったとあらためて思わされた。こちらが電話をかけた理由を、すっかりわかっているというような声色だった。

「あのですね棟畠さん、じつは少々お訊きしたいことがありまして」

『はいはい何です？』

交渉に応じてやろうというような態度だった。しかし、これから夏都が言おうとしていることは、相手が期待していることとはまったく違う。どうやったら一番恥をかかせてやれるだろうかと夏都は素早く考えをめぐらせたが、すぐにもどかしくなった。

「例の駐車場の件なんですけど、もう新しい契約者の方がお使いになってるんですよね？」

『ああ、うんそうね、そう』

「どんな方だっておっしゃいましたっけ？」

『うん？　だからほら、近所で会社やってる人で――』

「おいくつくらいです？」

『歳は、あれかなあ、三十、いや四十――』

もうちょっと引き延ばしてやろうと思ったが、ここで夏都は我慢できなくなってしまった。

「本当にそんな人いるんですか？」

返事が聞こえるまで、しばらく間があった。

夏都はテーブルを囲んだ面々に向かって人差し指を立ててから、電話をスピーカーフォンに切り替えた。

『おん？』

「ほかの曜日は、別の移動デリの女性に場所を貸しているなんてことないですか？」

『まあそのぉ……』

なるほど。

やはり常習犯だったらしい。

おそらくはこういうことなのだろう。棟畠は少なくとも夏都のほかに、もう一人を相手に、同じことをやっていた。そしてその女性が室井杏子だった。移動デリのために場

所を貸し、時間を置いて固定客をつかせ、ある時期が来たら追い出そうとする。そして
そのとき、見返りによっては継続して場所を使わせてやると話をもちかける。

別の曜日に別の女性に場所を貸していたところで、それ自体はとくに隠すべき行為ではない。それなのに、こんなふうに言葉を濁すということは、そこにやましい理由があると白状しているようなものだ。

「べつに調べればわかることなので、いいんですけど」

夏都がそう言った途端、まるで別人の手に電話が渡されたように、棟畠の声が急に面倒くさそうな、自分が不当な迷惑を被っているというようなものに変わった。

『そのへんはこっちの事情というか、あんたには関係ないことだろう』

こいつ最悪だ——という思いが、ほとんど肉声のように頭の中に響いた。その声は、自分が棟畠のせいでこんなところに連れてこられたのだと思うと、さらに大きくなった。

が、考えてみれば、あの駐車場を使わせてもらえたおかげで自分の商売は軌道に乗ったのだ。それに気づいてみると、聞こえていた声に妙なディストーションがかかり、歪んだ感じになって——こいつ最悪だ——こいつすぁいあくだ——くをいつすぁいゅぁくだぁ——と頭蓋骨の内側に広がっていった。自分は棟畠に世話になった。何を知ったところで、文句は言えない。そして、そのことを承知しているからこそ、棟畠はあんなに堂々と誘いをかけてくることができたのだろう。そう思うといっそう悔しく、その悔しさが咽喉に詰まって、夏都はそれ以上声を返せなかった。

（四）

「アマレッツの頃のことを忘れ去りたいらしく、お姉ちゃんは手元に写真も映像もまったく残していなかったのです」

浮き世離れしたカグヤの容姿と語り口のせいで、まるで画面を通して部屋の風景を見ているようで、自分が深く関係している話だというのに、やけに客観的な気分になってしまう。いや、あるいはさっき聞いた棟畠の声がまだ耳の奥に残っているせいかもしれないが。

「当時アマレッツは、とにかく絶望的に売れていなかったものですから、ネット上で写真も動画も見つけることができませんでした。いえ、写真に関しては雑誌のページを写したものが一枚だけあったのですが、小さくて不鮮明で化粧も濃く、室井杏子さんの顔があまりよくわからなかったのです。それでも、西新宿のあの駐車場で移動デリを出しているという最重要情報をお姉ちゃんから入手していたので、わたしたちはまったく心配はしていませんでした」

「でもそんな、人をね、人を一人ああやって連れ去るんだから——」

言葉の途中から夏都は矛先をオブに向けた。

「あなた、本人かどうかちゃんと確認しようって思わなかったの？」

「はいあの、室井杏子さんがいると言われていたその場所に、そのくらいの歳の女性がいて、髪も写真と同じくらいの長さで、しかも近くで見てみたら、ちょうど昔アイドルをちょっとやっていて、そのあと時間が経って容姿に陰りが出てきたみたいな感じに見えて――」

「陰ってないわよ」

思わず噛みつくと、オブは首を縮めた。

「それにあなた、同じ長さの髪って、その写真撮ってから何年経ってると思ってるの？」

オブは唇を結んで小さく息をつき、そのはずみに唇がぷるんと音を立てた。相手の人格をまだ知らないので、ふざけているのかどうかも判断できず、夏都は気持ちを落ち着かせようとローテーブルの上のティーカップを手に取った。先ほどオブラージがオブに指示して淹《い》れさせた紅茶は、茶葉が上質なのだろうか、味も香りも驚くほどよかった。

ここはオブラージとオブが暮らしている家らしい。男同士の暮らしだというのに、こうした美味しい紅茶や六客揃うティーカップがあるということは、よく客が来るのだろうか。

「で？　三日前にオブさんがあたしの店に来たのは、あの場所で移動デリをひらいている室井杏子さんの姿を確認するためだったわけね？　まあ、いま聞いたかぎりだと、そんなの確認でも何でもなかったわけだけど」

「はい……」

オブはさらに首を縮めて眉を垂れる。彼の声は、保健所の者だと偽っていたときのように意図的に低くしていないと、ひどく高くて厚みがなく、なんだか隙間風のようだった。

「梅干しのおにぎりを買ったのはどうして？」

「せっかく行ったので……」

「三回も買った理由は？」

「美味しかったんです……」

「こいつ、そうなんすよ」

オブラージがサラサラの黒髪の向こうから片目を覗かせ、得意げに笑う。

「ゲームとかも、同じの何周もやるんすよ、いつも」

彼は「ゲーム」という単語の語尾を下げず、「田中」や「マグロ」のように平坦なイントネーションで発音した。夏都は本来の抑揚で言い返した。

「ゲームのことなんてどうでもいい。それにあなた、なに笑ってんのよ」

大きく息をついて顔をそむけると、ローテーブルの真ん中に集められた、それぞれが食べ終えたランチのゴミが目に入った。不意に、これまで忘れていた生活や金銭面での問題――山積みになった問題たちがわっと頭に押し寄せ、夏都はまた溜息をついた。

「どうせ間違って拉致するんなら、営業が終わってからにして欲しかった。一日の売り上げが五人分じゃ、どうしようもない」

「いやいや遅い時間は無理すよ」

オブラージがティーカップを持ち上げ、嫌な音を立てて紅茶をすすった。

「ここに連れてきたあと、あれこれ話して遅くなっちゃったら、親が帰ってくるし」

「どこに？」

「ここに」

「えなに、ここ実家なの？」

「ええ」

夏都は思わずこめかみを揉んだ。

「ほんともう、なんか……」

どういう心理なのかはわからないが、自分自身が情けないような気持ちになった。

「何なのよあなたたち……」

夏都はテーブルを囲む五人の顔を順繰りに眺めた。オブラージとオブは困惑げに視線を交わし、タカミーは骨ばった肩をすくませ、プーはノートパソコンのディスプレイを見つめ、カグヤは音を立てずに紅茶を味わっている。そんな面々を見ているうちに、自分を情けなく思ったあとで必ずそうなるように、漠然とした苛立ちが急激にやってきた。

「で？」

訊くと、全員が訊ねるような表情を返す。

正面に座っているカグヤを、夏都は真っ直ぐに見た。

「どうすんの？　あなたのお姉さん、面倒なことになってるんでしょ？　昔のアイドル仲間がやばいメールを消してくれなくて困ってるんでしょ？　せっかく結婚が近いのに不安なんでしょ？」

それが何か、という顔でカグヤは頷く。

「どうすんのよ？　もう一回、別の曜日にあの駐車場に行って室井杏子さんに会う？　今回みたいに保健所の者ですって言って、ここに連れてくる？」

カグヤの目が初めて表情を変えた。

そこに浮かんでいるのは、どうやら途惑いだった。どうして夏都がこんなことを言うのか理解ができないのだろう。夏都自身にもわからないのだから当然だ。ただ夏都は、曖昧な、しかし濃度の高い苛立ちと、対象のよく見えない怒りに囚われていた。おでんの卵を丸呑みしたように、胸の底が熱かった。自分の中で、何かが計量カップのメモリを越えて溢れていくのを感じた。狭いアパートで、廊下の明かりを背に立っていた昭典の顔が浮かんだ。シューズボックスの上から挨拶していたキティちゃんを思い出した。西新宿の駐車場に現れ、下衆《げす》きわまりない取引を持ちかけてきた棟畠の声が、先ほどの電話の声と混じって聞こえてきた。あの誘いをかけられたのは自分だけではなかった。室井杏子がそれに応じたのかどうかはわからないが、彼女は元アイドルで、きっとすごく美人で——もう片方の女である自分を、棟畠はどんなふうに見ていたのだろう。夏都はテーブルに上体を乗り出してさらに言葉をつづけようとしたが、横でオブラージが丸まっちい掌を持ち上げた。

「まあ、それはこっちのあれですから」

「アブラージさん」

「オブラージです」

「オブラージさん、ちょっと黙ってて。ねえカグヤさん、どうすんの？」

カグヤは抽象画でも眺めるように夏都の顔を見ていた。そんな彼女を見返しているうちに、胸の中でふくらんだ感情が、咽喉から勝手に言葉を押し出した。

「なんとかしたいんでしょ？　するんでしょ？」

（五）

「ところで例の情報なのですが」

「はい？」

「間違っていました」

「情報っていうのは――」

「素手でおにぎりを握ることが保健所から禁止されているという情報です。厚生労働省のマニュアルがあるのは大量調理施設のみに関してでした。移動デリなどの場合はこの施設に該当しないので、適用されません。素手での調理は許可されていたのです。保健所としては手袋の着用を奨励していますが、あくまでそれは奨励であって、実際に着用するかどうかは調理を行う人に任されているというのが実情でした」

申し訳ありません、と正座の膝に手を添えて菅沼は一礼した。夏都もつられて一礼を返したが、そうしながら、これも菅沼の不器用な作戦の一部なのではないかと疑った。本当は昨日、塾の駐車場で夏都にあの乳酸菌生産物質だかの小瓶を渡したときから、素手での調理が禁止されていないことはわかっていたのに、つぎに話しかけるネタとして、それを温存しておいたのではないか。しかし、ゆうべ夏都が突然、馬場学院の二階にある菅沼の部屋を訪ねたりしたものだから、そのタイミングを見失い、誤作動してしまったピタゴラスイッチを修正しようと、こんなに急に、こんなに場違いな状況で持ち出したのではないか。

もっとも、あまりに急すぎるし、場違いすぎる。

「あ、ごめんなさいね、こっちのことです」

夏都はローテーブルを囲む四人に向き直った。オブ。オブラージ。タカミー。プー。みんな、知らない動物を眺めるような目で菅沼を見ている。それぞれの前にはランチの入ったトレーが置かれていた。中身はすべて「とろとろソースのチーズハンバーグランチ」に統一させてもらった。

約束した午後二時に、夏都は菅沼といっしょにここへ来た。昨日と同じこの場所。オブとオブラージが両親とともに暮らすマンションの一室。そして四人にランチを配って料金を受け取り、彼らがちらちらと菅沼のことを気にしながら、落ち着かなげにパックの輪ゴムを外したり、割り箸を割ったりしているときに、それまで黙っていた菅沼が、いきなり喋りはじめたのだ。

人を連れてくるとは言わなかったし、そもそも昨日ここを出た時点では菅沼を連れてくることなんて考えていなかった。だから彼らは菅沼のことを、ランチを運ぶのを手伝いに来た従業員とでも思っていたのだろう。ランチを配り終えたら、夏都だけを残して出ていくのではないかと。しかし菅沼がそのまま夏都の隣に座り込んだどころか、妙なタイミングで妙な話をしはじめたものだから、きっと困惑しているのだ。いや当たり前の話なのだが。

あの、とオブが口をひらいた。

「そちらの方は……」

「甥が通っている塾の先生です。昨日あれから、この人にぜんぶ話を聞いてもらったんです」

全員がぎくりと身を硬くし、何故か隣で菅沼も硬くなった。

ゆうべ夏都は、この場所から帰宅し、智弥と二人で夕食をとったあと、「出かけてくる」とだけ言ってマンションを出た。そして高田馬場まで車を走らせ、菅沼の部屋を訪ねたのだ。

人に何かを相談したのなんて、いつ以来だろう。

昭典を追い出したときも、一人で移動デリを開業したときも、夏都は誰にも相談しなかった。できる、という気持ちと、やってやる、という気持ちだけで十分で、誰かの意見なんて煩わしいという思いがあった。なのに昨夜は、どうしても誰かに話を聞いてほしかった。電話やメールやメッセージではなく、顔を合わせて。

菅沼の部屋は、畳の上に炬燵《こたつ》が置かれ、炬燵の上に本が積まれ、本の上にメモ用紙が散らばり、まるで昔の受験生の部屋のようだった。壁には一抱えほどもあるホワイトボードと黒板が一枚ずつ立てかけられ、どう使い分けているのかはわからないが、細かい数字や大きな数字や、夏都が知っている記号や知らない記号がびっしりと書き込まれていた。横倒しに置かれたカラーボックスには、ティッシュペーパーや小型のホウキや予備の電池や蛍光灯が雑然と詰め込まれ、そのカラーボックスの上に、見憶えのあるハンカチが置かれていた。紺地に白のストライプが入った、以前に駐車場の件でプレゼントしたやつだったので、夏都はなるべくそちらを見ないようにした。

菅沼はぎくしゃくと、関節が全方向に曲がるロボットのような動きで、黒と白のかりんとうを数本ずつ皿に載せ、コーヒーを淹れてくれた。夏都に出されたコーヒーは美味しかったが、菅沼のやつはお湯で薄められ、麦茶のような色をしていた。眠れなくなるからとのことだった。

夏都は炬燵で菅沼と向き合い、自分が昼間、ビルの駐車場から連れ去られたことや、そのあと見聞きした内容をすべて打ち明けた。

何故、そんなことをしたのだろう。

昨日、この場所で彼らの話を聞いてから、理由の判然としない苛立ちと、哀しさと、悔しさと、彼らの力になりたいという気持ちが夏都の胸の中を満たし、ぐちゃぐちゃに混じり合い、まるで心が塩分過多でむくんでしまったように、ほかのことを一切考えられなくなった。誰かに話を聞いてもらいたかった。見聞きしたものを吐き出したかった。どうしてそんなふうになったのか。自分はただ人違いで拉致されただけなのに。何の関係もない話を聞かされただけなのに。

いや、関係ない話ではないのだ。

そのことに気づいたのは、菅沼の部屋を出て、マンションまで車を走らせているときのことだった。

――お金や料理だけが、あんたの持ってるものじゃないでしょうが。

自分もまた、棟畠から枕営業のようなものを持ちかけられた。

――あんたほら、美人だし。

たとえその誘いを拒み、無視したとしても、話を持ちかけられたという事実は変わらない。その事実だけで夏都は、相手に何かを盗《と》られたような、そして自分にも何らかの落ち度があったような気持ちにさせられた。自営業における自分の力の足りなさを見せつけられた気もして、悔しくて、哀しくて仕方がなかった。しかし少なくとも、自分は誘いに応じなかった。だからこそ、十年前の出来事とはいえ、そうした誘いに応じてしまった二人の女性に対する反感をおぼえた。一人の力でやっていこうという自分の努力を、無意味にされたような気持ちだった。しかしいっぽうで、寺田桃李子や室井杏子に対し、同情も抱いてしまうのだ。決して共感だとは思わないし、思いたくないが、気持ちは理解できる。

話を聞いてもらう相手に菅沼を選んだのも、そのあたりが理由だったのかもしれない。帰り道、菅沼の家からマンションまで車を走らせながら、夏都は少しだけ軽くなってくれた胸の中で、そんなことを思った。女の尊厳。それを売り買いすること。商業的な成功。野心。——失礼かもしれないが、夏都の周囲で、そうしたものと最も縁がなさそうに思える人物が菅沼だった。嘘はつかれたけれど、あの無意味で馬鹿馬鹿しい嘘たちも、いまや好感さえ伴って思い出される。

それに加え、菅沼には何か貸しがあるような気がしたのだ。

いや、よく考えれば貸しなどないどころか、いつもランチを買いに来てくれたり、おにぎりが発酵食品であることを教えてくれたり、怪しげではあるが乳酸菌生産物質だかの小瓶をもらったり、逆に世話になっているのだが、とにかく人をそんな気にさせるものが菅沼にはあった。

「先に言わせてもらいますけど、あんなことされたんだから文句を言われる筋合いはないわよ。お店をひらく前にいきなり駐車場から拉致されて、怖い思いさせられて、ランチだってけっきょく五人分しか売れなかったんだから。それに、カグヤさんっていう、まだ若い子が関係してるわけでしょ？　あたしの甥っ子と同年代の。危なっかしくて心配なのよ。あなたたち、パソコンやなにかには詳しいか知らないけど、ものすごくちゃんとした大人ってわけじゃないわよね。具体的にどこがどう駄目とか、そういうことを言うつもりはないけど、自分でもわかるでしょ？」

「私もどちらかというと、ちゃんとした大人というわけでは――」

菅沼の言葉を夏都は遮った。

「だってあなたたち、人を拉致するのに、その相手のことをろくに確認もしなかったり、あれだけのことをしておきながら、昨日あたしが車までランチをつくりに行くのに誰もついてこなかったり……あんな大事な話をあたしに知られて、心配じゃなかったの？もしあたしがあの情報を誰かに売るとか、そういうこと考えたらどうするつもりだったの？　いまよりもっと面倒なことになってたじゃない。何で誰もついてこないのよ。そもそもあれよ、室井杏子さんにしてもあたしにしても、メールを消去してもらうだけのために、わざわざ拉致する必要なんてないのよ。なかったのよ」

玄関で物音がした。

言葉を切り、目だけでオブに訊ねると、彼はまるで脅迫を受けているように怯えた顔で「カグヤさんです」と答えた。

「お仕事が終わって、来てくれたんです」

声はほとんど吐息だった。

「学校行って、仕事して、彼女も大変よね」

つい高圧的に喋ってしまったことを反省しつつ、夏都は語調を弱めた。

「やっぱり今日から冬休みなの？　うちの甥っ子の学校が昨日終業式だったけど、カグヤさんの学校もそうなのかしら？」

プーが首を横に振った。

「そういったプライベートのことは」

まるで夏都が道徳的な間違いでもおかしたような口調だったので、わざわざ語調を弱めてやったことを後悔しつつ、夏都は聞こえない程度の、いや聞こえたかもしれないが、舌打ちをした。

「どっちでもいいけど、べつに。それでね、けっきょく何が言いたいのかというと、昨日も言ったとおり、あたしはあなたたちに協力させてもらいたいの。その理由はちょっとごちゃごちゃしてて、なかなか説明できないんだけど、とにかく力になりたいのよ。でも一人じゃやっぱり心細いから、この菅沼先生にもいっしょに来てもらったの」

「なるほど」

菅沼が真顔で頷く。

「いまのいままで、どうして自分がここへ連れてこられたのか理解できていませんでした。心細かったんですね」

「当たり前じゃないですか、いきなり車ごと拉致されて、こんなところに連れてこられて、まったく憶えのないことで知らない人たちに責め立てられて。いくらそのあとこの人たちに協力したいと思うようになっても、心細さくらい感じますよ」

「カグヤさん入ってこないなあ……何してんだろ」

これまでのやりとりをまるで聞いていなかったかのように、オブラージが丸い上体をそらせてドアのほうを見た。

「なあオブ、ちょっと見てきてくれよ」

オブが立ち上がり、夏都の背後のドアを開ける。

そのあとは、何の物音も聞こえなかった。

誰の声もしなかった。

やがてプーがそちらへ顔を向け、唇を僅かにひらいた。オブラージが同じほうへちらっと目をやってから、身体ごと勢いよく振り向いた。タカミーもそこを見て、両手を中途半端な位置に浮かせたまま硬直した。菅沼が振り返って、ああ、と気軽な声を洩らした。

「来たんだね」

夏都は振り返った。

入り口に立っていたのは智弥だった。

「ゆうべ何か様子が変だと思ったら、夏都さん、拉致されてたんだ」

　夏都は床の上でぐるりと身体を反転させた。

「あんた……何でいるの？」

「自分で連れてきたんでしょ」

「いやまあ、そうだけど」

　冬休みで家にいた智弥を、ちょっとした目的から、菅沼といっしょに車に乗せてここまで来たのだ。しかしその目的が、まだ到着していない。

「呼びに行くまで車で待っててって言ったじゃない。え、どうやってこの部屋がわかったの？」

「だって車の窓ごしに外廊下が見えたもの。夏都さんと先生がこの部屋のドアを入っていくところも見えた。ところで夏都さん、拉致グループのアジトに来るのに、何で僕を乗せてきたの？」

「拉致グループじゃないわよ、まあ拉致グループなんだけど。あんたには、こないだのお詫びをしなきゃと思って」

　仕方なく正直に答えた。

「ほらあの、パソコンのゲームの中で装備だかを売ってお金をつくってきたでしょ？　あのお詫びに、会わせてあげたい人がいるの。あんたが会いたい人」

　カグヤの実物を、ひと目だけ見せてやろうと考えていたのだ。

喜ばせてやりたいという気持ちとともに、智弥との関係において、今後とも自分がイニシアティブをとりたいというような下心も、正直なところ少しあった。

「ねえ、そのゲームってさ」

オブラージが急に口をひらき、なんとかかんとか？　とゲームソフトのタイトルらしきものを口にした。智弥が頷くと、オブラージはいったい何を売ったのか、いくらになったのかとつづけざまに訊きはじめたので夏都は遮った。

「それ、あとでいいかな。智弥、いちおう紹介しとくね。この人はオブラージさん」

「オブラ味《あじ》さん」

「違う、オブラージさん。伸ばすの。で、そのお隣がタカミーさんで、こっちがオブラージさんの弟のオブさん。それからプーさん」

途中から何故か得意げになり、夏都は紹介していた。智弥は眼鏡の奥で何度か瞬きをし、四人を順繰りに見て、申し訳なさそうな顔をした。

「べつに僕、この中の誰にも会いたかった感じじゃないんだけど」

「会わせたいのはこの人たちじゃなくて、別の人。いま来るから、ちょっと待ってて。ねえオブさん、いいわよね？」

オブを選んで訊いたのは、彼が昨日の拉致の実行犯だからだ。

「じゃあ……はい」

オブはほかの三人の顔色を見ながら頷き、奥へずれ、自分が座っていたところを片手で示した。智弥は斜めがけのカバンを下ろしながらそこへ正座し、ノートパソコンを取り出してディスプレイをひらく。

「現金売り？　え、レートどんな感じなの？　ギルド価格の何掛け？」

さっきのゲームの話なのだろうが、オブラージがよくわからないことを訊き、智弥は自分のパソコンを操作しながら淡々と質問に答え、売り買いのコツについて、何か夏都が知らない用語をまじえて付け加えた。

またドアの音がし、

「遅くなってごめんなさい」

今度は本当にカグヤの声がした。

彼女の親衛隊ともいうべき四人はすっと姿勢を正した。

「今日はダンドラの着ぐるみを着て鉄骨の足場から逆さまにぶら下がってくれって言われたからやってみたんだけど、それが思いの外《ほか》――」

誰にともなく話しかけながら入ってきたカグヤは、入り口で足を止めると、まず菅沼を見て、ゆっくりと何度か瞬きをした。つぎに夏都に顔を向け、軽く会釈した。そして最後に智弥を見た。智弥もカグヤを見ていた。

「……こちらのお二人は？」

カグヤが訊き、テーブルを囲む四人の視線が、懇願するように夏都へと集まった。

「あ、紹介させてくださいね。この人は菅沼さんといって、あたしの甥っ子の塾の先生で、こっちがその甥っ子……あれ」

智弥はパソコンのディスプレイに目を戻し、何と呼ぶのかは知らないが、マウスのかわりに使う四角いパッド部分を指で撫でている。恥ずかしがっているのだろうか。いや違うようだ。智弥の感情はいつも非常に読みにくいけれど、半年もいっしょに暮らしているので、だいたいは気持ちがわかるようになった。いまの智弥の気持ちを一言で表すと、無関心だった。

「智弥、ほらカグヤさん」

「知ってるよ」

画面を見つめたまま答え、キーボードをたららっと叩く。こちらに顔を向けもしない。夏都はわざと笑いながら、智弥の肩を、いかにも気楽な仕草でばしんとやった。

「どうしたのよ智弥、ほらあんたの――」

「部屋を探ったんだね」

迂闊《うかつ》だった。

どうしてこんなことに気づかなかったのか、自分で不思議なくらいだ。そう、カグヤのファンであることを、智弥は夏都に一度だって話していない。たしかにこれでは、自分が智弥の部屋の書棚を探ったと教えたようなものだ。

「掃除のときに……あれなの、ちょっと見えたの」

「嘘だよね」

「ごめん、ほんとは移動デリの雑誌があるのを見つけて、それを手に取って……そしたらその左側に……あれがあって」

「〝あれ〟なんて言わないでいいよべつに。この人の写真と記事のスクラップでしょ」

この人、の部分で智弥は、右手の親指でぞんざいにカグヤを指し、テーブルを囲むカグヤの親衛隊四人はさっと顔を強張らせた。

「なるほど、きみも僕たちの仲間だったわけだね――」

タカミーが片頬を持ち上げて納得げに頷き、智弥の顔をびしっと指さして無意味に名前を強調した。

「智弥くん」

「ええ、カグヤのファンです」

「呼び捨てはおやめなさいっ」

プーが素早く顔を向け、智弥は不思議そうに相手を見た。

「だって僕とカグヤは」

「ほらまたっ」

「僕とカグヤは同学年のはずですよ。彼女の誕生日は非公開だから実際どっちが先に生まれたのかはわかりませんが――まあ僕の誕生日が一月なので、四分の三ほどの確率でカグヤのほうが先に生まれてはいるんでしょうけど、同じ中学二年生ですよね。呼び捨てにして何か問題がありますか？」

「でもだってあなたいま、カグヤさんのファンだって──」

「あくまで僕はアイドルとしてのカグヤのファンであって、生身の彼女のファンというわけではありません。本名さえ知らないし」

「極秘です」

「わかってますし興味もないです」

（六）

二日後の午後、夏都は遠くから室井杏子を眺めていた。

ボブの黒髪で、細身。通りの向こう側なので、顔立ちははっきりとはわからない。時刻は十二時四十分になるところで、彼女の移動デリ「ダイアモンドハムレット」の前の行列は、もうずいぶん短くなっている。

普段こうして離れて眺めることがないので気づかなかったが、駐車場は左右のビルに挟まれて、ちょうど舞台のように見える。夏都もついこのあいだまで立っていたその場所で、杏子が忙しそうに働いている。あれは何を売っているのだろう。客に手渡すトレーの底が、ある程度深いことだけは見て取れるが、そこに入っているのがどんな料理なのかは見当がつかない。

ピーク時の行列は、夏都が店を出していたときよりも、たぶん長かった。そしてその中には見知った顔が二つまじっていた。いつも七味唐辛子をたっぷり料理にかけていく中年男性。ホワイトボードの売り切れメニューに×印を描いてくれる女性。二人の姿を見つけたとき、夏都は何か、自分が手ひどく裏切られたような気分だったが、もちろん彼らにとってみれば、そんな思いを抱かれるいわれなどない。

冬空は雲に覆われていた。その雲の下に広がる光景が、夏都にはいっそう灰色に見えた。さらに視界の側から、別の灰色のものが迫ってきた。

「先生、狭いのであんまり――」

「あっ、すみません」

助手席から夏都の肩ごしに身を乗り出していた菅沼は、白髪まじりの頭を慌てて引いた。

車の中は寒かった。エンジンを切ってある上、背後のスライドドアが少し隙間を開けているせいだ。

「ねえ、寒いからそこ閉めない？」

夏都は首を回して背後に声を投げた。四つの頭がトーテムポールのように縦に並んでいる。上から順にタカミー、オブラージ、プー、オブ。スライドドアの隙間からみんなで外を覗いているのだ。

「あたしがここから見てるから、そんなみんなで観察してる必要ないわよ」

四人はちらちらと縦に顔を見合わせたが、けっきょく誰も動かず、そのまま外に目を戻す。カグヤ以外の人間の言うことには従わないつもりなのだろう。

保温庫の上には、ついさっきみんなが食べ終えた「野菜がとれるハンバーグランチ」のトレーが重ねてある。合計八つ。夏都と菅沼と、外を覗いている四人。そして智弥とカグヤの分だ。智弥は以前に菅沼がくれた乳酸菌生産物質を自分のランチにかけてみたいと言い、その存在をすっかり忘れていた夏都は、エプロンのポケットに入れたままだった小瓶を出して渡した。中身が減っていないことに気づいた菅沼が、ずっとこちらに目を向けたが、夏都は気づかないふりをした。乳酸菌生産物質を試した智弥の感想は「べつに変わらない」だった。菅沼に悪かったので、夏都はその感想に対して意外そうな顔をしたあと、発酵させる時間が必要だったのではないかと言い、考え込むふりをした。

「智弥ぁ、今日のこと、お姉ちゃんに言わないでよ」

「言わないよ」

外を覗き見ている四人の尻の後ろで、床に胡座《あぐら》をかいてゲームのコントローラーを握っている智弥は、顔も上げずに答えた。智弥の隣ではカグヤが、ひらひらのフレアスカートで、やはり床に胡座をかき、智弥と顔をくっつけ合うようにしてノートパソコンの画面を覗き込んでいる。狭いので、どうしてもそうなってしまうのだ。彼ら二人と、外を覗いている四人の尻や背中も、実際のところほぼ密着していた。

「僕がお母さんに連絡することなんてもともとないし、そもそもお母さん、僕の話なんて聞いてる暇ないでしょ。後進国で天使のような子供たちを助けなきゃならないんだから」

「離れて暮らしているのに寂しがりもせず、智弥くんは強いですな」

菅沼が眉の間をぽりぽり掻きながら呟く。どうしたらそんなところがかゆくなるのだろう。

「菅沼先生は寂しがり屋だったんですか？」

ずいぶん実感がこもった言い方だったので、訊いてみた。すると菅沼は「私が？」と驚いた顔をしてから、「まさか」と笑って肩をすくめた。〝ひ〟の字に近いくらいのすくめ方だった。

「でもいまなんか言い方が――」

「後輩がそうだったもので」

「とんかつ屋の」

「まさしく」

という菅沼の声にかぶせて智弥がつづけた。

「それに、こんなことに付き合ったなんてお母さんに言ったら、僕がよっぽど暇だと思われるよ」

こんなこと、と呟いてプーが振り向く。

「だって、ただ十年前のメールを消してくれるように頼みに行くだけでしょ？　しかもその理由が、メールの中に、カグヤのお姉さんが当時付き合っていた男の人の名前が書いてあるからだなんて、馬鹿馬鹿しいよ」

智弥にはそう説明してあるのだ。

夏都はプーに目配せをしてから、智弥に訊いた。

「じゃ、何でついてきたのよ」

「カグヤにインキュバスリングの増やし方を教えてほしいって言われたから」

「何それ」

「そういう指輪があるんだよ」

「あ、こんなとこにもクラーケンクイーンが出るのね」

カグヤが顎に指をあてて画面を見直す。

「たまにね。でも召喚《しょうかん》ですぐ片付けられるから……あ、駄目だ、いまオフラインだ」

「バーンナウトできないわね」

「クラウンでCP呼べるかな」

「あなたたち、ゲームばっかりやってると人付き合いができなくなるわよ」

理解不能の会話に背を向け、夏都はシートに座り直した。

「この車、パソコンの電源とれるからいいね」

夏都とカグヤのどちらにかはわからないが、智弥が言う。ルームミラーに目をやると、智弥がコントローラーを操作しつつカグヤの耳に口を寄せて何か囁き、カグヤも囁き返している。まるで仲のいい親戚同士が休日に遊んでいるような光景だ。そういえば、智弥が同年代の友達と会話しているのを見るのは初めてのことかもしれない。智弥にしてみても、塾へ行くとき以外はほとんど部屋に籠もっているので、こうして友達といっしょにゲームをするなどというのは、案外画期的な出来事なのではないだろうか。そんなことに思いを向けているうちに、これまで遠ざかっていた現実感が、急に頭をもたげてきた。数日前から、現実感が遠ざかったり急接近してきたりの繰り返しだ。

「何やってんだろうなあ……」

「誰がです？」

助手席から訊く菅沼に、黙って首を横に振った。

本当に、いったい何をやっているのだろう。今日だって、高田馬場の駐車場を使える日なのだ。本来ならばそこで移動デリをひらき、ランチを売って金を稼いでいなければならない。夏都のデリを目当てにあの駐車場に来てくれた人もいることだろう。しかしこんなところに車を駐め、他人《ひと》の移動デリと、そこに列をなす客たちを眺めている。

もっとも、実入りゼロというわけではない。カグヤとその親衛隊、そして菅沼には正規の価格でランチを買ってもらったから、七百円×六人＝四千二百円の収入はあったが、そんな金額では話にならない。３ＬＤＫのマンションの家賃は高いのだ。

「広すぎるんだよなあ……」

「何がです？」

また首を横に振った。

どうして自分はあの部屋に住みつづけているのだろう。夏都は初めて、そんなことを考えた。ものを思う時間ができてみると、余計なことばかり考えてしまう。昭典といっしょに借りたあのマンションの一室から、何故自分は出ていかないのだろう。もともと結婚当初、見栄っ張りの昭典が無理して借りた広い部屋だった。最初から夏都は、こんなにたくさん部屋はいらないのではないか、もう少し狭いところを借りて、節約できた家賃を貯金に回したほうがいいのではないかと言っていたのだ。しかし昭典は聞かなかった。その昭典が出ていったとき、自分は引っ越すこともできた。いや、そうすべきだったし、いまでもそうすべきなのだ。六ヶ月前に智弥がやってきて、いっしょに暮らしはじめたけれど、やはり人数と面積が釣り合っていない。もともと夏都は、住む場所にはそれほどこだわりを持つほうではないので、この移動デリのように極小の家でも構わないのだ。

そんなことをつらつらと考えているうちに、少女の頃に姉と話した、将来の夢のことを思い出した。あれは夏都が小学三年生か四年生だったから、冬花が五年生か六年生の冬だったはず――いや、小学六年生の冬は、姉は好きだったクラスの男子と人生初のデートをし、前後含めて冬中ほとんどずっとその話ばかりしていたので、おそらく前の年だ。

当時、夏都が三年生、姉が五年生のとき。冬花は料理に凝っていた。

料理といってもせいぜいフライパンか鍋一つと俎板《まないた》だけでつくれるような簡単なもので、ブロッコリーのパングラタン、キノコと長葱《ながねぎ》の和風パスタ、鯖《さば》の缶詰をなんかしたマヨネーズ味の料理などだった。どれも美味しかった。母がつくる料理よりも美味しいと思うことさえあった。いま思えば、それは単にシンプルな醬油味やマヨネーズ味が子供の舌に合っただけのことなのだろうけど。

夏都はキッチンでよく姉を手伝った。言われた通りに野菜を洗ったり、ちょっと切ったりしながら、将来はいっしょにレストランをひらこうと二人で話し、わくわくした。冬花がコックで、夏都がウェイトレス。お客さんがたくさん来て調理が間に合わないときは、ホールをアルバイトにまかせて夏都も厨房に入ろうなどと具体的な相談もした。

その夢を、夏都は長いこと大事にしていた。ときどき布団の中で、大人になった自分と冬花が、ほかの人にはわからない符牒《ふちょう》のようなものを素早くやりとりしながら立ち働いているところを想像し、顔がほてった。その後、姉と直接レストランの話をすることはなかったけれど、小学校を卒業する頃になっても、夢はまだ色褪《いろあ》せず、いや、むしろ実現可能な年齢に少し近づいたことで、以前よりも色濃くなっていた。飲食店の前を通りかかったときは、ショーケースの中を覗いてメニューや値段を研究したりもした。書店で立ち読みした「レストラン特集」の雑誌に、すごく格好いいパスタ屋さんの写真が載っていて、その窓のかたちも、屋根の色も、その向こうに浮かぶ雲の様子さえも、いまだに憶えている。

中学一年生の春、近所にあった洋食屋の前を通りかかると、ブラインドが外されていて、がらんとした店内が見えた。椅子やテーブルは置かれたままだったが、卓上のカスターセットや、壁を飾っていた小物やオーナメントたちがすべてなくなっていた。家で冬花の帰りを待ち、夏都はその話をした。自分たちがいつか店をひらくとき、ちょうどあんなふうに閉店した飲食店があれば、内装や外装をやり直して新しい店につくり替えられるんじゃないかと、興奮しながら喋った。居抜きという言葉は当時まだ知らなかった。

喋っている夏都の顔を、冬花はぼんやりと見ていた。少し途惑ったような目をしていた。ちょっと興奮しすぎてしまったかと、夏都は笑いに誤魔化して言葉を切ったが、どうやらそうではなく、姉は自分が何の話をされているのかわかっていないようだった。数秒待ってみた。ああ、などと言って姉が思い出してくれるのを待ったのだ。しかし思い出してくれなかったので、仕方なく夏都のほうから数年前の夢の話をした。

冬花は完全に忘れていた。話して聞かせても、思い出してくれなかった。

――そういえば、料理とか最近やってないなあ。

そんなひと言で、けっきょく姉は笑い話にしてしまったけれど、夏都はひどく哀しかった。身体の中を風が吹き抜けたような思いがした。そして同時に、姉に対するうらやましさもおぼえた。冬花はいつもそうやって、いろんなことをさらりと忘れてしまう。でも夏都にはそれができない。レストランの話はまあ別として、親に叱られたこと、クラスで恥ずかしい思いをしたこと、電車の中で他校の男の子たちがくすくす笑っているのが聞こえ、それが自分を笑っているように思えたことなど、心の中でくすぶりつづけ、いつまでも消えてくれない。その蓄積が、当時の景色を少しだけ暗い色に染めていた気がする。そして、いまもその色を通して物事を見ているように思うときがある。

「客が消えました」

プーが緊迫した声で報《しら》せた。

「カグヤさん、チャンスです」

「参りましょう。タカミーさん、例のものを」

カグヤが立ち上がり、タカミーが紙の手提げ袋を恭《うやうや》しく差し出す。彼女は中から何か黒い毛の塊《かたまり》のように見えるものを取り出した。いや、それは黒い毛の塊だった。

「カツラかぶって行くの？」

すでにカツラをかぶっているのに。

「この髪ではやはり目立ってしまいますから、外を歩くときはいつもこれをつけているのです」

いまかぶっているものを取ったほうが早いのではないだろうか。

「オブさん、後ろのドアを開けてください」

カグヤに命じられ、オブがすかさずハッチをひらいた。寒風が吹き込み、カグヤはそれを全身に受けながら、両足を揃えてアスファルトに跳び降りた。

（七）

昭典と、よく来た店だった。

カウンターの表面はところどころ擦《こす》れて色褪せ、木目が白く浮き立っている。天井の隅に据え付けられた古いスピーカーは薄く埃《ほこり》をかぶり、そこからジャズの有線放送がゆるゆると流れ、目の前にはガラス製の四角い灰皿が置かれている。灰皿の中には店のロゴ入りマッチがぽつんと一つ。

夏都も昭典も喫煙者ではないので、マッチも灰皿も使ったことはないけれど、こうして眺めていると、一本ためしに喫《す》ってみようかという気になってくる。そんなところも、店のグラスや調度類とともに、昔から変わらない。

「変わらないのも、エネルギーがいるらしいですよ」

以前ここのマスターから聞いたことを、隣のスツールに座る菅沼に言ってみた。

返事がなかったので、夏都は店内の様子を漠然と目におさめながら、ボウモアのロックを少しだけ口の中に流し込んだ。昭典といっしょに来ていたとき、いつも二人で飲んでいたスコッチを、敢えて注文したのだ。当時の夏都が、昭典の好みに合わせてこれを飲んでいたと、マスターに思われたくないからだった。もっともマスターのほうは、おそらく飲んでいた酒の種類までは憶えていないだろうし、憶えていたところで何とも思わないのだろうけど。

「エントロピーの増大を人為的な力で抑えようとすれば当然エネルギーは必要となります。もちろん完璧に阻止するのは不可能ですが」

まるで忘れていた台本の台詞をようやく思い出したように、菅沼が急に答えた。彼はスツールの下についている、足をのせるパイプに、両足のつま先を引っかけて座り、横から見ると尻だけ後ろに突き出して見えた。

「そういう意味ではないです」

「失礼しました」

「この店が変わらないって言ったんです」

「あなたはよくここに？」

「いえ、最近は全然」

「そうですか」

菅沼は機械のように肩の関節だけを動かし、水で薄めてもらったアイスコーヒーのグラスを口に持っていく。どうでもいいことだが、菅沼はせっかくあんな策を弄《ろう》して「これからは夏都さんと呼ばせていただきます」と言ったくせに、けっきょく一度も呼ぼうとしない。

エミットに来たのは一年半ぶりくらいだったが、マスターは夏都の顔を憶えていてくれ、ドアを入るなり「お久しぶりです」と頬笑んでみせた。——ということは、昭典のことも憶えているのだろうか。

マスターはいまカウンターの奥のほうで、胡麻塩の細い顎を撫でながら、棚に並んだ酒瓶を見上げている。白いワイシャツの背中が、以前より少し丸まった気がする。

「でも……驚きましたよ」

マスターに聞こえないよう、夏都は声を落とした。

「まさか、あんなかたちで楝畠さんの名前が出てくるなんて」

あれから夏都たちは全員で室井杏子のもとへ向かった。いや、智弥だけは「区切りが悪いから」と言って車の中でパソコンゲームをつづけていた。もともと室井杏子のもとへ行くときは、何か理由をつけて車内で待っていてもらうつもりだったので、かえって安心したのだが、思えば、一人残しておくことで安心する相手が中学二年生で、心配だからついて行かずにいられない相手が大人たちというのも奇妙なものだった。カグヤは少女だが、心配なのは彼女ではなく、彼女の思いや言動に従属する彼らのほうなのだ。

一団は横断歩道を渡り、室井杏子の移動デリへと近づいていった。黒髪のカツラをかぶったカグヤを護衛するかたちで、サイコロの「五」のように、オブ、オブラージ、タカミー、プー、その後ろから「二」のように夏都と菅沼。

杏子のワゴン車の上部には、「ダイアモンドハムレット」とピンクと黄色の可愛らしいロゴが印刷されていた。ハムレットというのがシェイクスピアの劇の題名であることは知っていたが、意味はわからない。車の前には料理の写真が貼られた看板が置かれていて、それを見て初めて夏都は、杏子が出している料理を知った。カレーうどん、トマトうどん、シーフードバジルうどん、ミートボールうどん、中華うどん——「変わりうどん」とでもいうべきメニューたちだった。なるほど、あれで味がよければ、確かに飽きないかもしれない。注文してから出てくるまでの時間も短いだろう。自分もこの近くでOLでもやっていたら、通ってしまうのではないか。看板の上のほうにはクリアファイルが画鋲《がびょう》で留めてあり、差し替えができるように入れられたカラー用紙に「火木土はここで営業してます！」と可愛らしい文字で書かれていた。夏都が月水金。杏子が火木土。わかっていたことだが、何か自分たちが棟畠の手で小分けにされて袋詰めにされたような、嫌な気分だった。

室井杏子は背後に並んだ食材を覗き込み、何かメモをとっていた。ボールペンの尻で頭を掻きながら振り向いたとき、彼女は近づいてくる夏都たちに気づいた。客だと思ったらしく、軽く頬笑まれた。ひそかに想像していたよりも、ずっと好ましい、素直な笑顔だった。

しばし四人の親衛隊の中で先頭を押しつけ合うような間があったが、けっきょくカグヤが自らカウンターの前に進み出て、彼らはそれを半円形に囲むようにして立った。

——いらっしゃいませ。

――わたしランチを買いに来たんじゃないの。

室井杏子は訊ね返すように両頰を持ち上げ、首をかしげてみせた。それがいかにも年少者に対する仕草だったので、カウンターの前に立つカグヤが急に幼く見えた。いや、年相応に見えたと言うべきなのかもしれない。

――そうね、これではわからないわね。もっとも、そのための変装なのだけど。

くすりと意図的な笑いを見せ、カグヤは黒髪のカツラを少しずらし、蛍光緑の髪を相手に見せた。

――これでおわかりかしら？

彼女は確信に満ちた声で言ったが、室井杏子はただ眉根を寄せ、不思議そうな顔をした。複数人からそうして一斉に見つめられても、動揺している様子はなかった。以前の仕事のためか、容姿のせいか、人の視線を受けることに慣れている印象だった。車のまわりでは鳩が何羽か地面をつつきながら歩いていた。あれは夏都が店を出しているときに来る鳩と同じやつだったのだろうか。

――思い出されるテレビCMや雑誌の記事などがあるはずですよ。

プーが言った。先生に指された生徒に、横からこっそりヒントを教えるように。

――わたしテレビも雑誌もあんまり……。

目の前に並んだ顔を、室井杏子は瞬きしながら見比べた。

そのときは気づかなかったが、いまこうして思い返してみると、テレビや雑誌を見ないという彼女の気持ちは、なんとなく夏都にもわかる。きっと自分も、いまの商売が失敗に終わってしまったら、町で移動デリを見ることに抵抗をおぼえるだろう。

——シラを切っても無駄だっ。

タカミーが杏子に人差し指を突きつけた。

——僕たちはカグヤさんからすべてを聞いている。

——いいの、タカミーさん。

自分のときとまったく同じ展開で、つぎにつづいたカグヤの台詞は、途中からいっしょに口を動かせる気さえした。

——シラを切るなら仕方がないわ。わたしたちのカードをすべてオープンしてみせるしかない。彼女を降伏させるために。

カグヤはぐっと顎を上げ、カウンターごしに室井杏子を見据えた。

——わたしは寺田桃李子の妹、カグヤです。

その瞬間、室井杏子が顔色を変えた。彼女は周囲を素早く見回すと、相手に先をつづけさせまいとするように口をひらいた。

——ここだとちょっと……あの、どこか別の場所で。

別の場所は、近くにあったマクドナルドの二階席となった。

昼時を過ぎて空いている店内の、いちばん奥まった場所にあるテーブルをくっつけ、八人でそれを囲んだ。いや、七人で室井杏子を囲んだといったほうがいいかもしれない。
——メールの件は、本当に申し訳ないと思ってるんです。
まず驚いたことに、室井杏子は素直に頭を下げた。
——私が昔のメールを消さないって答えた、最初のやりとりのあと、とりちゃんから
また何回か連絡があって、どうしても消してほしいって言われました。
——それでも消さないと？
カグヤの言葉に、室井杏子は弱々しく顎を引いて無言になった。近くで見ると、右目
の下に泣きぼくろがあった。ちょうどいい位置で、その小さなほくろから発散された女
らしさのようなものが、彼女の顔全体を包んでいた。
——杏子さん。あなたが考えていることはわかります。あの手のメールは週刊誌など
が高値で買い取ってくれるそうですね。
一・五倍速でビデオを再生しているようにカグヤは早口で一気に喋った。
——もちろん関係者が旬な人物であるかどうかで買い取り価格も上下するようですが、
場合によっては三十万円から四十万円の高値がつくと聞きます。そしていまのお姉ちゃ
んは、これ以上なく旬です。なにしろ結婚を間近に控えた有名女優ですから。
でもそうはいきませんと言い、カグヤはテーブルごしに片手を差し出した。
——携帯電話を出してください。いますぐメールを消去していただきます。
室井杏子は細い肩を強ばらせたまま唇を結んでうつむいていた。彼女の態度や仕草は、

偽りなく臆病そうで、弱々しくて、移動デリのカウンターで見た素直な笑顔同様、夏都が漠然と想像していたものとは違っていた。なんだか夏都は、対決すべき敵がどこかへ消えてしまったような、曖昧な不満をおぼえていた。もちろん誰かを敵視しなければいけないわけではないのだが、今回のことについては、誰かが悪者になってくれないと、夏都自身がやりきれなかったのだ。

が、その「敵」はすぐに登場した。

――もう……消去してあるんです。最初にとりちゃんに言われたあと、メールはすぐに消したんです。消さないって言ったのは嘘だったんです。

えっ、という声にならない吐息が何人かの口から洩れ、全員の顔が室井杏子に近づいた。菅沼だけは、みんながそうしたのを見てから自分も動いたので、ワンテンポ遅れた。カグヤはしばらくのあいだ、何かを慎重に計量しているような目で杏子を見ていたが、やがてすっと姿勢を正した。

――本当ですか？

――はい。

――では何故、お姉ちゃんに嘘を？

室井杏子はふたたび黙り込んだ。今度の沈黙はさらに長かった。その横顔を眺めているうちに夏都は、彼女の中にある迷いが、計算と呼び換えられるたぐいのものではないことを感じ取ったので、思い切って口をひらいた。

——あの……いいかしら。

仕事中のように、なるべくにこやかな顔を意識して喋った。

——あたしもじつは同じ仕事をしてて、移動デリを持ってるんです。はじめは旦那が、っていうか元旦那がやるって言って準備してたんですけど、開業直前にちょっと問題が発生して、まあその問題っていうのは女関係で、それがあって旦那を追い出しちゃったもんで、一人でやらなきゃならなくなって。

こちらが胸襟《きょうきん》をひらけば、向こうも応じてくれるかもしれないと思ったのだ。

——あたしたち、歳もちょうど同じだと思うの。三十二ですよね。

——三月で、はい。

さっきまでと違い、室井杏子の目に芯が入っている気がした。胸の内にあるものを話してくれるかもしれない。夏都がそう期待した瞬間、左隣の菅沼が急に口をひらいた。あれは時計回りに自己紹介でもするものと思ったのだろうか。

——私は塾講師をやっていて、教室を持っています。はじめは数学者、というか数学の研究者を目指して勉強していたのですが、少々問題が発生し、その問題というのは人間関係で、それがあって研究者への道を諦め、現在にいたります。

言い回しまで同じだったが、ふざけているのではなさそうだった。

——歳はやはり三十二です。

そうつけ加えた瞬間、彼をもっと年上だと思っていたらしいカグヤの親衛隊四人が

「えっ」という反応をしたが、菅沼はそれに気づきもしない様子で、自分の左に座ったオブに、次どうぞというジェスチャーを示した。オブは勢いで自己紹介をしようとしたが、その前に室井杏子が夏都に訊いた。

——このへんですか？　その、移動デリをやってらっしゃるっていうの。

——あ、いえ違います別の場所です。池袋とか、そっちのね。

適当に答えると、室井杏子はさらに訊いてきた。

——ご商売、どんな感じです？　やっぱり大変ですか？

順風満帆ではない人に特有の、相手も大変に違いないという、答えを聞く前から同情がこもった訊き方だった。もっとも実際に大変だったので、夏都は素直に頷いた。

——そうですね……まあ、大変ですね。

ですよね、と言ってから室井杏子はふたたび沈黙したが、やがてカグヤに向き直り、だしぬけに打ち明けた。

——わたしがメールを消去しても、別の場所にまだあるんです。わたしが消しても意味ないんです。

あまりに急だったので、さすがのカグヤも胸を引いて相手の顔を見直した。大きな目が何度か瞬《またた》いた。

——別の場所、と言いますと？

——わたしじゃない、ほかの人の手元にメールがあるんです。

その後、室井杏子はすべてを打ち明けた。

途中からは涙声になり、夏都が渡してやったペーパーナプキンでときおり目もとを押さえながら話した。ハンカチを貸してあげられればよかったのだが、ハンドバッグごと車に置いてきていたのだ。

――じつはあの駐車スペースはわたしが契約してる場所じゃないんです。

彼女の正面に座っていたのはカグヤだったが、どちらかというと杏子は、夏都に対して訴えるように話した。

――NPO団体の役員さんが借りてるところで、その人が車を置かない火曜日と木曜日と土曜日に移動デリを駐めさせてもらって営業してるんです。あの駐車場のオーナーさんが、そうしていいって言ってくれて。

――やっぱりインターネットのホームページで見つけたの？

夏都が思わず訊くと、

――やっぱり……？

室井杏子は濡れた目を途惑ったように上げた。

――あ、いえあの以前あったのよ、そういうことが、池袋のほうで。

ああ、と彼女は頷いてから、はい、ともう一度頷いた。

――そう、ウェブで調べたんです。移動デリ、営業場所、都内、か何かで検索したら棟畠さん……オーナーさんは棟畠さんっていうんですけど、その人が経営してる不動産会社のホームページがヒットして、オフィス街の駐車場で移動デリはどうでしょうみたいなことが書いてあって。いえ、移動屋台って書いてあったかもしれないですけど。

なるほど、智弥が夏都のために調べてくれたのと同じ方法で、彼女もあの駐車場の情報にたどり着いたらしい。

――問い合わせの電話をしたとき、移動デリで作業するのはあなただけなのかって訊かれたんですけど、そのときは、場所を貸すんだからそれくらい確認してもおかしくないと思ってました。それで、あそこの場所をお借りして、ランチを売ってたんですけど……。

それから室井杏子は、先日夏都が経験したのとまったく同じことを語った。時期こそ夏都よりも二ヶ月ほど早かったが、呆れたことに、ほかは細部まで見事に同じだった。ある日の営業終了後に棟畠がやってきて、駐車スペースが使えなくなったと告げたこと。近所で会社をやっている人が契約してしまい、翌日からすぐに車を駐めたがっているけれど、交渉次第ではまだ何とかなるかもしれないと言われたこと。

――そのときに、わたし、棟畠さんにあの……ちょっと、嫌な話を持ちかけられたんです。その、わかりますでしょうか、奥さんに死なれて寂しいとか、特別に骨を折るわけだからとか……。

まるで判で押したようなやり口だ。

――みなさんはもう、とりちゃんのメールの件で何もかもご存じかと思いますけど、わたし昔、そういうあれで失敗したことがあって……そのときの自分を本当に恥ずかしく思っていて、すごく後悔しているんです。だから同じことはしたくないし、するつもりもないんです。なかったんです。

棟畠にその話をされたとき、彼女は悔しさと哀しさでいっぱいになり、何も言葉を返せなかったのだという。

――それで、黙ってたら、棟畠さんが食事に誘ってきて……。

そういえば自分のときも、食事のことを何か言っていた気がする。

――何日か経ってから、棟畠さんと待ち合わせて食事に行きました。いえ、ちゃんとお話をして、お願いして、何か別の方法で解決したかったんです。新しく駐車場を契約した人との交渉次第では何とかなるっていうのを、まだ少しは信じていたので。でも連れて行かれたのが、なんだかすごく高級そうな、フレンチだか何だかだったから、そこに着いた瞬間、見込みはないかなと思ったんですけど。

彼女の予想どおり、棟畠は執拗《しつよう》に、枕営業的な行為をほのめかしつづけたらしい。ただし直接的な言及をすることなく、あくまで遠回しに。

――わたし、哀しくて、悔しくて……そんな話を持ちかけられているだけで、自分の中から何かを盗られているようで……でも、そういうことならあの駐車スペースについてはもう諦めますって言えない自分が本当に嫌でした。ほんとに恥ずかしく思いました。

室井杏子がそう語ったとき、ほんの少しだが、夏都は誇らしさを感じた。

——寂しさを紛らわせてくれるのなら、あの場所をいつまで使っていても構わないなんていうことも言われました。それで、わたしだんだん心底から腹が立ってきて、飲まされたお酒のせいで変に勢いもついちゃって……。

過去にやってしまったことを、棟畠に話したのだという。

——もちろん具体的なことは言いませんでした。若いころ芸能界にいた時期があって、そのとき仕事を手に入れるために馬鹿なことをしてしまったとか、そんな言い方でした。だから同じような馬鹿なことはもうしたくないんですって、わたし言いました。

どうして杏子は、わざわざ過去の出来事を棟畠に話したのだろう。昼間、マクドナルドの二階席で話を聞きながら、夏都はいまいち理解ができなかった。

しかしいまは、なんとなくわかる気がする。自分はそのへんにいる普通の女じゃないのだと、相手にわからせてやりたかったのではないか。かつて華やかな世界にいたことを教えてやりたかったのではないか。

そんなふうに夏都が考えたのは、杏子の移動デリが掲げた「ダイアモンドハムレット」という店名の意味に気づいたからだった。「ダイアモンド」は菱形。「ハムレット」は、車に戻ったときに智弥が教えてくれたところによると、シェイクスピア悲劇の主人公の名前でもあるが、もともと「村」という意味の単語らしい。菱形と村。菱村。杏子が芸能界にいた頃の芸名は菱村杏子だった。

売れなかったとはいえ、華々しい世界に身を置いていた頃のことを、きっと忘れられない――いや、忘れたくないのだろう。そして、できれば他人にも知ってもらいたいのだろう。客の中には店名の由来を訊ねる人がいるかもしれない。そんなとき杏子は、自分の昔の名前なんですと答え、こんな会話を交わすのではないか。「ちょっと芸能界にいまして」「えっそうなんですか?」「自分には合わなくて、やめちゃったんですけど」「もったいないですねえ」「でもわたし後悔していません。いまが幸せなので」……。

昔は長かったという髪を、いまはボブにしている理由も、彼女のそんな気持ちを重ねて考えてみると、わかる気がする。ボブはロングに比べて身体を動かしやすいというようなイメージがあるけれど、じつのところあれほど面倒な髪型はない。ロングにしていれば、たとえば調理をしたりカウンターで立ち働いたりするときに、縛ってしまえるが、ボブではそうはいかない。実用性よりも、「てきぱき働く女」のイメージを重視したのは、そうすることで矜持《きょうじ》を維持したかったからではないか。華やかな世界にいながら、自分は敢えてこの道へ足を踏み入れたのだという、自分自身に対するエクスキューズの一つとして、あの髪型を選んだのではないか。

もちろん、考えすぎかもしれないし、ひどく失礼な邪推をしているのかもしれない。しかし、杏子の気持ちをそんなふうに忖度《そんたく》してみると、棟畠にわざわざ過去のことを話した理由も、そのあと具体的なことまで喋ってしまった理由も、わかる気がするのだ。いや、そう考えないと上手く納得ができないのだ。

――わたしがそれを話したら、棟畠さんの態度が急に変わって……目がすごく同情的な、心配してくれてるような感じになって、ぜんぜん興味本位とかじゃなくて、親身になって話を聞こうかっていう態度になったんです。それでわたし、つい……。

具体的なところまで話して聞かせてしまったのだという。

――ほんとに、すごく上手いんです。上手かったんです。なんかもう目つきとか顔つきとかもそうですけど、相槌の打ちかたとか、話の合間にグラスにワインを入れるタイミングとか……わたし、言うつもりなんてぜんぜんなかったのに、気がついたらみんな、つい喋ってたんです。

室井杏子の口調が少しだけ、甘えるような、舌っ足らずなものになっていた。この人は人生の中で、何かを許してもらったことが、きっと自分よりもたくさんあるのだろうなと夏都は思った。

――とりちゃんの名前は、最初はもちろん出してなくて、いまも活躍してる有名な女優さんっていう言い方をしてたんですけど、そのときも棟畠さん、べつにその人の名前は知らないでもいいっていう態度で、そうなると逆にこっちも安心して、とりちゃんの名前をつい……。

――ついが多いですね。

カグヤが冷然と言い放った。

室井杏子の目に一瞬、硬い苛立ちがよぎった。しかしすぐに彼女はその目を伏せ、やがてまた上げたときには、先ほどまでの弱々しい色がそこにあった。きっと、どちらも彼女の素顔だったのだろう。

——十年も前のことだからっていうのも、あったのかもしれません。でも、わたしにとっての十年前は、ただの昔の出来事ですけど、とりちゃんにとっての十年前は、いまのとりちゃんと一つなんですよね。そんなことにも、わたし気づかずにつ……。

つい、と言おうとして、彼女はぎりぎりで気づいた。しかし言い直した言葉はただの同義語だった。

——うっかり喋ってしまったんです。とりちゃんの名前も、わたしたちが馬鹿なことをした相手の、広告代理店の重役のことも。棟畠さん、わたしといっしょになって怒ってくれて、許せないとか言ってくれて、それで余計勢いがついちゃって……わたしあのときの話、誰にも打ち明けたことなんてないんです。ほんとです。いままで一度も人に喋ったりしなかったんです。

ずっと、誰かに聞いてほしかったのかもしれない。

——ずっと誰かに聞いてほしかったのかもしれません。

自分の思考が声になったかと驚いた。

——なんか言い訳みたいで……いえ言い訳なんですけど。すみません、言い訳です。ごめんなさい、ともう一度謝り、杏子は胸元に手をあてて顎を引いた。髪がさらりと横顔を覆った。

誰かに聞いてほしい話は、夏都にもある。昭典のこと。智弥のこと。商売のこと。心配していることあれこれ。もしいま自分の前に、何もかも話していいんだよといった包容力を見せる相手が現れたら、どうなるだろう。ひょっとしたら、ぜんぶ喋ってしまうのではないか。もっとも夏都の場合、人に知られてまずいような秘密は抱えていないけれど。いや、いま目の前で話されている寺田桃李子の件がそれにあたるだろうか――。

と、そこまで考えて夏都ははっとした。

自分は菅沼に話した。

杏子とまったく同じ行為を、自分自身がしていたことに、夏都は初めて気がついた。もし菅沼が悪意ある人間だったら、どうなっていたのか。たとえば金のために情報を売るようなことだって、菅沼にはできたのだ。いまもできるのだ。夏都が思わず隣に目を向けると、菅沼はコーヒーの入ったグラスをぎりぎりまで傾け、表面張力で遊んでいた。

――そういうことなら、あの駐車スペースはこれまでどおり週三日、使っていいと言われました。昔のことを思い出させてしまって申し訳なかったって、棟畠さん、わたしに頭を下げてくれて。

それで完全に安心してしまったのだという。

――証拠はとってあるのかって、そのあと訊かれました。

カグヤが訊ね返すように小首をかしげた。

――その嫌な、忘れたい出来事が起きた証拠は、いまもどこかにあるのかと訊かれたんです。それでわたし、初めてメールのことを思い出しました。あのとき、とりちゃんとメールをやりとりしたって。わたし、どきっとしました。昔のメールは、携帯を機種変するときに引き継いでるんですけど、その中にとりちゃんとのメールも入ってます。いま使っているこのスマホにも、とりちゃんとの昔のメールはみんな保存されてたんです。それが危ないことだって、わたし初めて気がつきました。だって、たとえばスマホをどこかに落として、誰かが拾って中を調べたりしたら、大変なことになっちゃうじゃないですか。ロックはかけてあるけど、何かわたしの知らないやり方で、そんなのどうにでもなるかもしれないですし。どうにでもなりますよね？

どうなのだろう。テーブルを囲んだ面々の顔を見渡すと、オブラージがフライドポテトを片手に、できますよと答えた。

――たとえば拾ったスマホをA、自分のスマホをBと仮定すると、まず自分のスマホをロックした上で両者の電源をオフにして、情報が入ったSIMカードを入れ替える。で、拾ったほうのスマホの電源を入れて、自分のロック解除パスワードを入力すればOK。もちろんできない場合もありますけどね。

せっかく仮定したAとBを使うのを忘れてはいたが、そんなやり方があるのかと夏都は驚いた。オブラージはコーラをちゅっと吸い、自分の説明を味わい直すように目を細めた。そしてぶふっとゲップをした。

――当時のメールのやりとりがあるって、わたし答えました。消しといたほうがいいですよねって。そしたら棟畠さん、急にこう訊いてきたんです。

少し前から、棟畠の言動は理由を摑みにくくなっていたが、このあたりに来るといよいよ不可解さが増した。

――彼女は簡単に相手と寝ることを〈オーケー〉したのかって。

そして、じつのところいまでも不可解なままなのだった。

――とんでもないですって、わたし答えました。わたしだって嫌々でしたし、とりちゃんも同じだったんだって。メールのやりとりを見ればそれはわかるって。

すると棟畠は、それならばメールは消さないほうがいいと言った。

――二人がさんざん悩んだっていう証拠は、むしろとっておいたほうがいいって。何かのときに、助けてくれるかもしれないからって。それ聞いてわたしも、ああそうかもしれないと思ったから、そう言いました。そしたら棟畠さん、自分も共有しておいてあげる、大事な証拠だから自分も持っていてあげるって言いました。だからわたし……。

十年前に寺田桃李子とやりとりしたそのメールを、棟畠に見せたのだという。

――それを棟畠さんは、画像で自分のスマホに保存しました。

――〈キャプチャー〉ですね。

タカミーが急に口をひらいた。

室井杏子は曖昧に首をひねった。

――呼び方はよくわかりませんけど、わたしのスマホの画面にメールを表示させて、それを自分のスマホで写真に撮ったんです。

――なるほど……キャプチャーではない。

――でもわたし、翌日になって冷静な頭で考えたら、気がついたんです。自分はすごく危ない、馬鹿なことをやってしまったんじゃないかって。だって、もともとわたし、自分のスマホにメールが保存されてるのが危ないことだと思って、それで消去したほうがいいんじゃないかって考えたはずなのに、けっきょくわたしのスマホと棟畠さんのスマホと二箇所に同じものが保存されているんです。余計に危ないんです。

歳も仕事も同じ室井杏子だが、自分との大きな違いがあることに、夏都は気づいていた。しかしそれを上手く言い当てることができなかった。深く考えずに行動してしまうという点は、むしろ似ている。やってしまってから、あとになって後悔するという点も。たとえば人の嘘を信じやすいとか、物事を安易に考えてしまうとか、気が弱いとか、そういったことでもないのだが……それに近い何かだった。

――それに、たとえば棟畠さんがスマホをどこかに落としちゃうことだってありますよね。もしロックがかかっていたって、いまそっちのおっきい人が教えてくれたみたいに、解除されて中を見られちゃうかもしれないし。

おっきい人は口に入れようとしていたポテトをぴたりと止め、そのポテトの先端を杏子の顔に向けた。

――彼が使っているスマホの機種は？

杏子はリンゴのマークの会社が出しているシリーズを答えた。

——そのいちばん新しいやつです。やっぱりそういう機種でも、ロックを解除される可能性はあるものなんですか？

——可能な場合があると思います。

ほとんど意味のない返答だった。

そのことに杏子も気づいたらしく、周囲の顔色を察して話を戻した。

——それで、わたし、すぐ棟畠さんに電話しました。あのメールの写真をぜんぶ消してくださいって。でも棟畠さん、消さないほうがいいって言い張るんです。何回お願いしても駄目で、なんだかそのうち声が怒ったみたいになってきて、忙しいからって最後は電話を切られちゃったんです。

寺田桃李子から電話があり、昔のメールを消してくれと頼まれたのは、ちょうどその数日後だったのだという。

——わたしそのとき、メールは消すよって答えてもよかったのかもしれません。実際、自分のスマホからは、とりちゃんからの電話のあとですぐに消したんです。でもとりちゃんには、消すって言えませんでした。棟畠さんのところにメールの写真があるから、それを消してもらってからじゃないと言えないと思ったんです。とりちゃん、心配になったり、怒ったりするかもしれないけど、嘘はつけないし、ほんとのことも言えないし……わたし困って、どうしようもなくなって、仕事があるからって言い訳して電話を切っちゃったんです。それから何度か、メッセージも電話ももらったんですけど、返信したり、電話に出たり、どうしてもできませんでした。棟畠さんにメールの写真を消してもらってからじゃないと、何も言えないって思って。

その出来事に関わっていない人からは誠実と言われるかもしれないが、関わっている人からは不器用と言われる考え方をする人だった。もっとも、まさかその不器用さ、あるいは誠実さのせいで、寺田桃李子の妹が仲間を集めて拉致計画を実行するとは、彼女も思っていなかっただろう。ましてや自分とまったく関係のない人間が間違って拉致されるとは。

「メールの写真を手に入れて、棟畠さんは何をするつもりなんですかね？」

菅沼と自分のあいだに置かれたキャンドルを引き寄せ、夏都は炎を覗き込んだ。べつに意味はなかったのだが、気になったのか、隣から菅沼も覗き込んできた。

「わかりません」

「杏子さんはあんまり気づいていないようでしたけど、あれって自然な会話の流れじゃなくて、棟畠さんは明らかに無理やり話を持っていって、メールの写真を撮ってますよね」

「棟畠さんが？」

菅沼は驚いた声を出した。

「先生も気づかなかったんですか？」

「それをネタに、また杏子さんをどうにかしようとしているわけでもなさそうだし」

「ええ、まったく」

「はあ」

キャンドルの炎を覗き込んでいた菅沼は首をねじって夏都を見た。下から見上げられるかたちになったので、夏都はなんとなく胸を引き、グラスを口に押しつけた。

ふたたび顔を下に向けて炎を観察する菅沼の、灰色の頭を眺めているうちに、なんとなく質問が口をついて出た。

「菅沼先生は、悪いことを考えたりする人ですか？」

菅沼は反応しなかった。

まさかこの静けさで、しかもこの距離で聞こえなかったはずはないので、敢えて無視したのかと思ったら、ずいぶん経ってから彼は顔を向けた。たったいま人生に終了宣告をされた人のような表情だった。

「悪いこと……と言いますと」

「え？　ああ、たとえば棟畠さんみたいに、いえ棟畠さんは特殊な例かもしれないですけど、何か卑怯な手を使って女の人をどうこうしようとか——」

人生がもっと終了したように、菅沼の顔がさらに歪んだ。

「あ、でもあれですよ、ちょっとした嘘とか、軽い感じの作戦を事前に立てておくとか、そういうのはべつにいいと思いますよ。そんなのべつに卑怯でも何でも——」

菅沼の顔がとうとう死神のようになったので、夏都はちょっと面倒になった。天井のスピーカーからは、子供が無茶苦茶に叩いているようなジャズのドラムソロが流れ、それを黙って聴いていると、がたりとスツールを鳴らして菅沼は立ち上がった。

「すみませんでした」

「はい？」

「私は帰ります……すみませんでした」

ゼンマイ仕掛けのように菅沼は一定の速度で真っ直ぐに歩いていき、入り口のほうへ向かう。そして壁のハンガーにかけたコートを取り、時計回りに反転してすーっとこちらへ戻ってくると、財布から二千円を出してカウンターに置き、また背中を向けた。

「一つだけ」

「はい？」

「一つだけ、最後に」

身体のどこかに風穴でも開いているようなかすれ声を洩らすと、菅沼は振り返り、右手をコートのポケットに突っ込んだ。やがて抜き出されたその手には、白い包装紙に包まれた四角い箱が握られていた。綺麗な緑色のリボンコサージュが貼りつけてある。

「これを……あなたに」

菅沼が暗然と差し出したその箱に手を触れた瞬間、まるで電気回路がつながって脳の一部が作動したかのように、夏都はあることに気がついた。

たったいままで、まったく気づいていなかったのだ。

子供の頃から振り返ってみても、こんな年が、いままであっただろうか。

菅沼が箱から手を離した。指で隠れていた部分には、「Merry Christmas!」と印刷された金色のシールが貼りつけてある。

「なんかここ、あれですね――」

不意にわいた羞恥《はじらい》が、口を勝手に動かした。

「いくら変わらないように頑張ってるっていっても、クリスマスくらい何かちょっとした飾り付けとか、そういう――」

移動デリの店じまいをしたあと、疲れた身体で缶入りのミルクティーを飲んだときのように、胸の奥にじわっとあたたかさが広がった。誤魔化す仕草の後ろから嬉しさがはみ出てきて、頬や口許のかたちがふわふわと輪郭をなくしていくのを感じた。これはまずいぞと思って夏都は壁に並んだ酒瓶を見たり、床を見たり、マスターを振り返ったりしたが、胸の中はどんどんあたたかくなり、表情はそれに連動していくばかりだった。

ハンドバッグの中でスマートフォンが震えている。場の空気をもとに戻したい一心で、夏都はすぐに手を伸ばしたが、そのとき菅沼のコートのポケットからも振動音が響いていることに気がついた。

どちらもそれぞれのディスプレイを同時に覗き込んだ。

『お愉しみのところごめんなさい。』

二人に宛てた、智弥からのメッセージだった。

『棟畠氏が室井杏子さんのメールを欲しがった理由がわかりました。』

第三章

（一）

革のニーハイブーツ、黒いタイトスカート、黒いニットのフードコート、黒髪のカツラを身につけたカグヤは、まったく中学生には見えなかった。スカートとブーツのあいだに見える太腿の様子に、少女っぽさが覗いているけれど、夏都が手伝ってやったメイクも似合っているし、胸には思い切ったサイズのパッドも入っている。

「いいえこれはパソコン用のアームレストです」

カグヤはコートの前をはだけさせ、Tシャツの胸部を夏都に見せた。

「ウレタン製の横長のものを真ん中で強く縛ってみました。靴や服はみんなお姉ちゃんからの借り物です」

サイズが合わないのでブーツの中にはハンドタオルを詰め、スカートのウェストは折り込んでゼムクリップで留めてあるのだとカグヤは言った。コインパーキングの看板の明かりだけがたよりだったので、よくは見えないが、彼女が身につけているものはどれもずいぶん高価《たか》そうだ。大きくあいた首回りの肌が、まるでいま初めて空気にさらされたというように白く、暗がりの中でぼんやり発光して見える。

「あの、カグヤさん、もう一回訊くけど……ほんとにこんな時間に外にいて平気？」

もうすぐ夜の十時になる。

しかも帰りの時間が何時になるか、まったくわからないのだ。

「平気です。お姉ちゃんは明後日《あさって》まで地方ロケなので」

「え……あれ、同居してるの？」

「はい。二人暮らしです」

そうだったのか。

「訊こうとするといつもプーさんとかが邪魔するから、あたしカグヤさんのプライベートのことってぜんぜん知らないのよね」

両親はどうしているのかと質問しかけたとき、柳牛十兵衛号のハッチが隙間をあけ、中からプーの顔が覗いた。這いつくばっている。

「あ、プーさん、サイズどう？」

「まったく合いません」

「ううん、入らないか……」

「入りはしましたが、ほとんど動けません」

「歩くのは？」

「かなりゆっくりでしたら」

「なら平気よ。それ着て走り回るわけじゃないんだから」

ハッチがスローモーションのようにひらき、夏都の服を身につけたプーが中から姿を現した。彼女はゆっくりと、小刻みに左右の足を動かして回れ右をし、腰を痛めた人のような動きで四つん這いになると、片足ずつ順番に地面に下ろし、両手で車を押し出す感じで身体を起こした。ブラックジーンズとカットソーとファーコートが身体を締めつけている。あまりにぱんぱんで、尖ったものでつつかれでもしたらぷりんと服が剝けて素っ裸になってしまいそうだったが、これでも夏都の服の中ではかなりゆったりしたほうなのだ。ほかに貸せるものはない。

夏都たちがいるのは、六本木の大通りから一本路地を入ったところにあるコインパーキングだった。

「では男性のみなさん、着替えをお願いします」

カグヤが指示を出すと、そばに並んで待機していたオブ、オブラージ、タカミー、菅沼がぞくぞくと車の中に入り、中からハッチを閉めた。着替えはクーラーボックスの中に入っているからと、夏都は外から声をかけた。

「この格好で、本当に入れるのでしょうか」

プーが直立不動の体勢で目だけを下に向け、自分の姿を見る。

「眼鏡を外しているので、着ているものの様子が自分ではほとんど見えないのですが」

「平気よ、かっこいいわ」

適当に答えていると、カグヤがブーツを鳴らして近づいてきた。

「わたし、クラブという場所を耳にしたことはありましたが入るのは初めてです。ドレスコードがあるとは知りませんでした」

「ドレスコードって感じじゃないらしいのよね。あたしも行ったことないからわからないんだけど、要するに――」

プーを意識して、言葉を探した。

「いまどきの格好から、なんだろう、あんまり外れてると、入り口でやんわり止められて、中に入れないんですって。全部のクラブがそうっていうわけじゃないけど、いまから行くところはそんな感じらしいの」

自分がクラブに行くことになるなんて思ってもみなかった。クラブというものについて考えたことさえ、これまでの人生で合計してもせいぜい十分くらいだったのではないか。

「智弥さんは本当にいろんなことを調べてくれますね」

「そう、あの子、調べるの得意なのよ」

大通りのほうからパトカーのサイレンが聞こえてくる。

首都高の上に広がる夜空は、ネオンを映して白ちゃけていた。

「でもほんと、まさか智弥にぜんぶ聞かれてるとは思わなかったわ。杏子さんとのやりとり」

「すみません」

教育上、あまり聞かせたい話ではなかった。

室井杏子に会うため夏都たちが柳牛十兵衛号を出たとき、智弥はカグヤにこっそり頼み、互いのスマートフォンを通話状態にしてもらっていたらしいのだ。そして、あのときマクドナルドの二階で交わした室井杏子とのやりとりを、すべて車の中で聞いていた。夏都たちが杏子のもとへ向かう前、智弥がカグヤに何か囁いているのがルームミラーごしに見えたが、たぶんあのとき頼んだのだろう。

——僕が夏都さんから聞かされてた事情が嘘だってことくらい、気づいてたからね。

マンションに帰ってから、智弥はそう言った。みんなで杏子のもとへ、本当は何をしに行くのか、気になるのはまあ仕方のないことだろう。それに、杏子の話をスマートフォンごしに聞いたからこそ、こうして智弥はいろいろと調べてくれたのだ。

菅沼と二人でエミットにいるとき、智弥から送られてきた長いメッセージには、つぎのようなことが書かれていた。

『寺田桃李子さんと室井杏子さんが十年前に枕営業のようなスタイルで関係を持ったヤマウチ氏というのは、広告代理店の奉ＹＯＵ（ホウユー）で営業推進部を統括していた山内俊充（としみつ）氏だと思われます。この山内俊充氏ですが、現在は奉ＹＯＵには おらず、関連会社であるＫＡＮＡＵ（カナウ）エンタプライズの社長を務めています。いわゆる天下りのようなかたちで社長になったようです。』

KANAUエンタプライズというのは、撮影用スタジオを経営する会社なのだという。

『最近のインタビュー記事の中で山内氏が興味深い事を語っていました。ネットにアップされていたのでコピペしますね。

←←←

ちょっと大規模なスタジオ建設計画を進めているんです。これまでは学校や病院といった、ありものを買い取ってスタジオに改造するケースがほとんどでしたが、じつはいま都内のどこかに、地下二階地上四階建てくらいのスタジオを建設する計画を進めています。母体である奉YOUはもちろん、外部にも貸し出して、広告業界や映像業界の基盤を固めるのに役立てるつもりです。場所は新宿から渋谷あたりかな。細かなことは、まだちょっと言えないんですけどね（笑）』

引用はそこで終わっていた。

そのとき夏都はまだ、山内のこのコメントがどうして「興味深い」のか、よくわからなかった。しかし智弥は、『ここに、棟畠勲蔵（くんぞう）氏が十年前のメールの写真を欲しがった理由があると思われます。』とつづけていた。

そして、棟畠が経営する棟畠不動産の状況について書いてあった。

『まず業績ですが、決して好調ではありません。棟畠氏は父親から受け継いだ会社で駐車場経営とビル経営を行ってきましたが、持ちビルが老朽化してきたため修繕費用などがかさむようになり、さらに一昨年には飲食産業に手を出して失敗しています。この詳細はよくわからなかったのですが、持ちビルの一つを飲食店専用に改築し、各フロアにテナントを入れるつもりだったようです。その計画が頓挫して、現状は工事が途中で止まった状態になっています。資金がショートしたのか、改築業者とのあいだでトラブルでもあったのか、いまのところ不明。ただ、それが原因で棟畠不動産が決定的な業績不振に陥ったのは間違いないようです。』

ここでまたメールは山内の話に戻った。

『あくまで想像ですが、思うに、山内氏が進めようとしているスタジオ建設計画の事業予定地として、棟畠不動産の所有する土地も候補に挙がっているのではないでしょうか。棟畠さんが情報を聞きつけて、自分から話に食い込んだのか、あるいはKANAUエンタプライズのほうから話があったのか。

ただ、当たり前ですが競争相手はたくさんあります。

そんなときに棟畠氏は、思わぬところで山内氏の名前を耳にしたのだと思います。つまり、レストランでの、室井杏子さんとの会話の中で。

十年前の枕営業的な行為の話を聞き、これは上手く利用できるのではないかと棟畠氏は思った。山内氏のスタジオ建設計画に自分の土地を使わせるためのツールとして、彼女のメールを利用できるのではないかと考えた。棟畠氏にとっては、もし老朽化したビル、あるいは計画が頓挫した飲食店ビルが建っている土地をKANAUエンタプライズに買い取らせることができれば、この上ない大きなビジネスになります。とくに計画が頓挫したビルがあるほうを売ることができた場合、どん底まで落ち込んだ業績を一気に回復させることも可能なのではないでしょうか。』

わかるような、わからないような話だった。

十年前のメールをもとに、棟畠は山内に揺さぶりをかけ、棟畠不動産から土地建物を買わせるつもりなのだろうか。

しかし、例のメールの内容にそれほどの効果があるとは思えない。寺田桃李子は有名女優なので、過去のスキャンダルは大きな爆弾になるだろうが、山内に対してはどうだろう。メールの内容が世に出て、十年も前の悪事が露呈したところで、どの程度の社会的ダメージを受けることになるのか。むしろ棟畠のほうが、脅迫じみた行為をすることでリスクを負ってしまうのではないか。

が、智弥からのメールのつづきを読んだとき、夏都は合点がいった。

『話が突然変わるようですが、僕は寺田桃李子さんと室井杏子さん、二人のプロフィールを詳細に調べてみました。枕営業のようなスタイルで山内氏が二人と関係を持ったのは、十年前の一月のことですね。』

マクドナルドの二階で、たしかに杏子はそう言っていた。

『さて、まず二人の年齢ですが、当時のアマレッツのプロフィールによると、同い年の十九歳同士。誕生日は、菱村（室井）杏子さんが三月で、寺田桃李子さんが二月。ところが十年経った現在はどうかというと、室井杏子さんが夏都さんと同学年で今年三十二歳、今は三十一歳。寺田桃李子さんはカグヤと十五歳離れているので二十八歳。どちらも計算が合いません。』

本当だ。

『これはおそらくアマレッツの所属事務所であったマキタプロモーションが、二人を〝同い年の女性ユニット〟という謳い文句で売り出したかったためだと思われます。なんだか嘘ばかりで僕もひどく驚かされましたが、室井杏子さんはマイナス2歳、寺田桃李子さんはプラス1歳、サバを読んでデビューしたわけです。ちなみに現在は、寺田桃李子さんの公式プロフィールによると彼女は実際と同じ二十八歳になっています。有名になる直前、寺田桃李子さんは事務所を移籍していますが、どうもそのときに本当の年齢に戻したようです。ある程度の歳になると、女性はプラスに年齢のサバを読んでもメリットがないからでしょう。』

中学生といえど異性に指摘されると癪《しゃく》に障ったが、まあ実際そうなのだろう。

『要点を書きます。十年前、アマレッツの二人が枕営業のようなスタイルで山内氏と接触した年、室井杏子さんは二十一歳、寺田桃李子さんは十八歳でした。二人のうち室井杏子さんが先に山内氏と関係を持ったことや、同じ行為に対して寺田桃李子さんがひどく逡巡したのは、この年齢的なものもあったのではないかと思われます。さて、つぎに寺田桃李子さんの誕生日について書きます。』

つづく文章を読む前に夏都は、智弥のメールが何を伝えようとしているのか、わかった気がした。

『これは公式プロフィールと実際で変わりはなく、二月五日です。』

ということは。

『山内俊充氏と関係を持った時点では誕生日が来ておらず、彼女は十八歳未満。山内氏の行為は青少年保護育成条例、いわゆる淫行条例に引っかかります。』

すると、あのメールは山内にとって、かなり危険なものと言える。

それにしても、公式プロフィール上では誕生日の差で若干年上となっていたはずの寺田桃李子のほうが引っかかるというのは、なんともトラップじみている。

『これも調べてわかったことなのですが、こういった、何かの証拠となるようなメールに関しては、メールのデータそのものよりも、送った人か送られた人の携帯電話ごと写った写真のほうが、メディアに流出した際に、より大きな効果を発揮するそうです。ですから、いま棟畠さんは山内さんに対して、とても強い武器を持っていることになります。調べてみたところ東京都の淫行条例違反は公訴時効が三年なので、十年前の事実が発覚したところで山内氏が罪に問われることはありません。ただし山内氏の現在の立場を考えると、社会的には間違いなく大きなダメージを受けることと思われます。』

果たして棟畠は、そのことまで気づいた上で、メールを利用しようとしているのだろうか。あるいは淫行条例違反については把握していないのだろうか。それは本人に訊かないかぎり確認のしようがない。

ここ六本木に来る前、夏都たちは新宿へ回り、改築途中で工事が中止されているという棟畠不動産所有のビルを見てきた。智弥が住所を把握していたのだ。暗かったので、隅々まではっきりと見ることはできなかったが、解体された足場が外壁の下に寄せ集められ、窓が嵌まるはずの四角い穴は真っ黒い口をあけて並び、都会の一角だというのに、狼の遠吠えでも聞こえてきそうな光景だった。手入れをされないまま完全に放置されているらしく、空っぽの窓からコウモリがちらちら出入りしているのが見えた。不動産業のことはよく知らないが、あのビルが棟畠にとって厄介者だということは素人目にもわかる。固定資産税などを考えると、ただ存在するだけで夏都の部屋の家賃よりもはるかに高い金がかかるのではないか。あのような物件を売れるチャンスを見つけたとしたら、そのチャンスを掴むために裏工作をするというのは、確かに頷ける行為だった。

「終わりました」

さっきから小刻みに揺れていた柳牛十兵衛号のハッチが開き、オブが子供のように両足を揃えて飛び降りた。両手でズボンの生地を掴み、裾が地面につかないよう引っ張り上げている。

「ああ……やっぱり大きいわよね」

男性陣の服は、昭典のアパートに寄って無理やり借りてきたものだ。

「腕も足も、実際けっこう余ってます」

オブは自分の両手の袖をぱたぱた振ってみせる。その姿は何かのアニメのキャラクターにすごく似ている気がしたが、思い出せなかった。

「折っても駄目かしら」

「あ、折ったら平気かも」

オブはジャケットの両袖とブラックジーンズの両裾を、それぞれ二回ずつ折った。それだけで不自然さはかなり減り、わざと大きめのものをそうやって着ているお洒落な人に見えないこともなかった。それにしても、裾や袖を折るというくらいのことを、どうして自分で思いつかないのか。

「オブラージさんはどうだった?」

サイズのことでは、オブよりもむしろそっちが心配だ。

「あ、オブラージはちょっと無理みたいです。何をどうやっても上も下も入らないって」

そのオブラージが車の中からのそのそと出てきた。着替えておらず、もとの服のままだ。ゆったりサイズのジーンズに、ネルシャツに、作業着のようなデザインのダウンジャケット。クラブという場所に行ったことはないが、この服装が似合う場所だとはさすがに思えない。

これから向かう場所の存在を教えてくれたのも智弥だった。

あれから夏都は何度か棟畠の携帯に電話をかけたのだが、「おつなぎできません」というアナウンスが流れるばかりで、智弥に訊いてみると、着信拒否されたときに聞こえるアナウンスなのだという。

——会えそうな場所があるから、行ってみれば？

——どこ？

——ここ。

智弥のノートパソコンに表示されていたのは、「あーちん」という、プロフィール写真や文面からすると二十代前半と思われる女性のブログだった。彼女は六本木の中心にあるクラブ「WICKIDS《ウィキッズ》」の常連らしく、ブログの中にはそこでの出来事が頻繁に書かれていた。

読んでみると、記事の中に確かに棟畠が何度か写真入りで登場していた。「今日もむなむなにお酒おごってもらった」「むなむなにタクシー代もらって超びっくりした」

——記事を追っていくと、むなむなが登場するのは木曜日にかぎられていることがわかった。

そして今日は木曜の夜だ。

「いいわ、オブラージさんをみんなで囲むようにして歩けばわからないだろうし。いちおうシャツだけズボンから出しといてもらって……あれ」

オブラージの後ろからタカミーが出てきた。何故か彼も着替えをしておらず、いつものスリムジーンズに美少女ロングTシャツのままだ。

「何でタカミーさん着替えないのよ。サイズ、ちょうどよかったんじゃない？」

「彼、こだわり持ってんすよ」

何故かオブラージが自慢げに答える。

「自分のスタイルを通したいっていう」

「じゃ、行かないの？」

「行きますが――」

タカミーは胸の美少女にさっと手を添えた。

「これで行きます」

こいつも男だと夏都は思った。物事を円滑に進められるチャンスはいくらでも見逃すくせに、薄っぺらい自己主張をするチャンスだけは見逃さない。

そもそも最初から、べつに全員で行く必要はないのではないかと夏都は言ったのだ。ただ棟畠と話をするだけなのだから。しかし、カグヤが行くのであれば自分たちが行かないわけにはいかないと、四人ともゆずらなかった。あれはロール・プレイング・ゲームというのだったか、複数人でチームを組んで敵と戦ったり、町で買い物したり洞窟へ出かけたり、そういったゲームを夏都も中学時代までたまにやっていたが、彼らはまるでその真似事でもしているみたいだった。ただし、いまのところ誰も実際に戦っていない。

「タカミーさんにはこのバッグを持っていただいたらどうでしょう？」

カグヤが手に持っていたヴィトンのクラッチバッグを差し出した。

タカミーがそれを受け取った瞬間、驚いたことに、急に別人に見えた。もともと痩せ型の高身長で、スタイルがいいからだろう、ファッションに詳しいお洒落な人が、わざと変わったシャツを着ている、という感じだった。悪くないなと夏都は思い、思ってしまった自分に腹が立ち、車のほうへ目をやった。

「菅沼先生は？」

訊くと、オブが答えた。

「なんか着替えるときに眼鏡が落ちて、自分で蹴っ飛ばしたせいで棚の下に入っちゃって、明かりがないからなかなか見つからないみたいです」

「……で？」

「え？　まだ見つかってないんじゃないですか？」

「あなた手伝うとか何とか、そういう発想わかなかったの？」

「はあ……」

舌打ちを堪え、夏都は車へ向かった。オブは気まずかったのか、クラブの場所をもう一度確認してきますと言って大通りのほうへ歩いていった。

「菅沼先生、眼鏡ありました？」

菅沼はなかなか出てこない。

「先生、大丈夫ですか？」

覗き込もうとすると、急に目の前に菅沼の顔が突き出されたのでびっくりした。

「すみません、眼鏡は見つかりません。でももう時間ですよね。目的の店は十時に開店で、いまは——」

菅沼はチェスターコートの腕を目と水平の位置まで持ち上げた。

「あっ針が見えない」

「あと二分で十時です」

でもそんなに急ぐ必要はないのではないかと言いながら、夏都はコインパーキングの電飾看板に照らされた菅沼の全身を一瞥《いちべつ》し、すぐに目をそらした。想像以上に服が似合っていたので、なんとなく直視できなかったのだ。が、なんだかもう一度じっくり見てみたくなって、ふたたび目を戻した。菅沼はウィルス感染によって動く死体と化した人のように、両手を前に持ち上げてふらふらしながら足場を確かめていた。

「どうせみんなでいっしょに行くから、まわりが見えなくても大丈夫ですよ。はい」

「ああ、すみません。これは何です?」

「手です」

えっと菅沼が身を引いてよろけた瞬間、キャッチーでアップテンポで不穏な音楽が響き渡った。オブラージのスマートフォンだった。なんとかかんとかとの戦闘シーンね、とカグヤが頰笑み、オブラージはへへへっと誇らしげに頷いて通話ボタンを押した。

電話はオブからで、棟畠がクラブの開店と同時にタクシーで到着し、中へ入っていったとのことだった。

（二）

エントランスで一行を迎えたいわゆる黒服は、短髪と長髪の二人組で、短髪のほうは頬と顎に生やした髭をマジックテープのようにカクカクと整え、長髪のほうは眉毛を触角のようなかたちに尖らせていた。オブラージを囲みながら歩く七人を、彼らはどこか不審げに迎えつつも、どちらも先頭のカグヤにちらちらと視線を投げた。歳がばれたのかと思ったが、どうやらそうではなく、彼女の容姿のせいらしい。

プーがペンギンのようによちよち歩くことしかできなかったので、一行の歩みは遅く、しかしその様子は場慣れしているように見えなくもなかった。黒服が押し開けたエントランスのドアを抜けると、青白くて長い蛍光灯のような電飾で飾られた廊下があり、その先が自動ドアで区切られている。

廊下を進み、目の前で自動ドアがひらかれた瞬間、大音量の音楽に呑み込まれた。クラブというところはいつもこんな音量で音楽を流しているのだろうか。これではすぐ隣にいる人との会話も難しそうだ。——が、その先にもう一つ自動ドアがあり、そこがホールへの入り口で、ひらくと同時にさらなる大音量の音楽が一気に流れ出た。夏都はまるで自分たちが虫か何かになってトイレの水流に呑み込まれていくような気分だった。

どっぱらどっぱらどっぱらどっぱらとリズムの頭ばかり強調された音楽がホールに充満し、その音に押しつぶされるようにして客がいた。まだ開店したばかりなので、二グループだけだ。どちらも二十代半ばだろうか。片方は男の二人組、もう片方は女の三人組。バーカウンターのほうへ向かう女たちの後ろ姿を、すでにグラスを手にしている男たちが、あからさまに振り返っている。――と、そのうちの一人がこちらに気づいて視線を向けた。彼はいったん目をそらしたが、その視線は糸で引っ張られたように素早くまたこちらを向いた。カグヤを見ているらしかった。男の口が小さく動き、すぐにもう一人の男の顔もこちらを向いた。

そんな男たちの視線に気づいたわけではないようだが、カグヤは物珍しそうに店内を見回しながら、プーの身体の陰に入った。視線をブロックされた二人組は、今度は夏都を見た。目が合うと、すっと視線を外したが、そのときの表情に、まるで何かの伏線であるかのような意図的なわざとらしさがあった。高校時代や大学時代に憶えのある仕草だったので、夏都はくすっと笑った。もちろん心の中でだ。いまの男たちの仕草を見ていただろうかと、カグヤのほうへちらっと目をやってみたが、彼女は相変わらず店内を見回しているだけだったのでがっかりした。いや、何でがっかりしなければいけないのか。

夏都は舌打ちをした。これも心の中でだが。

ところで、一見して棟畠の姿はホールにない。

「ほ――て――の？」

オブに訊いたが、自分の声さえほとんど聞こえなかった。しかし意味は通じたようで、オブはこくんと頷き、自分の両目を指さしてから、ガッツポーズをしてみせた。

「ど——むな——いな——」

「で——ちゃん——むな——」

「どこかに特別な部屋があるのではないでしょうか」

振り向くと、菅沼の顔がすぐ近くにあった。本当にすぐ近くで、こめかみのあたりに息のあたたかさを感じられるほどだった。驚くと同時に夏都は、この馬鹿げた音量は、ひょっとしたら客同士の顔を近づけさせるためなのかもしれないと、妙に納得させられた。

夏都は首をそらし、菅沼の脂気のない横顔に口を近づけた。

「VIPルームみたいな？」

「そうです、そういう部屋です」

「あたしたちも入れますかね」

「確認してみましょう」

「ど、こ、か、に、特、別、な、部、屋、が、あ、る、の、か、も、し、れ、ま、せ、ん」

タカミーが突然夏都の耳に口を寄せてきた。適当に頷きながら夏都は、髪を直すふりをして指先で耳元を払った。

ちょっと訊いてきます、というジェスチャーをしてから、菅沼がバーカウンターのほうへ向かう。眼鏡がないことに慣れたのか、足どりはしっかりしている。先に来ていた若い女性客たちの視線がそれを追った。菅沼は店員と何か話してから戻ってきたが、途中で首を縦に振り、そのあと横に振った。

「VIPルームはありますが、一見《いちげん》客は入れないようです」

「どこにあるんですか？」

菅沼はバーカウンターの右側に延びた廊下を示した。廊下は途中から壁の向こうに入り込み、先のほうは確認できない。しかし、そこに階段の一段目のようなものが見えるので、おそらくVIPルームは二階にあるのだろう。

バーカウンターの脇からウェイターが出てきた。お盆を片手で支え持ちながら、階段のほうへ歩いていく。お盆には赤ワインのボトルとグラスが一つ。

カグヤが傍らへ来て手招きをしたので、夏都は耳を寄せた。この高級そうな匂いの香水も、桃李子のものを借りたのだろうか。それとも自分で持っていたのだろうか。

「誰かに従業員の目を引いていてもらい、その隙にVIPルームへ攻め入りましょう」

「ううん……」

夏都が迷っていると、カグヤは全員を自分のまわりに呼び集めて同じことを言った。

「どなたか従業員の目を引いてくれる人はいらっしゃいますか？」

彼女の親衛隊のうち三人が同時に手を挙げた。オブ、オブラージ、タカミー。――いや、よく見るとプーも掌だけをそらすようにして挙手している。服がきつすぎて腕を上げられないのだ。四人全員が率先してこの役を引き受けようとしたのは、たぶん安全そうだからだろう。

「一人でいいわ」

とカグヤが言ったが、四人は探り合うように互いの顔を眺めつつ、誰もゆずらない。

「じゃあ先に、どうやって目を引くかを決めたらどう？」

夏都が思いついたことを言ってみると、四人はそれぞれ何かを探して周囲を見回した。その動きでオブラージの尻がプーの腰にぶつかった。プーはよろけ、すぐ前にいたオブに摑まろうとしたが、その瞬間にオブが偶然くるりと横を向き、ちょうど彼女の手を華麗にかわす格好になった。プーはカラクリ仕掛けのように上手いこと一団から飛び出して小刻みにたたらを踏み、そのまま一直線に進んでいった。夏都が慌てて追いかけようとしたときにはもう遅く、彼女は五メートルほど先でばたんと倒れた。両手を持ち上げられないので受け身が取れず、寝転んでヒゲダンスをしている人のような格好でぴくぴくしているプーに、慌ててみんなで駆け寄った。ホールの黒服が気づき、こちらへやってくる。短髪をきっちり整髪料で固め、白い粘土に爪で傷をつけたような目をしたその黒服は、泥酔状態で入店されたとでも思ったのか、心配よりも迷惑のほうが強く顔に出ていた。夏都たちはプーを起こそうとしたが、倒れた地蔵を元に戻すようで、なかなか難しい。そうしているうちにバーカウンターからも、何事かといった顔で別の店員が出てきた。

ふとある思いがよぎり、夏都はカグヤを見た。カグヤも夏都を見ていた。二人で同時に頷き合った。そのあとの動きもシンクロしていた。身を起こし、それとひとつづきの動きで身体を反転させ、頭を縮めながらその場を離れ、バーカウンターから右へ延びた廊下のほうへ急ぐ。その先にはやはり階段があった。カグヤと二人で階段を上る。上からは誰も降りてこない。このままＶＩＰルームまで行けそうだ――と思ったら、夏都の傍らを素早く誰かが追い越し、正面に回り込んでこちらへ身体を向けた。能面のような顔をした、さっきの黒服だ。

「こちらは許可制になっております」

壁で音楽が遮られたせいで、声がさっきまでよりもよく聞こえた。

「少し入るだけです」

自分の言葉で人が即座に動くことに慣れているのだろう、カグヤはそのまま前進したが、黒服が動かなかったので、どんと額が胸にぶつかった。彼女は相手が冗談でもやったというように、首を横に傾げてみせたが、黒服はただ無表情にカグヤを見下ろすばかりだった。

「お戻りください」

夏都は迷った。自分たちはこれで完全に警戒されてしまっただろうから、ここで戻ったら、もう棟畠のいるＶＩＰルームへ行くのは難しくなってしまう。かといって強行突破はいかにも無理そうだ。

仕方ないか――。

夏都は一回呼吸をしてから顔を上げた。

「掛川夏都が会いに来たと、棟畠さんに伝えてもらえますか?」

（三）

ここまでしっかりと遮音するのであれば、どうしてこんな大音量で音楽を流す施設の中に、この部屋をつくるのだろう。それともあの大音量は、この部屋の特別感を演出するための手段なのだろうか。室内に通された夏都が最初に思ったのは、そんなことだった。

「それで、と」

棟畠はおしぼりを両手でもてあそびながら、落ち着きのなさを隠すための笑みを浮かべ、正面のソファーに並んで座った夏都とカグヤに交互に目を向けていた。

テレビドラマの大道具係がVIPルームをつくるよう依頼されて出来上がったような、いかにもVIPルーム然としたVIPルームだった。黒い革張りのソファーにガラステーブル、名前は知らないが、巨大な鳥の羽のような濃緑色の葉が花束のように広がった観葉植物、壁に掲げられた楕円形の鏡、天井のシャンデリア。壁にはゴッホの「夜のカフェテラス」が掛かっている。模写どころかプリントだが。

棟畠の斜め後ろに、まるで夏都たちのよからぬ動きを牽制《けんせい》するかのように、目の細いあの黒服がじっと控えていた。

「まあ……何か話があるんだろうな。話がなきゃ来ないだろうからな」

夏都は頷いて相手の顔を見返した。棟畠はその視線をまぶしがるように目をそらし、夏都たちのソファーの脇に立っている、別の若い黒服を一瞥した。

「ああ飲み物か。まず飲み物だ。さて飲みも、の、は、と」

棟畠はカグヤに目を向け、視線をぎこちなく上下に動かす。

「あんた……歳は」

「あ、一昨日《おととい》でちょうど二十歳《はたち》になりました」

かつての姉よりもさらに大きく、カグヤは年齢を偽った。

「夏都さんにもお祝いしてもらって、初めてお酒も飲んだんです。リンゴのあのお酒、何というんでしたっけ？ 美味しかったですよね夏都さん、炭酸が入ってて」

さすがの演技で、夏都は思わず自分の記憶をたどってしまったが、もちろんいっしょに飲んだことなどない。

「ああっと、ええっと……シードル？」

「それです」

シードルのご用意もございますと背後で黒服が囁き、「じゃあそれを」とカグヤが即答したので、夏都も同じものを頼んだ。それからようやく気づいてカグヤの腿に触れ、こちらを向いた彼女に「いいの？」と目顔で訊ねた。カグヤはしかしそれを無視してソファーに深く座り直し、胸と首をそらせて周囲を眺め回す。パソコン用のアームレストが前面に張り出して、棟畠の視線が気になった。それが偽物だとばれるのではないかという心配ではなく、色気づきはじめた妹を心配するような気持ちだった。

そのとき夏都は初めて気がついた。

ワイングラスの隣に、棟畠のスマートフォンが置かれている。テレビCMをやっている最新機種。ガラステーブルの上で、まるでその黒いスマートフォンがみるみる膨れ上がっていくように見えた。あの中に、室井杏子と寺田桃李子が十年前にやりとりしたメールの写真が入っているのだ。

飲み物はすぐに届いた。シードルの注がれたシャンパングラスを手に取り、唇に触れさせる直前、夏都は自分が車で来ていることを思い出した。危ない、うっかりしていた。グラスをそのままテーブルに戻すと、隣でカグヤが半分ほどぐっとシードルを飲んだ。ずいぶん飲み慣れている様子だが、本当に大丈夫なのだろうか。

「メールの件で、ここへ来たんです」

夏都は切り出した。

「あたしじつは、室井杏子さんとお会いしまして」

半白の眉の下で、棟畠の両目がふくらんだ。

「事情を全部お聞きしました。杏子さん、棟畠さんにあのメールを見せて写真に撮らせてしまったことを後悔しています。彼女からもお願いされたかと思うんですけど、なんとかそのメールの写真を消していただきたくて、あたしたちここへ来たんです」

「何であんたと、そっちの――」

棟畠の目がカグヤのほうにシフトした。

「わたし寺田桃李子の親戚です」

棟畠の目に、相手の腹を読もうとするような色が浮かんだ。

「棟畠さんの持ってるメールの画像を消してください。桃李子お姉ちゃん心配してるし、杏子さんも怒ってますよ。何か悪いこと考えてるのかもしれないけど、やめときましょうよ男なんだから、そんな人が嫌がるようなことするの。だってなんかずるいじゃないですか、人がずっと前にやっちゃったことの証拠みたいなので、メールの写真とか撮って消さないで、なんかずるいことして」

カグヤは酔っ払っていた。

棟畠の顔を窺《うかが》うと、警戒の表情を浮かべながらも、こいつ大丈夫なのかというように、夏都を見ながらカグヤのほうを小さく顎でしゃくる。夏都は返す態度に迷ったが、まったくいつもこうなんだから、といった顔で軽く頬笑みながらカグヤの横顔を眺めることにした。

「お腹すいてるから何か食べていいですか？　これ押すんですか？」

テーブルの端に置かれていたコールボタンをカグヤが勝手に押した。黒服がガラスドアを開けて入ってくると、彼女は「なんか美味しいサラダとトマトのスパゲッティ」を所望した。黒服は「□□サラダと○○アラビアータでよろしいですね」と、よく聞き取れない声で答えて下がっていった。

「山内俊充さんという方をご存じですか？」

どさくさに紛らせて訊いてみると、棟畠は明らかに顔色を変えた。そしてその顔を隠すように赤ワインのグラスを口に運んだ。

「何の話をしてるんだ、あんたは」

目をそらし、しかしこちらの言葉を待つように黙り込む。

智弥が調べてくれた事実――山内が経営するＫＡＮＡＵエンタプライズによる大規模なスタジオ建設計画のことを、この場で口にすべきかどうか、夏都は迷った。こちらが事情を知っていることは、相手に伝えたほうが得策なのだろうか。それとも、山内のスタジオ建設計画とメールとの関係はあくまで想像にすぎないので、黙っておくべきだろうか。

先に沈黙を破ったのは棟畠だった。

「そのヤマグチなんとかのことは――」

「山内です」

「山内なんとかのことは知らないが、要するにあんたたちはあれか、室井さんと寺田桃李子さんから頼まれて来たわけか？」

「そうではありません」

棟畠は疑わしげな顔つきで夏都の顔を見た。セーターの首もとに指を入れてぐるりと回し、その動きに紛らせて、卓上のスマートフォンにちらっと目を向ける。そうこうしているうちにカグヤが隣でシードルのグラスを空にしてしまった。

「いずれにしても、掛川さん。あんたとは関係のないことだ」

部屋の壁全体がほんの微かにリズミカルな重低音を響かせるのを聞きながら、夏都は棟畠の顔を見返していた。しかしどんな目つきで見返せばいいのか、自分でもわからなかったので、どうしても中途半端な表情になってしまう。確かに棟畠の言ったとおり、そもそも自分は無関係で、ただ乗りかかった船から降りたくないだけだ。でも、何故降りたくないのかと自問しても、答えが見つからない。見つかるのは、負けたくないという、漠然とした思いばかりだ。ひょっとしたら昭典とあの女のことも関係あるのだろうか。自分が棟畠に嫌なことを言われたのも関係あるのだろうか。いったい何のために自分はこんな面倒な——。

「お待たせいたしました」

「おかわりください」

先ほどの若い黒服が□□サラダと○○アラビアータの載った皿を手に入ってくると、カグヤが空になったシードルのグラスを差し出した。黒服は慇懃に頷いてテーブルに皿を置き、パルメザンチーズとタバスコを並べ、ナイフレストにスプーンとフォークを寝かせると、カグヤの空のグラスを持ち去った。カグヤはパスタをフォークで巻き取りながら左手をクロスさせて夏都のグラスに伸ばし、勝手にシードルを飲んだ。棟畠の斜め後ろに控えていた黒服が、テーブルの脇に膝をついて棟畠のワイングラスに赤ワインを注いだ。

「とにかく、ここにいても無意味だ。その男……ああと……カワウチか?」

夏都は答えなかった。

「その男のことも、私は知らないし、知っていたところであんたとは関係がない」

「さっき言ったとおり、あたしはメールの件でお願いをしに来たんです」

「まあ、事情を知っているようだから言うが、たしかに私は室井さんの相談を受けたし、見せてもらったメールを写真に撮った。それは事実だ。ああいうのはその、何かのときのためにとっておいたほうがいいと思ったからな」

「何かって何です?」

「何かは何かだ、私にゃわからん」

こうして曖昧な態度をとられているかぎり話は進まないし、目的も達成できない。夏都は覚悟を決めて切り出した。

「棟畠さん、山内さんというKANAUエンタプライズの社長が進めている事業計画の中で、ご自分のお持ちの土地を使ってもらいたいというお気持ちがあるんじゃないんですか?　それを有利に進めるために杏子さんが見せたメールを利用しようとしているんじゃないですか?　人に知られるとまずい山内さんの過去をネタにして、言うことをきかせようとしているんじゃないですか？」

棟畠の顔全体にぐっと力がこもった。

しかしそれはほんの一瞬だった。彼はナプキンで口もとをこすると、急に穏やかな表情をつくり、前屈みになって夏都の顔を覗き込んだ。

「何だかよくわからない話だが……だいたいね、掛川さん、考えてみてくれ。ね、考えてみてくださいよ。室井さんのメールに関してだけどね、私がそれをどこかにばらまいたりね、そういうことをするわけがないだろう」

「そんなのわかんないじゃないですか」

カグヤがパスタをフォークで巻き取りながら唇を尖らせる。

「いいや、わかる。わかるだろう？　たとえばな、たとえばいま掛川さんが言ったようなことが実際にあったとしたらだよ、私が持っているメールの写真がどこかに流出するようなことがあると思うか？　絶対にないだろう？」

夏都は軽く首をひねって相手の顔を見返した。

「だってな、いいか、もし私がそのメールの写真をどこかにばらまいたり、誰かに渡したら、どうなる？　むしろそれをすることで不利になるのは私のほうじゃないか。だってね、掛川さん、全部パーになってしまうだろう。その、いまのあんたの話が本当だったとして、私がそのヤマカワだかに仕事の上で融通をきかせるために、メールの写真を使おうと考えていたとしたらだよ、もしその大事な写真が世に出てしまったら、元も子もなくなってしまうだろう。要するに、掛川さんが言っていることが本当だとしたら、私が写真を持っていたところで何の心配もないじゃないか」

確かに……そうだ。

恥ずかしながら夏都は、いま初めてそのことに気がついた。もし実際に棟畠が、メールをネタに山内に対して脅迫めいたことをしようとしている場合、むしろメールが流出する危険は極めて低いのだ。世に流れてしまったら、もうそれは脅迫のネタとして使えなくなってしまうのだから。

ただ、だからといってメール写真が流出する可能性がまったくないわけではない。たとえば棟畠がスマートフォンを修理に出すとか、どこかに落とすとか、誰かに盗まれるとか——。

「心配いらないってことだよ。そうだろう？　何も起きやしない。少なくとも寺田桃李子さんやあんたや室井さんや、そっちのお嬢ちゃんには何の悪いことも起きない。それは確実だ。絶対だ」

「とりあえず写真見せてくださいよ」

カグヤがパスタを頬張りながら足を組み、片手を突き出す。棟畠は露骨に顔をしかめたが、やがて鼻から太い息を吐き、テーブルの上のスマートフォンを手に取った。メールの写真を素直に見せるつもりなのだろうか。スマートフォンを顔の前に持っていき、棟畠は唇をすぼめて何か操作する。しかしそのとき、ふと不思議なものでも見つけたように眉を上げた。くるっと夏都に目を向けると、唇の両端を持ち上げながら意味のわからないことを言う。

「古手を使うじゃないか」

「はい？」

「ふるてって何ですか？」

古くさいやり方のことだとカグヤに答えるあいだも、棟畠は半笑いで夏都の顔を見ていた。

「気づかないわけがない……そう思わなかったのか？」

分厚い掌に載せたスマートフォンを、顔の前で上下に揺らしながら、子供の悪戯を見つけた大人のような顔で、棟畠はつづけた。

「いつすり替えた？」

（四）

「……ご満足いただけましたか？」

ガラステーブルの上に広げられたハンドバッグの中身を、一つ一つ手に取っては戻し、手に取っては戻し、しまいにはパズルでも解くように場所を並び替えるなどしていた棟畠は、夏都の言葉でようやくその無意味な動きをやめた。

「あたしは電話をすり替えたりしていません。そんなことしません」

棟畠は両手を中途半端に浮かせたまま夏都の顔を見つめる。細かく揺れる黒目の向こうで、別々の思惑を持った小さな生き物が、互いに押しのけ合いながら交互に顔を覗かせ、こちらを窺っているような気がした。その目を、やがて棟畠はカグヤのほうへスライドさせた。カグヤは髪で顔を隠すようにうつむいて、さっきからひと言も喋らない。

「その子はバッグもポーチも持ってません」

クラッチバッグは駐車場でタカミーに持たせていたのだ。

「それとも、あたしたちの身体検査でもしますか？」

棟畠の眉がふいと持ち上がったので夏都は慌てて言い添えた。

「男の人にされるのはあれですけど女の人ならべつにいいですよ。そのほうがすっきりしますし、ねえ？」

カグヤは相変わらずうつむいたまま、頷くような頷かないような角度で首を動かす。

ガラステーブルに置かれていたスマートフォンは――いや、スマートフォンだと思っていたものは、棟畠が使っていたのと同じ機種の、偽物だった。携帯電話ショップの店頭に陳列してあるようなやつで、見た目はまさに本物だが、電源が入らない。中には何か機械のかわりに、重しになるようなものだけが入っているのだろう。

棟畠のスマートフォンがすり替えられていたと知ったとき、夏都は一瞬だがカグヤを疑った。姉のため、あのスマートフォンの中の写真を消し去りたい一心で、彼女がやったのではないかと。しかし、すぐに考え直した。隣でカグヤがそんな動きをしたら、自分は気づいていたはずだ。

夏都はちらっと目を上げ、棟畠の背後に控えている能面顔の黒服を見た。振り返り、自分たちの後ろに立っている若い黒服にも視線を投げた。

「……そうか」

棟畠が目を細めてゆっくりと口をひらく。

「電話を貸してくれ。そこのやつでいい」

黒服に声をかけた棟畠の口許には、勝機を知ったときの笑みが浮かんでいた。先ほどからカグヤの料理を運んだり、空のグラスを持ち去ったりしていた若い黒服が、部屋の入り口にあるサイドボードの上から電話の子機を持ってきた。棟畠はそれを受け取ると、十一桁の番号をプッシュし、覚悟はいいかというように夏都の顔を一瞥する。

一階で流れている音楽のリズムが小さく響く中、コール音が夏都の耳にも届いた。棟畠が子機を耳に押しあてていないためだった。彼は右手で握った子機を宙に浮かしたまま、眉をひそめ、咽喉を微かに動かしながら、夏都とカグヤの身体を眺め回し、部屋の中に視線を這わせた。

どこからも、何も聞こえない。

「とりあえず、電源は入っているようですね」

夏都の言葉に棟畠は答えず、黙って子機のボタンを押してコールを切った。黒服が近づいてきて、訊ねるような顔をしてみせると、彼は不承不承といった体《てい》でその手に子機を返した。

あてが外れたのは棟畠だけではなかった。じつのところ夏都は、いま棟畠が自分の携帯番号にかけたとき、二人の黒服のうちどちらかのポケットから電子音か振動音が聞こえ、その顔がさっと青ざめるところを期待していたのだ。能面顔の黒服は、先ほどテーブルの脇に膝を突き、棟畠のグラスにワインを注いでいたし、若いほうの黒服は、□□サラダや○○アラビアータを運んできて、フォークやスプーンとともにテーブルの上に並べたり、カグヤの空いたグラスを持ち去ったりしていた。どちらにもすり替えるチャンスはあったはずだ。

しかし、よくよく考えてみると、やはりカグヤ同様、彼らのうちどちらかがやったとしても、それを自分が見逃したとはとても思えないのだった。

すると、やはり可能性は一つしかない。

「棟畠さん、また同じことを訊いていいですか？」

「あんたたちが来る前にすり替えられていたんじゃないかって？」

ハンドバッグの中身を確認されているあいだ、夏都は何度もそう言っていたのだ。

「だって、それしか考えられないじゃないですか」

「そんなことはあり得ないと言っただろう」

「どうしてです？　さっき棟畠さん、ここに来てから一度も電話をさわってないっておっしゃいましたよね？」

棟畠は、いつもの癖でスマートフォンを取り出してテーブルの上に置いたが、使ってはいないと言っていたのだ。ならば、テーブルに置いた時点ですでにダミーにすり替わっていたのかもしれない。

「私はね、マンションを出るときにこの電話で――」

棟畠は卓上の偽電話を指さしてから、苦々しい顔で、何もないところを指さし直した。

「あの電話で、仕事の連絡をすませてきたんだ。昨日や一昨日じゃない、今日のことだ。そのあとタクシーに乗り込んでここへ来た。来てからは真っ直ぐにこの部屋に入って、このソファーに座って、このテーブルに電話を置いた。トイレにも行っていない。誰かが電話機をすり替えることなんてできるはずがない。それに私はたしか――」

「棟畠様、お話し中に失礼します」

能面顔の黒服が、すっとソファーに近づいて小声で言った。

「まずは電話会社に使用停止の連絡をされたほうがよろしいのではないかと」

あ、と棟畠は慌て、電話会社の連絡先を調べてくれるよう頼んだ。能面顔の黒服は若い黒服に指示し、彼は即座に部屋を出ていった。

「ええと、何だったか……そうだ、私はたしかあんたの前で、あの電話を使ったことがある。あの西新宿の駐車場でだ。だからあんたは機種を知っていた。すり替え用の偽物を事前に用意することだってできたはずだ。――どうした？」

カグヤが隣で勢いよく立ち上がり、そのまま口許を押さえて部屋を出ていった。

「おぃぇ」

「……大丈夫なのか？」

どうなのだろう。

「飲みすぎたんだと思います」

「たった二杯じゃないか」

様子を見に行きたかったので、夏都は棟畠に向き直って早口で喋った。

「そんなにあたしたちが疑わしければ、警察を呼べばいいじゃないですか。ちゃんと調べてもらいましょうよ」

「そういうことじゃないだろう」

痛いところを突かれた人に特有の反応で、棟畠の声が大きくなった。警察に相談することを、棟畠は極力避けたいのだ。夏都たちが何を喋るかわかったものではないと思っているのだろう。話の中で十年前の出来事について喋ってしまい、それが何かのかたちでマスコミに洩れ、もし山内の未成年淫行の事実が世に出てしまったら、棟畠のやろうとしていることは台無しになってしまう。もっとも、考えてみれば、警察を呼ばれたらまずいのは夏都も同じだった。中学二年生の少女が隣で酒を飲むのを止めなかったのだから。

「電話機を失くしたときなんかに、場所を教えてもらえるサービスがあるじゃないですか。GPSだかを使って。あれはできないんですか？」

「最初に電話屋で動かしかたを説明してもらったときに、どうも不用心な気がして、その機能はたしかオフにしてもらった」

「ロックは？」

「それはかけてある」

すると、盗んだのが誰かはわからないが、中を見ることはできないはずだ。

「指紋認証ですか？」

「暗証番号だ。指紋のやつも以前あれしたんだが、歳をとったせいかあまり反応してくれなかった。どうもあれは指先が乾燥していると……いや、そんなことはどうでもいい」

棟畠はふたたび眉に力を込め、威厳を取り戻そうとするかのように夏都を睨みつけた。

「言いにくいんですけど、棟畠さんがこの店へ来てから、あたしたちが入って来るまでのあいだにすり替えられたっていうことは？」

「従業員のことを言っているのか？」

うっかり首を縦に振りかけたが、思い直して横に振った。しかし相手にとっては同じことだった。

「従業員が盗んだところで意味がないだろう。あれをどうにかしたがっていたのはあんたたちだ。ありがとう」

若い黒服が電話の子機とメモ紙を持って戻ってくると、棟畠はそこに書かれている番号を一つ一つ確かめながら、ボタンをプッシュしていった。

「ほかに心当たりはないんですか？」

「そんなものはない。私は人に怨《うら》みを買うようなことはしないからな。あ、申し訳ないです。私ですね、そちらの電話を契約させていただいている者ですが……ああ、いえこちらこそ。じつはですね、電話機を紛失というか盗難というか、いやまだはっきりせんのですが――」

「トイレに様子を見に行ってきてもいいでしょうか」

やはり気になった。棟畠は子機の送話口を手で押さえ、ほんの短く迷ってから、煙でも払うようにその手を振った。

トイレに向かうと、棟畠が合図でも出したのか、能面顔の黒服がついてきた。しかしさすがに入り口までだった。中に入ると、トイレの個室は、一番奥の一つだけドアが閉まっている。断続的な水洗の音が響き、そのたび水音の向こうで苦しそうな息づかいが聞こえた。

ドアごしに声をかけたが、返事はない。

カグヤが出てくるまでのあいだ、夏都は鏡の前に立って自分の顔を眺めながら考えた。棟畠のスマートフォンを盗んだのはカグヤでもなければ、もちろん夏都でもないし、部屋にいた黒服でもない。では山内の手の者が盗んだという可能性はないだろうか。寺田桃李子と同様、山内も、十年前のメールが世に出たらまずいことになる。淫行条例違反が明るみに出てしまうのだから。――いや、山内は、そのメールの写真が棟畠のスマートフォンに保存されているなんて知らないはずだ。いやいや、もしかしたら棟畠は、杏子からメールの写真を手に入れたあと、それをネタに、もうすでに山内に取引を持ちかけていたのかもしれない。それならば、山内が人を使って棟畠のスマートフォンを奪うことだって考えられる。

「……お待たせしました」

ようやくカグヤが出てきた。

「大丈夫なの？」

「生まれて初めてお酒を飲みました」

自分が止めなかったことを夏都は詫びたが、カグヤは首を横に振った。それだけで彼女はふらつき、何歩かたたらを踏んだ。

「中学生だと見破られないためには、飲んだほうがよかったんです。すみませんがハンカチを貸していただけますか」

カグヤは洗面台で口をゆすいだ。

「夏都さん……どうしましょう」

水道を止め、うつむいたまま口許に夏都のハンカチを押しあてる。

「いったい何がどうなっているのでしょう。何故棟畠さんのスマートフォンがすり替えられていたのでしょう」

夏都は曖昧に首を振ることしかできなかった。何がどうなっているのか、どうすればいいのか、夏都にもまったくわからない。

「夏都さん、わたし諦めません」

しばらく黙り込んで静かに呼吸していたカグヤは、やがてそう言ってぐっと顎を持ち上げた。

「棟畠さんのスマートフォンがすり替えられていたのなら、絶対にその行方を追って見つけ出します」

丁寧に磨かれた鏡に映るカグヤの顔に、どこかに置き去りにされた子供のような表情がふっと浮かび、しかし流れ去るように消えた。両目はすぐに強さを取り戻し、自分の顔を見つめている。

「わたしには、お姉ちゃんしかいないんです」

その言葉は、夏都にはよく理解できなかった。姉のことが大切だから、彼女の心配の種である十年前のメールを消去してあげたい――という意味だろうか。

鏡ごしに、カグヤは夏都の表情に気づいたらしい。こちらが訊ねる前に話した。

「小学二年生の頃から、わたしずっとお姉ちゃんと二人暮らしなんです。もともと生まれは岐阜県の田舎のほうなんですけど、わたしが生まれてすぐに両親が離婚して、父が家族を置いて遠くへ行ってしまって」

「そうだったの」

カグヤと智弥は同い年で、智弥もやはり赤ん坊のときに、親が離婚している。つまり、同じ時期にどちらの両親も別れたことになる。しかし、カグヤの話のつづきを聞いてみると、その後の暮らしは、彼女と智弥ではずいぶん違っていたようだ。

「わたしの母は……お姉ちゃんの言い方だと、子育てのまったくできない人で、赤ん坊のわたしのこともほったらかしで、最低限の世話しかしてくれなくて、当時中学生だったお姉ちゃんが学校に通いながらかわりに世話をしてくれていたらしいです。離乳食をつくるのも、おむつを替えるのもお姉ちゃんがやってくれて、夜泣きしたときもお姉ちゃんが抱っこして、わたしが眠るまで家の周りをぐるぐる歩いてくれたんだそうです。母は、それに甘えたっていうのもあるのかもしれないですけど――」

カグヤはいったん言葉を切ったが、鏡の中の自分に話しかけるように、母親が家を空けるようになったのだとつづけた。

「それで、お姉ちゃんが祖父母に電話で相談したんです。母のほうの祖父母は、もうどちらも亡くなっていたので、埼玉で暮らす、父方の祖父母です。はじめに電話に出た祖母も、途中から電話をかわった祖父も、問題をいますぐ解決してはくれませんでしたが、少なくとも話を真剣に聞いてくれました。もちろんこれはみんなお姉ちゃんから聞いた話ですけど」

それがありがたくて、桃李子は頻繁に祖父母に相談の電話をかけるようになったのだという。

「それで電話代がかかっちゃって、ある日、明細を見たお母さんに問い詰められて、祖父母のことを話したら、すごく叱られて、ぶたれて」

そのあと母親は、それまでよりももっと、家に帰ってこなくなった。

桃李子は、これが最後のつもりで、祖父母に電話をかけた。

その翌週、祖父母は埼玉から岐阜までやってきて、義理の娘――カグヤたちの母親と話をした。

「そんなに長くかからなかったみたいです。あっけないくらいすぐに、自分たちが埼玉で祖父母と暮らすことに決まったって、お姉ちゃん言ってました」

それ以前から、カグヤの姉は芸能事務所に履歴書を送ったり、雑誌のオーディションに応募するなどして、芸能界を目指していた。しかしカグヤがそれを知ったのは、埼玉に転居してからのことだったという。

「一発逆転したかったんだって、お姉ちゃん、言ってました」

やがて運が巡ってきた。カグヤの姉はアイドルとしてデビューすることが決まり、マキタプロモーションと契約した。室井杏子――当時の菱村杏子と組んだ最初のユニット、アマレッツでは上手くいかなかったが、先日プーが丁寧に説明してくれたとおり、解散後しばらくしてから、だんだんと名前が売れるようになった。

「お姉ちゃんは何も言っていませんが、もしかしたら、もうすぐ小学生になるわたしに楽な思いをさせたいという気持ちも、努力につながったのかもしれません。祖父母の家は、決して裕福ではありませんでしたし」

仕事が忙しくなると、埼玉から仕事場に通うことに無理が出てきた。姉は東京へ引っ越すことを決めた。そのとき彼女は事務所や祖父母と相談し、カグヤを連れていくことを承諾してもらった。

そして彼女たちは、事務所が用意した東京のマンションに移り住み、二人だけの生活をはじめた。寺田桃李子が二十三歳、カグヤが八歳のときだった。

「それからずっとわたしたち、二人で暮らしてきたんです」

カグヤは鏡に映った自分と視線を合わせたままだった。

「わたしが小学三年生になったとき、お姉ちゃんが自分の事務所に連れていって、社長にわたしを紹介しました。社長はお姉ちゃんのことを気に入っていたので、わたしを子役タレントというかたちで登録してくれたのですが、わたしが笑ったり泣いたりといった演技がまったくできなかったせいで、実際には仕事はありませんでした。それでもお姉ちゃんは、ドラマやCMの収録に出かけるとき、チャンスがあればわたしを現場に連れていって、いろんな人に紹介してくれました。本当のところ、わたしはタレントやアイドルといったものには興味を持てずにいたのですが、お姉ちゃんといっしょにいられるので、いつも喜んでついて行きました。でもやっぱり、どこに行っても、にこにこしたりできず、紹介された人はいつも困った顔をしていました」

しかしあるとき、事務所が別の需要を見つけたのだという。

「わたし、なかなか小学校で友達ができなくて、お姉ちゃんも忙しかったので、いつも家で一人でゲームやネットばかりしていたんです。だからそっち方面にはいつのまにか詳しくなっていて、もっといろんなことを知りたいと思って自分でいろいろと調べたりもして――」

それを売りにすればいいと、社長は考えた。

このアイデアは大当たりで、彼女が小学六年生になるとほぼ同時に、カグヤという新しいタレントがこの世に生まれ、大活躍しはじめた。

「お姉ちゃんのおかげで、いまがあるんです」

そう言ったとき、初めてカグヤは鏡の自分から目をそむけ、濡れたシンクを見下ろした。偽物の髪のあいだから、白く透き通った耳が覗いていた。

姉を安心させたいがために、こうまでして頑張っている気持ち。そして、それをするのに不必要とも思える仲間をあして集めた気持ちが、もちろん正確にではないが、理解できたように思えた。そう思えたことで、初めて夏都は、まだ本名も知らないこの中学二年生の少女を、とても身近に感じた。

トイレを出る前に、夏都はカグヤの化粧を軽く直してやった。

（五）

「電話機のある場所がわからないかと、電話会社に訊いてみたんだが」

VIPルームに戻った途端、待ち構えていたように棟畠が言った。

「電源が切られているらしい。さっきは入っていたのに、いまは切られている。まるで私がここで電話を鳴らしたのを見ていたかのようだが」

「何が言いたいかなんとなくわかりますけど、あたしたちは関係ありません。さっき棟畠さんが電話を鳴らしたことで、盗んだ人が電源を切り忘れていることに気づいたんだと思いますよ」

「ああ……まあな」

その可能性は本人も把握していたのだろう、棟畠はもやもやと呟いた。

「すみませんが、あたしたちは帰ります」

棟畠は両目を伏せながら「ああ」と頷いたが、すぐにその目を見ひらいて驚いた顔をした。

「帰る？」

「もう遅いので。彼女も具合が悪いですし」

「電話が見つかっていないのにか？」

もちろん電話の行方は気になるが、カグヤを家に帰さなければいけない。

「ですから、あたしたちは関係ありません」

「関係ないかどうかはわからん」

「わかります。やってませんから」

棟畠は夏都の目を正面から見つめ、急に頰を持ち上げた。つられて夏都も笑い返すと、まるでいまのが見間違いだったように、棟畠の笑いは消え失せた。

「いいから座りなさい」

有無を言わさぬ口調だった。並んだ卵のように突き出した両目に、細かい静脈が浮き出ていた。

こうした口調や目つきに遭遇した経験が、実のところ夏都にはほとんどない。両親は温厚だし、学生時代も事務員時代も、特別褒められもしないかわりに強く叱られたこともなかったし、昭典も高圧的な物言いをするタイプではない。だから夏都は、こうした態度を見せる人を、いままでどちらかというと軽く見て、馬鹿にしてきたし、それに大人しく従ってしまう人たちに対しても、同じような気持ちを抱いてきた。しかしそれは、自分が経験したことがなかったからだと、いまさらながら思い知らされた。ふっと足首のあたりを冷たい手で触れられたような、本能的な怖さを感じ、気づけば夏都はふたたびソファーに座っていた。

心がいっぺんに縮こまってしまい、それがひどく悔しかったが、その悔しさを表に出すまいと、平然とした顔を崩さなかった。カグヤも大人しく隣に座っていた。ちらっと横顔を見ると、彼女は表情を消して、ガラステーブルの上にじっと目を向けている。テーブルの上にあったものは、二人がトイレにいるあいだに片付けられ、いまはぽつんとスマートフォンの偽物だけが置かれていた。

座れと命じて座らせたくせに、棟畠は何も言わない。

そのまま時間が経った。

空気にゼラチンがまじったように息苦しかった。棟畠は黙ったまま、ときおり苛立たしげに両手を腹のあたりで握り合わせた。厚い手だった。ガラステーブルの天板ごしに、がに股の両足と、たるんだ靴下が見えた。沈黙が耳を圧迫した。夏都は何か言おうとしたが、言葉がまとまらない。菅沼の顔が浮かんでいた。どうして浮かぶのかわからなかった。みんな、いまごろ下で心配していることだろう。

ふと棟畠が顔を上げた。

「……何だ」

入り口のドアがひらく気配があり、振り返ると、一階のバーカウンターにいた黒服がそこに立っていた。

いや、もう一人いる。

「お疲れ様」

智弥だった。

夏都は立ち上がりざま身体を反転させ、膝をテーブルにぶつけた。

「つ……え何、どうしたの？　あんた家にいたでしょ、何してんの？」

「心配だったから様子を見に来ただけ」

「どうやって入ったのよ？」

訊くと、智弥は眉を垂らして下唇に力を込め、真下に伸ばした両手の拳《こぶし》を強く握り、必死で涙を堪えているように声を絞り出した。

「僕のお母さんが家に帰ってこないんです……ここにいることはわかっているんです……お願いですから入れてください……」

「あんた――」

部屋にいた二人の黒服が、智弥を連れてきた黒服をじろっと見た。その視線を受けたホスト風の黒服は、いったん目を泳がせてから、言い訳のように智弥の頭を後ろから睨みつけた。

「もう遅いから帰ろうよ夏都さん。カグヤも」

智弥はソファーごしに振り返ったカグヤに目をやり、その視線を彼女の豊満な胸に移し、ゆっくりと一度瞬きをした。

「何だおい、ここは子供の来るところじゃないぞ。送らせるから、坊やだけ帰りなさい。この二人にはまだ話があるんだ」

「彼女、僕と同い年ですよ」

智弥がカグヤを目で示すと、棟畠の顔が一瞬で石像のように固まった。

「同い年——え、小学——」

中二ですと智弥が訂正した。

「まあどっちにしても、お酒を飲ませていい年齢じゃないですよね。警察に報せたら、風営法でここ営業停止になりますよ」

黒服たちは互いの顔に素早く視線を飛ばした。

「いや、いやいやいや、私があれしたわけじゃない、自分で勝手に頼んだんだ。え、何だあんた、あなた、中学生なのか?」

まだ気分が悪いらしいカグヤは、こくんと首だけ動かした。

（六）

「あのね、数学はね、ものごとを難しくするためにあるんじゃなくて、簡単にするためにあるんだ」

柳牛十兵衛号の助手席で、菅沼は身体を反転させてシートに膝立ちになり、背もたれごしに後ろへ長身を乗り出していた。

室井杏子のところへ、クラブでの顚末《てんまつ》を伝えに来たところだった。

すでに冬休みに入っている企業も多いだろうから、杏子は移動デリを出していないかもしれないと思ったが、彼女は同じ場所で店をひらいていた。ただし客の数は極端に少ない。なんだか町全体の空気がいつもよりゆっくり流れているようで、走っている車も少なく、路傍に駐まったタクシーのドライバーは車外に出てラジオ体操のようなことをやっている。

智弥によると、棟畠のスマートフォンとすり替えられていたのは〝モックアップ〟だった。略してモックとも呼ばれ、携帯電話ショップの店頭に置いてあるダミーなのだという。そんなものを手に入れるルートがあるのかと夏都が訊くと、

――モックなんてアマゾンとか楽天で買えるよ。

ということらしい。

「とても簡単には見えませんが」

カグヤはそう言って、菅沼の指先に挟まれた箸袋に目をやる。箸袋には耳なし芳一の全身に綴《つづ》られた経文のようにびっしりと細かい文字で数式が書かれている。さっきから菅沼が、暇つぶしなのか何なのかわからないが、助手席で黙々と鉛筆を動かしていて、それを見たカグヤが、いつもそんな難しいことを考えているんですかと訊いたところ、まるで罠のように、嬉々として菅沼が振り返ったのだ。

時刻は十三時三十五分。柳牛十兵衛号は前回と同じく、杏子の移動デリが見える場所に駐めてある。背後の調理スペースでは、智弥がカグヤと背中をくっつけ合わせるように座りながらノートパソコンをいじり、オブ、オブラージ、タカミー、プーは先日と同

じように頭を縦に並べてスライドドアの隙間から外を観察していた。みんなで「ビーフミートボールとグリルチキンのコンボランチ」を食べ終えたばかりで、車内全体に食後の気だるい空気が充満している。

「簡単というわけじゃなくて、簡単にすることができるんだ」

「どういう意味です？」

「たとえば一から一〇〇までの数字があって、それをぜんぶ足したら、いくつになると思う？」

わかりませんとカグヤは即答した。

「智弥くんはどうだい？」

「五〇五〇」

「何でそんな速いの？」

カグヤが驚いて振り返ると、智弥はノートパソコンを覗き込んだまま「公式があるんだよ」と答えた。

「そう、公式があってね」

菅沼が人差し指を立てる。

「この問題、一プラス二プラス三プラス四プラス……なんてやっていたらすごく時間がかかるし、だいいち退屈でしょ。でも、こんな公式で簡単に答えがわかるんだ」

菅沼は箸袋のあいているところを探して黒胡麻みたいに小さな字で書いた。

Sn=1/2n(n+1)

それを見るなりカグヤは何か不味いものでも食べたような顔をした。

「あのね、これはすごく難しい数式に見えるかもしれないけど、じつは言葉で説明すると簡単なことを言ってるだけなんだ。たとえば一から一〇〇までの数字を横に並べたとするよね。そこで、右端と左端の数字同士を足してみると、一プラス一〇〇で一〇一。その隣の数字同士を足してみると、二プラス九九でやっぱり一〇一。つぎも三プラス九八で一〇一。これを五〇回繰り返すわけだから、一〇一が五〇個で、ほら答えは五〇五〇」

どうだという顔で、菅沼はカグヤを見る。

「いま喋ったことを数字と記号で書き直したのが、この公式なんだよ。これさえ知っていれば、どんなに数が増えても同じように簡単に答えが出る。ね、ほら面白いでしょ?」

確かにこれだけ嬉しげに喋られたら、ああ数学というのは面白そうだなという気にならないでもない。菅沼が人気の講師である理由がわかる気がした。もちろんセンスや好みの問題もあるので、誰もが数学を大好きになったり得意になったりするわけではないのだろうけど。

「その公式をつくった人は、すごく頭がよかったんでしょうね」

箸袋を横目で見ながらカグヤが言うと、菅沼は人差し指を立ててチュッチュッチュッと口を鳴らした。舌ではなく唇を鳴らしたのだが、いつもこうなのだろうか。

「違うよ、カグヤくん」

「頭がよくなかったんですか？」

「いや、そこじゃなくて、その前」

「どこです？」

「この公式はつくられたんじゃない。発見されたんだ」

「意味がわかりません」

「歴史上、数学の公式をつくった数学者は一人もいない。彼らはみんな、もともと自然の摂理の中にあるものを発見しただけなんだ。ちなみにさっきの公式が発見されたのは二百年くらい前で、発見したのはガウスという小学生だよ」

「小学生」

「そう」

カグヤはいよいよ興味を失くした様子で窓の外に目を移し、菅沼は寂しそうな顔をした。哀愁に満ちたその横顔を眺めていたら、夏都の脳内で「エリーゼのために」が流れはじめた。——クリスマスに菅沼からもらったプレゼントは木製のオルゴールで、ゼンマイを巻いてみたら、それが流れたのだ。女性へのプレゼントにオルゴール。しかも

「エリーゼのために」。女性誌のアンケートで、もらって困るプレゼントの上位にオルゴールが入っていたのを以前に見たことがある。もちろんロマンチックなチョイスではあるし、クリスマスシーズンやホワイトデーになるとデパートのプレゼントコーナーでもたまに見かけるけれど、実用性がなさすぎるので、じつはもらって喜ぶ女性はあまりいない。

いや、ここにいるかもしれない。

あれをもらった翌日、リビングで蓋を開けてメロディーを聴いていたら、智弥が部屋から出てくる音がした。慌ててオルゴールを止めようとしたのだが、ただ蓋を閉めればいいものを、何故か箱を引っ繰り返してゼンマイを指で固定しようとしてしまい、しかしメロディーはすぐに止まらず、そんなことをやっているうちに智弥が背後までやってきた。立ち止まってこっちを観察している感じだったので、そっと振り返ってみたら、やはり夏都の顔をじっと見ていた。

——嬉しかったの？

いきなり訊かれた。プレゼントをもらったことも話していないのに、どうやらすべてお見通しのようだった。

——うん……まあ。

仕方なく、正直なところを答えた。

すると智弥は、なおしばらく夏都の顔を見つめてから、へえ、と無感動な声を洩らしてキッチンに向かった。

——意外だな。

冷蔵庫から牛乳を取り出してグラスに注ぎ、智弥はまた部屋に戻っていった。恥ずかしさの裏返しでむかっときながらも、夏都自身、意外だなと思っていた。以前の乳酸菌生産物質のときもそうだったけれど、ちょっと扱いに困ってしまうようなものをもらったというのに、あとからだんだん嬉しくなってくる。よほど疲れているのだろう。

「智弥さん、状況は？」

プーが訊き、智弥がノートパソコンの画面を覗き込んだまま「異常なし」と答えた。ネット上に、寺田桃李子の過去に関する噂が流れていないかをチェックしているのだ。棟畠のスマートフォンを、いったい誰が盗んだのかはわからないが、その人物がいつメールの写真を流出させないともかぎらない。

「カグヤさん、客が途切れました」

オブラージが声を飛ばす。飛ばすというほどの距離ではないが。

「では参りましょう。タカミーさん、変装道具を」

タカミーが言下に動いて紙袋から黒髪のカツラを取り出すと、カグヤはそれを装着し、後部のハッチに向き直った。しかし智弥が「待って」と声を上げる。

驚きのような、焦燥《しょうそう》のような、よくはわからないが、とにかく素直な感情が浮き出した、智弥の口からはたぶん初めて聞く声だった。

「……何？」

夏都の声が空気の中をひどくゆっくり伝わっていったように、ワンテンポ遅れて智弥が振り向いた。

「棟畠さんが襲われたかもしれない」

その声もまたゆっくりと空気中を伝わったように、誰もすぐには反応しなかった。

「え何、どういうこと？」

ようやく夏都は言葉を取り戻した。

「かもしれないって何？」

「ネットニュース。新宿区の不動産会社経営の男性、六十六歳、今朝未明、六本木の路上」

ノートパソコンの画面を見つめながら断片的に読み上げる智弥の周囲に、調理スペースにいた全員が顔を寄せた。夏都と菅沼もシートごしに上体を乗り出したが、画面が遠すぎて見えず、どちらもいったん外へ出て、車の後部へ回り込んだ。外からハッチを開けたとき、目の端に室井杏子の移動デリが映った。

そのとき夏都が首を回してそちらを振り向いたのは、あとになって考えてみたら、道の向こうにある杏子の車のハッチが、自分の車のハッチとまったく同じタイミングでひらかれようとしていたからだった。まるで鏡に映ったようなその動きが、夏都の意識を引きつけたのだろう。いや、もう一つ、持ち主以外の人間が移動デリのハッチを開けたことに、同業者ならではの違和感をおぼえたのかもしれない。ハッチを開けたのは、白いマスクで口と鼻を隠し、眼鏡をかけた男だった。体格はずんぐりむっくりで、スーツを着ていて、手つきも、乗り込むときの動きもひどく荒っぽかった。そのとき杏子はカウンターの内側にいて、ハッチがひらかれた瞬間、彼女の顔は勢いよくそちらに向けられた。明らかに、予期していない出来事に遭遇したときの動きだった。車体の向こう側から、やはり眼鏡にマスクにスーツの男がもう一人現れた。長身のその男は、一人目と同様に慌ただしくハッチから乗り込み、杏子の姿がカウンターから消えた。

「何……」

一人目の男が車から出てくる。そばに置いてあった立て看板を摑み上げて車内に放り込み、ハッチを閉めて運転席へと回る。男が運転席に乗ったかと思うと、杏子の移動デリは乱暴にバックし、切り返して前進し、そのまま車体をひと揺れさせて駐車場を出た。

車の流れに滑り込み、ぐんぐん遠ざかっていく。

「さ、どうぞ」

菅沼が片手でハッチの中を示し、夏都を促していた。夏都はその腕を摑んで力まかせに引っぱり、相手の身体を車体から遠ざけるとともにハッチを閉めた。すぐ鼻先をハッチの縁がかすめ、歯を食いしばって硬直する菅沼に「乗ってください！」と声を投げ、運転席へ走る。困惑顔の菅沼が隣に乗り込むと同時に、夏都はギアを一速に叩き込んでアクセルを踏みつけた。シートの後ろからわあああああと入りまじった声が押し寄せ、誰かがどこかを何かにぶつける音がつづけざまに聞こえた。

第四章

（一）

「……事故でしょうか」

助手席の菅沼が首を伸ばし、前方にぎっしりとつづく車列の先を覗いた。その菅沼の頭ごしには、東京タワーが見えている。

ダイアモンドハムレット号とそれを追いかける柳牛十兵衛号は、首都高の中心、都心環状線に入ったところだった。

いったい杏子を、誰が何故どこへ連れ去ろうとしているのか。

眼鏡にマスクの男が運転するダイアモンドハムレット号は、あれから路地を抜けて甲州街道に入り、そこで夏都は追いついた。本当は横につけて車内の様子を覗きたかったが、柳牛十兵衛号は両側に火炎のロゴが印刷されていて、目立つので諦めた。やがてダイアモンドハムレット号は新宿のインターチェンジから首都高に乗り、その料金所を通過するときに、二台の車はぴったりと前後に並んだ。車の中が見えるかもしれないと思ったが、杏子の車のリアウィンドウには内側からメニュー表と料理の写真が貼られていて、完全にふさがれていた。カレーうどん、トマトうどん、シーフードバジルうどん、ミートボールうどん、中華うどん。

首都高に入る前も、入ったあとも、ダイアモンドハムレット号は法定速度内で走った。そのためまったくカーチェイス然とはしなかったが、そうして相手がひどく丁寧な運転をしているところが、むしろ夏都には不気味だった。都内を東へ向かおうとしているらしく、ダイアモンドハムレット号はやがて都心環状線に乗ったが、しばらく走ったところで前方の車間が詰まってきて、速度もゆっくりになり、とうとう停まって現在《いま》にいたる。

目の前には古い型のセダン。その先にダイアモンドハムレット号のリアウィンドウが見えていた。

「トラックに乗用車が追突したんだって」

ノートパソコンで道路交通情報を見ていた智弥が教えてくれた。

「渋滞解消まで長くかかるだろうから、そのあいだに棟畠さんのことを調べよう。さっきのネットニュースに書いてあった、六本木の路上で襲われた人が、棟畠さんだったのかどうか。もし棟畠さんだったとしたら、いったい何があったのか」

「インターネットで調べられるの？」

「そんな面倒なことする必要ないでしょ、本人に訊けばいいんだから。はいカグヤ、悪いけど僕の電話でこの番号にかけてくれる？　喋る内容は僕が打つ」

カグヤは手渡されたスマートフォンを操作し、まるで飲食店に問い合わせでもするような気軽さで、智弥がパソコン画面に表示させた番号にかけた。何秒かすると、ノートパソコンのスピーカーからコール音が聞こえてきた。

「ハンズフリー用にペアリングしてあるから、みんな静かにね」

口を動かしながら、智弥は指が見えないほどのスピードでキーボードを叩いていく。

やがて車内に響いていたコール音が途切れ、

『棟畠不動産でございます』

年配と思われる女性の声が応答した。

「あのわたし西新宿の駐車場をお借りして移動デリをやらせていただいている掛川という者ですが」

思わず声が洩れそうになった。カグヤはノートパソコンの画面を見ながら喋り、智弥は文字を打ちつづける。

「棟畠さんがお怪我なさったとお聞きして、心配でお電話させていただいたんです。いつもお世話になっているものですから」

『あ、そうですか。どうもわざわざそれは』

車内で素早く視線が交わされた。どうやら路上で襲われた男性というのは、本当に棟畠だったらしい。智弥はさらにキーボードを叩き、カグヤが喋る。

「棟畠さんのお加減いかがですか？　ご本人に連絡しようと思ったんですけど、何度かけても携帯電話のほうがつながらなくて」

『いえあのね、とられちゃったんですよ携帯電話。その、怪我させられたときに。怪我自体はね、そんなに大したことなかったんだけども』

「あよかった。あのぉ、いま棟畠さんとお話することってできますか？」

『まだ病院なんです。わたし、ちょうどいまから行くところだから、あなたのこと伝えておきますよ』

「がう」

『え？』

「はい、助かります」

智弥の右手がキーひとつ分だけ左にずれて、文字を打ち間違えたらしい。

「いちおう番号を控えていただいてよろしいですか？」

『はいはい何番でしょう』

智弥が打ち込み、カグヤが読み上げたのは、夏都の携帯番号だった。電話口の女性は二度間違えて復唱してから、ようやく正しい番号をメモしてくれた。

『では主人に伝えておきます』

「お願いします」

カグヤが通話を切り、智弥は両手の指を組んでぐっと反らした。

「じきに電話がかかってくるだろうから、いまのうちに夏都さんの電話をペアリングしとこうか。夏都さん、電話貸して」

　夏都はスマートフォンを智弥に渡した。

「パスコードは？」

「誕生日」

「危ないよ」

　智弥は夏都のスマートフォンを左手で、ノートパソコンを右手で操作しながら口を動かす。

「記事には今日の未明って書いてあったから、僕たちが六本木の店を出たあと棟畠さんは路上で誰かに襲われて、電話を持っていかれたみたいだね。本物じゃなくてモックだけど」

「襲って、偽物の電話を盗んでいったってこと？」

「本物だと思ったんでしょ。前、動いたよ」

　夏都はフロントガラスに向き直って車を進めた。

「何がどうなってんのよ」

「僕に訊かれてもわからないよ。わからないから棟畠さんと連絡とろうとしてるんじゃない。まあ一つだけ言えるのは、棟畠さんのスマートフォンを欲しがってる人間が二人以上いるってことだね。どこかですり替えて盗んだ人と、路上で襲って奪おうとした人と。路上の人のほうはスカを引いたわけだけど」

そこまでは、なんとか夏都にも理解できた。もう一つわかったのは、「妻に死なれてから、気をかける相手もいないし」とか「妻に死なれて寂しいもんだから」などとさんざん言っていた棟畠の妻が、死んでいるどころか会社の電話番をしていたことだが、いま起きている出来事の進行があまりに慌ただしくて、腹を立てる余裕もなかった。

「室井杏子と山内だ！」

虚空を睨みつけるタカミーの顔がルームミラーに映った。

「棟畠のスマートフォンにあるメールの写真を欲しがっているのは、その二人しかいない。山内のほうは十年前のメールをネタに棟畠から取引を持ちかけられていて、そのネタを奪ってしまおうとした。室井杏子は棟畠にメールの写真を撮らせたことを後悔し、それを奪い返そうとした。おそらくどちらも人を使って実行したに違いない」

そうだろうか。

「山内さんのほうはわかるとして、杏子さんのほうは、スマートフォンをすり替えるとか、路上で襲わせて奪うとか、そんなことをしてまでメールの写真を消そうとするかしら」

「考えづらいね」

智弥が同意した。

「まあでも、誰が何のためになにをしてるかなんて、わかったもんじゃないけどね。カグヤだってこうして、自分が文字もろくに読めない頃にやりとりされたメールを追いかけて、こんなことしてるわけだし、僕たちはいつのまにかそれに巻き込まれて手伝ってるわけだし。ともあれ、まずは棟畠さんからの電話を待とうよ。夏都さんはちゃんと前を見て。ほら前」

フロントガラスに目を戻すと、セダンの車体がすぐそこに迫っていたので、夏都は慌ててブレーキを踏んだ。それほど際どいタイミングでもなかったが、心臓がぐっと縮み上がり——それが脳の血流を高めたのか、急に思い出した。

昨日、自分たちが六本木のあのクラブに行ったのは、毎週木曜日に棟畠があそこに行くと知っていたからだ。ということは——。

「今日って金曜日ですよね」

隣の菅沼に確認してみた。

「はい」

「あたしたち、杏子さんに会いにあの駐車場まで行きましたけど、よく考えたら今日は杏子さんが移動デリを出すはずの日じゃないですよね」

「あ、ほんとですな」

どうして杏子が店を出していたのだろう。夏都が使っていた曜日も駐車場を使わせてもらえるよう、棟畠に交渉したのだろうか。あるいは、しばらくは誰も使わないと踏んで、勝手に営業していたのか。

「僕もうっかりしてたよ。塾の日以外、曜日のことなんて気にしないから」

智弥が後ろから呑気《のんき》な声を聞かせ、菅沼も悠長に頷いた。

「しかしまあ、そのおかげで杏子さんが拉致される瞬間を目撃できたわけですから、よかったじゃないですか」

「そうなんですけど――」

さっきから頭の中にあった言葉を、夏都は思い切って口にしてみた。

「杏子さんが間違って連れ去られた可能性は……ないのかなと思いまして」

「誰とです？」

夏都は自分の顔を指さした。

誰も言葉をつづけなかった。エンジンのアイドリングだけが車内に響き、聞き慣れたはずのその低音が、胸の底から不安を押し上げてくる気がして、夏都は無理に声を出した。

「すみません、そんなわけないですよね。人違いの拉致なんて、ただでさえあり得ないことなのに、それが二度もつづけて起きるなんて」

「確率は変わりません」

菅沼が遮った。

「〝ギャンブラーの錯誤〟と呼ばれる誤認識があります。たとえばコインを連続して投げたとき、表が二回連続で出ると、三回連続はあり得ない気がしてしまい、つぎは裏が出るに違いないと考えがちですが、表と裏がそれぞれ出る確率は、それまでの結果の影響を受けず、いつでも変わらない。同様に、あり得ないような出来事が一度起きたからといって、二度目が起きづらいということにはなりません」

「え……つまりどういうことですか？」

ふたたび車列が動き、夏都はアクセルペダルに足をのせ替えた。菅沼は腕を組んで考え込んだ末、やけに明瞭な口調で答えた。

「わかりません」

（二）

ダイアモンドハムレット号が停まったのは、まったく予想外の場所だった。

「……病院ですな」

助手席で菅沼が呟く。

「……病院ですね」

夏都は呟き返し、フロントガラスの向こうに目を凝らした。

坂道の上には、周囲を木々に囲まれて、二階建ての病院の白壁が残照を跳ね返している。手前に灌木《かんぼく》の植え込みがあり、その植え込みの向こうに「共栄外科医院」と刻まれた金属製の三角柱が一本。

「無理やり病院に連れてきて、何するつもりかな」

智弥の顔が肩越しに突き出され、その隣にカグヤの顔が並んだ。

「一時期わたしの仕事が忙しくて月のものが止まったとき、お姉ちゃんが何も言わずに無理やり病院に連れて行ったことがありましたが」

「そういうんじゃないでしょ。ここ外科だし」

駐車場にダイアモンドハムレット号が停められている。しかし植え込みが邪魔をして車体の上端しか見えないので、男たちや杏子が車から降りたのかどうか、わからない。

渋滞の中をじわじわと進んでいた杏子の移動デリは、最初のインターチェンジで首都高を降りた。目的地が近いのかと思ったら、そうではなく、下の道を進んだほうが早いと判断したらしい。しかし高速道路が混んでいるときは一般道も混んでいるもので、ダイアモンドハムレット号は国道十四号を千葉方面に向かい、渋滞の中をのろのろと進み、夏都たちはそれをのろのろと追った。

棟畠から電話がかかってきたのは、一般道に降りてしばらく経ったときのことだ。夏都が通話ボタンを押すと、ペアリングをしてあった智弥のノートパソコンのスピーカーから、人はここまで暗い声を出せるのかというような声が響いた。

——電話をもらったようだが。

——棟畠さん、大丈夫ですか？

怪我は大したことがなかったと棟畠の妻は話していたが、あまりに暗澹《あんたん》とした声に、思わず訊かずにはいられなかった。

棟畠は溜息を挟んでから、その溜息のつづきのような声を聞かせた。

――ああ……大丈夫だ。

――何であんたが知ってた？

……あの、インターネットで記事を見て、襲われたのが棟畠さんじゃないかと思いまして
――お怪我はどうなんですか？　襲われたっていうのはその、どんな感じで？

――どんな感じもこんな感じもない。いきなりだ。昨日の夜、あんたたちが帰ったあとしばらくして、店を出てタクシーを捕まえようとしたら、路地のほうから名前を呼ばれた。怪しげな声でもなかったもんだから、まあ何の疑いも持たずにそっちへ歩いていったんだ。そうしたら、いきなり後ろからこう、頭をぐっとやられてな、脇に抱えられて、もう一人のやつにバッグを取り上げられた。相手の顔も見ていない。見ようとしたら頭の後ろを殴られた。物で殴られたわけじゃなくて、拳でやったような……いや、それもよくわからんな。

棟畠は長い、弱々しい息をついた。

――とにかく男が二人いた。警察にもぜんぶ話した。

もしや、杏子の車に乗り込んで彼女を連れ去ったのと同じ男たちだろうか。

――その二人組に電話を盗まれたと、奥様からお聞きしたんですけど。

――偽物だけどな。

そのとき智弥が耳元で囁いた。

――室井杏子さんのことについて何か知ってるか訊いてみて。

――あの……杏子さんのことで何かご存じじゃないですか？

答えが返ってくるまで数秒の間があった。その沈黙に夏都は手応えのようなものを感じたが、返ってきたのは相変わらず生気のない声だった。

――何も知らんが。

そのままふたたび棟畠は沈黙し、智弥がまた耳元で囁いた。

――攫《さら》われたってこと話してみて。

――彼女、攫われたんです。

――うん？

――杏子さんが攫われたんです。

――……誰に？

話が唐突すぎたせいか、反応は薄かった。

――わからないんですよそれが。今日、西新宿の駐車場に二人組の男が来て、彼女、車ごと連れ去られたんです。

また、棟畠は沈黙した。

今度の沈黙は長かったが、やがて聞こえてきた棟畠の声は、まるでたったいま何か怪しげな薬でも注射されたように、異様に活き活きとしていた。

――ぉ同じやつらか！

ノートパソコンのスピーカーがびりびりいうほどのボリュームに、夏都は思わず首を縮めた。

――……はい？

――私を襲ったのとぁ同じやつらなのか！

有頂天といってもいいような口調だった。

――いえあの、ですからわかりません。

――そうか、わからないか。ん？　それで？　何であんたが知ってるんだ？　その、室井さんが二人組の男に連れ去られたことを？

――見たんです。杏子さんとお話ししたいことがあって、彼女のところへ行ったら、その二人組が車に乗り込んで、急に走り出したんです。いまそれを自分の車で追いかけているところなんですけど――。

――ど！

と大声で言いかけてから、棟畠はいったん言葉を切って深呼吸した。

――……どこへ向かっているのかな？

――それもわかりません。いま走っているのは――。

夏都が自分たちがいる場所を大まかに説明すると、棟畠は自分もすぐに向かうと言った。

――え、でも。

何と言葉を返せばいいのかわからず、さっと智弥のほうを見ると、肩の上でこくんと頷いた。

――……わかりました。

――途中で何度か連絡するから、その都度走っている場所を教えてくれるか。

――はい。

頼むぞと言って棟畠は電話を切ろうとしたが、夏都には確認しなければならないことがあった。

――棟畠さん、ちょっとお訊きしたいんですけど。

――あ？　何だ？

――今日って金曜日ですよね？

――そんなもの自分で確認すればいいだろう。

――金曜日なんです。お訊きしたいのは、金曜日なのに何で杏子さんがあの駐車場に移動デリを出してたのかっていうことなんです。

――おん？

棟畠はしばらく黙ってから、まったく関心のなさそうな声を返した。

――あんたが使わなくなったから、ダマテンで店をひらいていたんだろ。あそこは客がたくさん来るからな。何だ、あんたもしつこいな、その件についてはもともと私が無料であの駐車場を――。

――いえべつに、杏子さんが使っていることに文句を言いたいわけじゃなくて、あたしあの、もしかして杏子さんはあたしと間違って連れ去られたんじゃないかって――。ないないないとぞんざいに遮られた。

――人違いで拉致なんて、そんな馬鹿げたことが起きるわけないだろうが。起きるから言っているのだが。

――じゃあ、もう切るぞ、いいか？　それでその、さっきのことは頼んだからな。あとで連絡するから、走っている場所を教えてくれ。それから、いいか、警察なんかには連絡するなよ、するんじゃないよ。絶対だぞ。

――どうしてです？

――い、い、どうしてもだ。

魔法使いが呪いでもかけるような言い方だった。

電話はそのまま棟畠のほうから一方的に切られたが、しばらく経つとまたかかってきて、走っている場所を訊かれた。その後は二十分に一回ほどのペースで電話が来て、そのたび夏都は国道十四号をのろのろ進んでいると、同じことを答えた。棟畠のほうは、首都高の渋滞がどうやら解消されたらしく、ぐんぐん距離を詰め、そのあと京葉道路に乗り換えてさらに近づいてきたが、さすがに追いつくまでには至らなかった。やがて冬の短い日が傾きはじめた頃、先を行くダイアモンドハムレット号は国道十四号から左折して脇道へ入り込んだ。車通りはなく、あいだに一台別の車を挟むことが難しくなったので、夏都はぐっと車間距離を空けてあとを追った。それから角を二度曲がり、緩やかな上り坂をしばらく進んでたどり着いたのが、この場所だったのだ。

病院の周囲には雑木林が広がっている。

左手の木々の向こうに畑が見えているが、人の姿はない。右手の木々ごしには倉庫らしき四角い建物が、インクみたいな色をした夕闇に、いまにも沈もうとしている。こちら側にもやはり動くものはない。葉を落とした木々の手前で、小さなつむじ風が巻き起こっているだけだ。

「いまマップ出してみたんすけどね」

オブラージが背中を丸めて自分のスマートフォンを覗き込んでいた。

「妙なんすよ」

「何？」

「あの病院の名前なんですけど」

目だけを上げ、サラサラストレートの前髪ごしに夏都を見る。

「Ｇｏｏｇｌｅのマップだと『梶原総合病院』になってます」

「データが古いんだろうね」

智弥はさっきから坂の上の病院をじっと眺めている。

「病院の名前が変わったあと、地図データが更新されていないんじゃないかな」

所有者が変わったのだろうか。それとも何かの事情で名前だけ別のものになったのだろうか。考えていると、夏都の電話が鳴った。また棟畠からだったので、夏都は自分たちの居場所を教え、念のため目の前の三角柱に書かれた「共栄外科医院」とインターネットの地図に載っていた「梶原総合病院」という二つの病院名を伝えた。棟畠はカーナビにどちらも入力してみたようだが、後者の名前だけがヒットしたらしく、そこを目指すと言って電話を切った。それを待っていたようにカグヤが立ち上がり、ハッチを出ようとする。

「では参りましょう」

「ちょっと待ってカグヤさん、正面きって入っていくつもり？」

「病院なのですからべつに構わないかと思いますが。病人以外は入ってはいけないというルールがあるわけでもないですし」

「まあそうだけど……鉢合わせしたらどうするのよ？」

「まずいですか？」

どうなのだろう。

杏子本人や、彼女をここへ連れてきた男たちに、自分たちの姿を見られるのが、果たしてまずいのかまずくないのかもわからなかった。

「先にあっちの車がどんな感じかを確認してみようか？」

智弥が駐車場を顎で示す。

「まだ車の中にいるかもしれないし……そもそもこの病院は彼らの目的地じゃないかも

しれないでしょ。どこか別の場所に向かっていたんだけど、たとえば車内で何か問題が起きたかどうかして、たまたま近くにあった病院の駐車場に車を駐めただけってことも考えられるじゃない？」

全員、ばらばらのタイミングで頷いた。

「じゃ、車を見に行こう。夏都さん、いちおうこの車はエンジンをかけたままにしておいてくれる？　何かあったとき、さっと逃げられるように」

バックで坂道を少し下り、雑草が生えた空きスペースで切り返して柳牛十兵衛号を転回させた。車を駐めてサイドブレーキを引くと、後ろに乗っていた六人がぞろぞろ立ち上がる。

「智弥さん、何故包丁を？」

「ああ、敵と戦う場合の装備が必要かと思って」

「敵は出現するかしら」

「可能性はあるでしょ」

カグヤと智弥のやりとりに、夏都は慌てて振り返った。

「ゲームじゃないんだから、馬鹿なこと言ってんじゃないわよ。ちゃんともとに戻しといて。それけっこういい包丁なんだから」

やがて全員が車を降り、何かそういう踊りのように、腰を落とした体勢で連なりながら駐車場へ向かった。

太陽はいよいよ沈みつつあり、周囲の木々が黒い影に変わっている。

植え込みに沿って横一列にしゃがみ込み、葉っぱの陰からみんなで駐車場を覗いた。

ダイアモンドハムレット号の運転席や助手席には……誰も乗っていない。そこは全部で二十台ほど駐められる場所だったが、いまは二台だけが、病院の壁際にバックで駐車してある。

「隣の車は何か関係あるのかしら」

ダイアモンドハムレット号の向こう側に駐められているのは、黒いセダンのようだが、鼻先が少し見えている程度だ。

「不自然です」

プーがぼそりと言う。

「車が？」

「いえ病院です。どの窓にも明かりがついていません」

「……ほんとだ」

確かにそのとおりだった。壁に整然と並ぶ四角い窓は、どれも暗い。しかも、どうやらカーテンが閉まっているせいではないようだ。

「そういえばエントランスも暗いわよね」

どうしていままで気づかなかったのだろう、病院の入り口を見ると、コンクリート製の四角い庇《ひさし》の下で、ガラスドアは暗く沈んでいる。

「廃病院……にしては古びた感じがないけど」

言いながら目を凝らして見ていると、自分がいつか夢の中でここに来たことがあるというような、不思議な感覚に襲われた。オーソドックスなつくりの建物である上、夕闇がそのディテイルを隠そうとしているので、そんなふうに感じるだけなのだろうが、なんとも不気味な、近づくのをためらわせる感覚だった。

「たぶん改装中だねこれ」

智弥がそばに来た。

「そっか。名前も変わってたし……たとえば持ち主が変わって、リフォームみたいな感じで？」

「もしくはそれが終わった直後で、まだ新しい病院の営業がはじまっていないとか」

すると、この病院はいま無人なのだろうか。

「ねえ、やっぱり警察に連絡――」

「やめたほうがいい」

智弥が遮り、カグヤに目を向けた。

「はい。わたしの立場があります」

「匿名で通報すればいいじゃない」

「まだ何が起きているのかがわからない状態ですから、まずはそれを確認しましょう。わたしの立場もそうですが、あのメールの件もあります。お姉ちゃんのことを思うと下手に騒ぎを大きくするのは控えたいところです」

「そうだけど、でも――」

「すでに騒ぎは十分に大きくなってしまっていますので、これ以上は勘弁してほしいところです。はじめはただ杏子さんに頼んで十年前のメールを消してもらうだけのつもりだったのに、いつのまにかこんなことになってしまい困ったものです」

そもそも自分たちが杏子を拉致しようなどと考え、さらにその拉致の相手を間違えたせいではないか。

「誰もいませんな」

菅沼の声が遠くから聞こえてきたので、そちらを見ると、彼はいつのまにか駐車場に入り込んでダイアモンドハムレット号の中を覗いていた。

「こっちのセダンも無人です」

「先生……！」

「はいぃ？」

菅沼は耳に手をあてて訊き返す。行こう、と智弥が諦めたように言い、全員で植え込みを回り込んで菅沼のもとへ向かった。近づいてきた夏都たちの顔つきを見て、菅沼は初めて慌てた。

「そんなに警戒しなくても大丈夫ですよ、心配することはありません。ここは人里離れた場所ではないのですから、何かあれば大声を上げるまでです。おや開いてますな」

二台の車のそばには通用口のようなドアがあり、菅沼は喋りながらそのドアのノブを握っただけでなく回して手前に引いていた。厚い金属製のドアはきいと仔猫が鳴くような音を立てて隙間を開け、暗い廊下が見えた。一同が身を硬くしているあいだに菅沼は眼鏡を取り、袖口でごしごしやってから、隙間に首を突っ込んで左右を見た。

「誰もいません」

ドアをさらにひらく。どうやら大丈夫そうなので、夏都も隣からそっと顔を突っ込んだ。明かりはついていない。壁には窓が並んでいるが、ただでさえ外には夕闇が降りているところにブラインドが下ろされていて、そこが廊下であることくらいしかわからない。

「オブさん、中を確認してきてください」

カグヤが無茶を言ったが、オブは頭をぴんと立てて即座に頷いた。

「行ってきます」

足音をさせないようドア口を抜け、オブは廊下に踏み込む。右を見て、左を見て、少し迷ってから右手のほうへ進んでいく。暗がりの中を、丸まった背中がゆっくりと遠ざかっていき、やがて廊下の奥の暗闇に呑み込まれて消えた。

いや、戻ってきた。

「いちばん奥に二階へ上がる階段があって、そこのところで廊下が左に折れてるんですけど、そっちの先のほうに明かりがついてる部屋がありました」

「人がいるのね」

「いえ実際いるかどうかはわからないです。明かりも、部屋についていたわけじゃなくて、ドアの上にあるランプが赤く光っていたんです」

「赤く？」

オブは小刻みに頷いた。

「そこ以外には、明かりがついてるところはどこにもなかったです、実際」

「では杏子さんはそこにいる可能性が高いですね」

言うなりカグヤは建物の中に入った。オブラージとタカミーとプーもすぐさま従う。仕方なく夏都と智弥もそれにつづき、最後に菅沼が入って、音を立てないようにドアを閉めた。

廊下を奥に向かって進む。夏都も、たぶんみんなも、静かに歩いているつもりなのだが、どうしても足音が鳴ってしまい、その音の一つ一つに、周囲の壁やドアや窓が一斉に聴き耳を立てている気がした。

オブが言ったとおり、突き当たりには二階へとつづく階段があり、そこで廊下はL字に左へ折れていた。そして確かに、左につづく廊下の先に、ぽつんと赤いランプが灯《とも》っている。全員で立ち止まり、それを見た。光源なのにもかかわらず、そのランプは廊下をさらに暗くしている気がした。

「ここって外科医院よね」

夏都は先ほどから考えていたことを口にしてみた。

「外科医院で赤いランプっていうと——え何？」

智弥が夏都の腕に触れていた。

「しっ」

耳をすます。

何か聞こえる、気がする。

いま歩いてきた廊下のほうからだ。一定のリズム。全員でそちらを振り返ったとき、真っ暗な廊下の先、反対側の角のあたりで光が揺れた。

誰かが懐中電灯で前を照らしながら歩いている。

全員同時に動いた。息づかいと靴音が短くまじり合い、みんなで廊下の角に身を隠すと、あとは押し殺した自分の呼吸音と、どっどっどっどっという心臓の鼓動ばかりが聞こえた。いまのは杏子を連れ去った男のうちの一人だろうか。こちらへ向かってこようとしているのだろうか。この廊下は建物の外壁に沿って四角く一周しているようなので、先へ進んでいけば、気づかれないようにさっきのドアまで戻ることはできるだろうけれど。

「まずい……前からも来た」

もう一つの懐中電灯の光に智弥が気づいた。こちらに向かっていまにも角を折れようとしている。自分たちが完全に挟まれていることを、おそらく全員同時に理解した。

「階段に――」

夏都は動こうとしたが、その階段を曖昧な光が照らした。規則的に揺れている。あれは最初に見た懐中電灯に違いない。角を曲がり終え、こちらへ向かって歩きながら行く手を照らしているのだ。階段のほうへ逃げたら、あの懐中電灯の光の中に、まともに入ってしまうことになる。かといってこの場に固まりつづけていたら、もう一人の人物が廊下の角を折れ、こちらへ向かってきてしまう。

「隠れよう」

智弥が傍らにあったドアに素早く手をかけた。音をさせないようにそれを引いた直後、衣擦《きぬず》れがひとかたまりになってそこを抜けた。部屋の中は真っ暗で、並んだデスクとキャビネットの輪郭が黒く浮き立っている。

「一瞬だけつけます」

オブラージの声がして、薄くライトが灯った。スマートフォンのディスプレイの明かりだった。視界が利かないことに変わりはなかったが、ほんの少しだけ室内の様子がはっきりとした。事務室のような部屋で、デスクが等間隔に並べられている。そのうちの一箇所に、微かな光の中でも気づくほどの違和感があった。まず椅子が床でひっくり返り、その周囲に書類のようなものが散らばり、それはデスクの上にも散乱していて、サイドワゴンの引き出しが三つとも、明らかに何かを探したように、開けられたままになっている。

「オブラージさん、そこを」

薄い光の中に浮かび上がったカグヤは、真っ直ぐに床の一点を見つめていた。

生まれて初めての何かを目にしたような、不思議そうな顔をしていた。

「そこを照らしてみてください」

オブラージはスマートフォンのディスプレイをそちらに向けた。どうも床が濡れている——ように見えるが、はっきりしない。

「ライトを。数秒で構いません」

カグヤの言葉に、オブラージが背後のドアを短く振り返ってから、手早くディスプレイを操作した。真っ白な光が裏面のＬＥＤライトから放たれ、その瞬間、全員が息をのんだ。

「何これ……」

智弥が声を洩らす。

床の上に広がり、そばに落ちている書類にべったりと付着しているのは、どう見ても血だった。ライトが震えて床全体をがくがくと振動させた。廊下を足音が近づいてくる。

いいいい、近づいてくる。

「消してください」

カグヤの声でオブラージがライトを消すと、部屋は最初よりも数段暗くなったように思えた。一瞬で自分たちを包囲した闇の中、たったいま智弥が呟いた「何これ」という言葉が、夏都の頭の中で何これ何これ何これと繰り返されていた。いったい何なんだこれは――病院の事務室に書類が散乱していて、椅子がひっくり返っていて、血だまりがあって――その血だまりも、誰かがちょっと怪我をしたというレベルのものではない。身体のどこからかはわからないが、人はあれだけ血が出ても生きていられるものだろうか。いやきっと無理だ。逃げ出したい今すぐ逃げ出したい。身体の隅々まで怖い。両足が萎《な》えて動けない。ここで何があったのか。何に自分たちは巻き込まれたのか。杏子のメールも棟畠のスマートフォンも、じつは何も関係なかったのではないか。まったく別の何かに自分たちは関わってしまったのではないか。

はっと短い息遣いが聞こえ、プーが入り口のドアを指さしていた。

「隙間が」

ドアに一センチほどの隙間が空いている。きちんと閉めていなかったらしい。息を殺して聴き耳を立てた。いまオブラージのスマートフォンから放たれた光は、あの隙間から廊下に洩れ出しただろうか。足音が近づいてくるようなことはない。鼓膜が震えるのをやめたように、何の物音も聞こえない。恐怖が背中へ尖った歯で齧りつく。

「音をさせずに、誰かあそこを閉めてください」

カグヤの言葉にプーが素早く動いた。オブも素早く動いた。オブラージもタカミーも素早く動いた。四つの身体がぶつかり合い、位置的に入り口側にいたプーの身体が弾き出された。クラブのフロアで似たような状態になったときは、夏都の服が身体を締めつけていたため、彼女は腕を動かすことができず、人や物に摑まることもできないまま床に倒れてしまったが、今日は自分の服を着ていたので、危ういところで物に摑まって転倒を免れた。物というのは入り口のドアレバーだった。摑まった勢いで大きく外側にひらいたドアを、プーは慌てて引き戻した。派手な音がした。

足音が入り乱れて廊下を近づいてきた。

智弥が瞬時にスマートフォンのライトを灯し、広い光が部屋の中を舐《な》めた。

「奥にドアがある!」

智弥は机の列を回り込んで部屋の右奥に向かい、全員即座に従ってそこを目指した。ばん、と背後で入り口のドアが乱暴にひらかれ、駆け込んできた人物の足が床を踏み鳴らした。夏都は部屋の奥へと走りながら振り返った。相手の姿がまったく見えないのは、二つの懐中電灯が、まともに夏都たちを照らしているせいだ。先陣を切って飛び込んできた人物が、こちらへ向かって猛然と走り出す。しかしその人物は机の端に身体のどこかを激突させ、くぐもった呻《うめ》き声を洩らし、その身体にぶつかったもう一人の人物も声を上げた。どちらも男の声だ。夏都は傍らにいたカグヤの身体に腕を回し、引っこ抜くようにして抱き寄せながら隣の部屋に飛び込んだ。先頭にいる智弥のライトが室内を素早く舐める。そこは先ほどの部屋と同じような事務室で、ありがたいことに、廊下へと出るドアも同じ場所にあった。そのドアへ向かって全員で突進する。廊下に出ると、夏都は咄嗟の判断で右へ逃げようとした。おそらくほかの面々も同じように考えたことだろう。何故ならそちらに屋外《そと》へ通じる先ほどのドアがあるからだ。しかしそのときカグヤが左へ飛び出した。

「カグヤさん!」

同じ方向へ走るしかなかった。カグヤは廊下を奥へ奥へ奥へ走る。先ほどの赤いランプが近づいてくる。いやそれはランプではなく横長の四角いパネルで、漠然と予想していたとおり「手術中」の文字が浮かび上がっていた。背後で短い声が上がる。オブラージの声だ。身体が床に転がる音がし、プーとオブの悲鳴が聞こえ、タカミーが叫んだ。

「助けてええええ!」

えええええええとタカミーは声を伸ばしてからまた叫んだ。

「待ってえ!」

カグヤは待たなかった。

「行きましょう」

「でも——」

「安全な場所まで走って警察に連絡したほうが」

確かにそうかもしれない。夏都は先を行くカグヤを追いかけ、後ろに菅沼と智弥がつづいた。背後で短く男が声を発した。「まわれ」と聞こえた。夏都たちは先ほどの赤いランプの前を走り抜けた。智弥が手にしたスマートフォンのライトが、がくがくとぶれながら前方を照らしている。突き当たりで廊下はまた左へ折れていた。右手には階段が見える。さっきの階段とは、位置的に廊下の端と端にあたる場所だ。

「たぶん一人が前から回り込んできてるから、いったん上に」

智弥の声でカグヤが方向転換して階段を駆け上った。手摺《てす》りを摑んで回転するように踊り場で折り返し、二階を目指す。彼女は腰の横で跳ねつづけているショルダーポーチを摑み、中からスマートフォンを引っ張り出すと、二階の廊下にたどり着いた瞬間にライトをつけた。智弥とカグヤが手にした二つのライトが、正面と左手に延びた廊下を照らす。どちらにも白い無機質な戸が並んでいて、どうやらすべて病室のようだ。

「どこかに隠れよう」

智弥が正面の廊下を走り、三番目の戸に手をかけた。

「鍵が閉まってる」

「どうして三番目なんだい？」

場違いな声で菅沼が訊くと、智弥は早送りのように素早く答えながらつぎの病室へ急いだ。

「一番目と二番目はいかにも開けて中を確認されそうですけど、あまり遠くまで行くともし追いかけて来ていた場合に後ろ姿を見られる可能性があったからです」

「おお、素晴らしい」

「駄目だ開かない」

四番目の病室の戸にも鍵がかかっていた。使われていない病室なので、施錠してあるのだろうか。カグヤが背後からライトを向け、白い光が夏都の頭上を照らした。ドアには「204」とあり、その下の差し込み式のプレートに「畑山康隆」とマジックで書かれている。

「え、患者いるの？」

「お、あそこが開いています」

菅沼が指さす先を見ると、三つ離れた病室の戸が確かにひらかれている。四人とも無言で走って暗い病室に飛び込み、菅沼が中から戸を閉めた。

「あたし警察に電話します」

夏都はジーンズのポケットからスマートフォンを引っ張り出してディスプレイを見たが、そこに表示されている「圏外」の二文字を見て愕然とした。山奥でもないのにどうしてだ。

「電話使える？　使えます？」

智弥は自分のスマートフォンを確認して首を横に振り、菅沼はジャケットの内ポケットから折りたたみ式の古い携帯電話を取り出して、やはり首を横に振った。

「カグヤさんも——カグヤさん？」

カグヤだけが動かなかった。彼女はスマートフォンのライトを部屋の一点に向けたまま、そこをじっと見つめている。

「ねえカグヤさん、電話使えるか確認して」

やはり彼女は動かない。夏都は振り返りざま菅沼に言った。

「先生、入り口に鍵をかけてください」

「鍵ですね、はい」

菅沼は腰を落として戸に顔を近づけ、遠ざけ、また近づけて遠ざけた。

「ない」

「え」

「鍵がついていません」

「じゃあ何かつっかえ棒のようなものを――」

智弥のライトが室内をぐるりと一周した。そこに浮かび上がったのは奇妙な光景だった。ベッド、布団、サイドテーブル、花が入れられた一輪挿し、小型のテレビと冷蔵庫。いかにも病室らしい病室で――それが奇妙なのだった。まるで誰かがいま現在入院していて、ちょっとトイレにでも行っているかのように見える。病院全体が無人だというのに。

「残念ながらこの戸は引き込み式なので、つっかえ棒はできないかと思います」

「なんとかこの椅子で」

そばの壁に立てかけてあった折りたたみ式のパイプ椅子を掴み上げ、夏都は戸を固定しようとした。椅子を逆さまにして、脚の先端を戸の把手《とって》に引っかけようと試みたが、駄目だ、高さが足りない。

「ねえカグヤさん、電話を試してみて――」

黙り込んだカグヤがスマートフォンのライトで照らしているのは、ベッド脇のサイドボードの上だった。一枚の写真がぽつんと置かれている。写真の中では可愛らしい少女が頬笑んでいる。小学校低学年だろうか。写っているのは胸から上で、何かロゴがプリントされた青いトレーナーを着て、背景には滑り台が写り込んでいる。少女はカグヤに似ている――ような気がするが、髪型はまったく違い、ごく普通の女の子のそれで、黒い髪をツインテールにし、前髪はゆるい風に吹かれて白い額が覗き――。

「これ」

ようやくカグヤの唇が動いた。

「お姉ちゃんです」

「え？」

「お姉ちゃんの子供の頃の写真なんです。このトレーナーと滑り台にはアルバムの中で見憶えがあって、岐阜に住んでいた頃の、アパートの近くにあった児童公園で撮ったものだと思います。わたしはまだ生まれていませんでしたが」

菅沼と智弥も顔を寄せた。それぞれ眼鏡の奥で瞬きをしながら写真とカグヤの顔を見比べる。ここはいったい誰の病室なのだ。ドアを開け閉めする音がする。離れた病室のドアだ。夏都は呼吸《いき》を止めた。また聞こえた。さっきよりも近くのドアが鳴っている。

「まずい、来た」

智弥がスマートフォンのライトを消した。

「カグヤも消してっ」

しかしカグヤは写真を照らしたまま動かない。ばたん、と背後で派手な音が響いた。心臓を握りつぶされた思いで振り返ると、先ほど戸を固定しようとした折りたたみ式のパイプ椅子が床に倒れていた。中途半端な角度で立てかけたまま放置してしまったせいだ。なお悪いことに、倒れた椅子が戸を滑らせたらしく、入り口に僅かな隙間が開いている。そして部屋の中ではカグヤのスマートフォンがライトを放っている。内容の聞き取れない男の声がした。ばたばたと足音が鳴り響き、それはクレッシェンドしながらほんの数秒で部屋の前までやってきた。薙《な》ぎ払われるように戸が開けられ、懐中電灯の光がまともに目を射た。視界が真っ白になって何も見えなくなったが、相手が懐中電灯を素早く右へ左へ動かしたとき、光が室内の何かに反射し、戸口に立つ人物たちの姿を断続的に浮かび上がらせた。スーツ姿の二人組。一人は肌の粗い、ハンバーグのような顔をした男。その後ろに立っているのは、顔の両サイドが上へ向かって引っ張られているような顔つきの、縦半分に切ったパプリカを思わせる男。ハンバーグがずんぐりむっくりで、パプリカは長身で――その体格から、杏子を連れ去った二人組であることがすぐにわかった。遠目ではよく見えなかったのだが、男たちの着ているスーツは通勤に適しているタイプのものではなく、ノーネクタイのシャツは襟がジャケットの外側に飛び出している。しばし二人は入り口で両足を広げて立ち、つぎの動きを考えるように、無言のままはあはあと肩で呼吸をしていた。息にまじった煙草の臭いが部屋の中に広がった。夏都は左手で智弥、右手でカグヤを無意味に守った。菅沼は先ほどサイドボードの上の写真を覗き込んでいた体勢のまま、相手に尻を向け、上体だけで振り返って静止していた。

「お前らは——」

ハンバーグが訊いた。

「誰だ」

「あなたたちこそ誰です？」

カグヤが訊き返した。

相手は何か言おうと口をひらきかけたが、後ろに立っていた長身のパプリカがその肩を摑み、耳元で低く何か囁いた。ハンバーグが頷き、こちらに顔を戻しながら内ポケットに手を入れる。まさかと思い夏都は全身が冷たくなったが、取り出したのは旧式の携帯電話だった。男がぱたりと本体を伸ばすと、その顔がディスプレイの光に白く照らされ、衣をつける前のコロッケを思わせた。

「電波が入らねえ」

「どれ」

パプリカが取り出したのはスマートフォンだった。しかしこちらもシグナルを受信していなかったらしい。彼は眉間に皺《しわ》を刻んでそれを内ポケットに戻した。

「……ついて来い」

パプリカが言い、ハンバーグといっしょに背中を向ける。相手が言葉に従うことを確信している動きで二人は戸口を離れ、廊下を右手の階段のほうへ向かう。

「……行ったほうがいいでしょうな」

菅沼が言い、夏都と智弥はカグヤを振り返った。彼女は何かを一心に考えるように、姉の写真を見据えて立ち尽くしていたが、やがてそれを素早く手に取り、ショルダーポーチに押し込んだ。

「早くしろ！」

いきなり怒号が聞こえた。条件反射のように夏都も智弥も菅沼も動き、カグヤもついてきた。

男たちに追いつき、二メートルほど後ろを歩きながら暗い廊下を進んだ。

(三)

男たちは一言も喋らない。冷たいあんかけの中でも歩いているように、空気がどろどろと重い。やがて階段に行き着くと、彼らはそれぞれの懐中電灯で自分たちの足下を照らしながら一階へ向かった。オブ、オブラージ、タカミー、プーはどうしただろう。踊り場を回り、さらに下りながら、夏都は聴き耳を立てた。自分たちの足音以外、何も聞こえない。

一階の廊下に出ると、男たちはあの「手術中」のパネルのほうへと歩いていった。その下で二人が足を止めたとき、遠くで物音がした。

ドアの音だ。

方向と、耳に伝わってきた感覚からして、自分たちが入ってきた、駐車場に通じるあのドアかと思われた。

ハンバーグとパプリカが申し合わせたように懐中電灯を消す。

「お前ら、下がれ」

パプリカが、低い、間延びしているが迫力のある声で言った。縦長の顔をした彼は、喋るときに顎をやけに上下させる癖があり、それはまるで顔全体が伸び縮みしているようで、さらに上から赤いランプで照らされているので化け物じみていた。夏都たちはいま下りてきた階段のほうへ移動した。ハンバーグとパプリカも動き、全員、赤いランプの光が届かない場所に立った。足音が聞こえてくる。周囲の様子に気を配りながら、おっかなびっくり歩いているのがわかる。いま、おそらく角を曲がった。さらに足音は大きくなり、やがて相手との距離感が摑めるほどにまで近づいたとき、ハンバーグとパプリカが同時に懐中電灯のスイッチを入れた。相手の顔が二つの光をまともに浴び、全身の影が二重になって廊下のタイルに焼きつけられた。

「誰だ！」

ハンバーグが怒鳴りつけた瞬間、相手はぐう、というような呻きを洩らして身体を反転させ、逃げようとした。いや実際に逃げたのだが、動けたのはほんの一メートルほどだった。パプリカが跳躍して長い腕を伸ばし、セーターの背中を引っ摑んだのだ。

「その人は知り合いです！」

夏都は素早く声を飛ばした。

懐中電灯の光の中にいるのは、棟畠だった。

パプリカは夏都を見て、棟畠を見て、また夏都たちの顔を見てから舌打ちした。ハンバーグとパプリカは互いの耳に交互に口を寄せ、小声で何か言葉を交わした。ハンバーグが赤いランプの下に立ち、床に近い部分の壁をどんと蹴る。夏都たちの目の前に縦一直線の光の筋が生じ、その光の筋はホワイトノイズのような音とともに太くなり、やがてそこに真っ白な長方形が生じた。

（四）

「フットスイッチを乱暴に扱わないでくれ」

男の声。

「つま先で軽く触れればひらく」

「すいません」

ハンバーグが不器用な動きで頭を下げた。

部屋の床は薄いブルーで、その床の隅にオブとオブラージとタカミーとプーが座り込んでいる。プラグを抜かれたように、みんな動かない。誰も怪我はしていないようだが、服と髪がひどく乱れている。彼らの目は一様にカグヤの顔を見ていた。困っているのでも、助けを求めているのでもなく、ただ途方に暮れている目だった。

四人の傍ら、キャスター付きの黒い丸椅子に、ワイシャツ姿の男が座っている。

その男に向かって、カグヤが進み出た。

「――あなたは山内さんですか？」

男は軽く目を細め、カグヤの顔を見返した。

男の傍らには緑色の手術台がある。その上には巨大な蜂の巣のようなライトが二つ。そばにモニターが三台。そのうち一台の上に、スーツの上着がぞんざいにかけてある。

手術台の端には室井杏子が腰掛けていた。彼女は驚きと怯えの表情を浮かべながら夏都たちを見ていた。怪我や衣服の乱れはない。

おい、とハンバーグが振り向き、荒っぽいジェスチャーで夏都たちを室内へ促した。それに従うと、背後でスライドドアが自動的に閉じた。

「こっちは誰にも見憶えはないが」

丸椅子に座った男が夏都たちの顔に視線を這わせる。「こっちは」という言葉からして、この男はやはりKANAUエンタプライズの社長、山内俊充のようだ。彼は軽く首を傾けながらふたたび視線をめぐらせ、最後に棟畠の顔の上で止めた。

「まあ……一人以外は」

山内の傍らには金属製のワゴンが置かれていた。その上に何かの薬品らしいポリの広口瓶が一つと、ミネラルウォーターのペットボトル、そして無色透明の液体が五分目ほどにまで入ったビーカーが載っている。いったいここで何をしていたのだろう。ポリ瓶のラベルに何か書いてあるが、英語なので読めない。部屋の奥に置かれたキャビネットには、同じようなポリ瓶が並んでいて、スライド式のガラス戸はひらいた状態になっていた。ワゴンの上にあるポリ瓶は、あそこから取り出してきたものなのだろうか。

「ああ、失礼……もう一人知ってるな」

山内が目を向けたのは、彼の一番近くに立っているカグヤだ。ハンバーグとパプリカが、ちらっと彼女の顔を見た。

「有名なタレントさんがここにいた。カツラをつけていないせいで気づかなかったが」

「カツラはつけています」

カグヤは黒髪のカツラを外し、横に向かって突き出した。彼女は二秒ほどそのままの体勢で静止し、ふと自分が突き出したカツラを見た。タカミーが慌てて立ち上がり、彼女の手から黒髪を受け取った。

「わたしはカグヤ――」

鮮やかな緑色の髪を露《あら》わにしたカグヤは、こんな状況なのにもかかわらず劇的な効果を狙ったのか、あるいは身体に染みついているのか、ここでしばし言葉を切り、心持ち顎を上げて相手を見据えた。

「寺田桃李子の妹です」

山内は小さく頷いて足を組み、首を少し横へ倒すようにしてカグヤの視線を受けた。

五十代半ばだろうか。これまで夏都はなんとなく山内について、四角い顔の、二本足で歩くガマガエルのような男を想像していたのだが、目の前にいるのはまったく違う印象の人物だった。背はそれほど高くなく、華奢《きゃしゃ》で肩幅が狭い。顔はほっそりしていて、男性ホルモンが薄そうで、目鼻立ちはかなり整っている。まるで現代の男性アイドルグループの誰かが、中年以降も暴飲暴食せずに歳を重ねたようなイメージだ。

「まあ、タレントさんがいるのにあまりぞんざいな口の利き方をするもんじゃないんだろうが——」

手術室に集まった面々を、山内はもう一度見渡した。

「あなたたちは、ここで何をしているのかな?」

「あ、あなたこそ何をしているんだ!」

カグヤと合流して急に生き返ったように、タカミーが山内を指さした。

「向こうの部屋にあった、あの血は何だ!」

無言でタカミーを見返す山内に、ハンバーグが近づいて低い声で伝えた。

「すみません、こいつら勝手に部屋に入って――」

山内は軽く頷くと、しばし何かを考えるように沈黙した。

「そうか……あの部屋に入ったか」

「おい山内さん、あんたいったい何をしたんだ？　血ってのは何のことだ？」

呻くように声を押し出す棟畠に、山内は薄く笑って答えた。

「ちょっとばかし……まあ、まずい書類がありましてね。あの事務机にそれが入っていることを若い看護師がかぎつけたらしくて、こそこそ探っていたもんですから、後ろからこうね」

山内は何か大きなものを振り下ろす仕草をしてみせた。

「あんた――」

「いや、僕じゃない。やったのはここの院長ですよ」

「だっていまあんた、こう――」

棟畠は山内の素振りを真似た。

「見てたんです、僕はただ。殺したのはあくまで院長ですのでご安心ください」

それまで夏都は、あの血だまりも、散乱した書類も、たったいま山内が見せた動作も、すべては何かの勘違いかもしれないと思っていたのだが――そう思いたかったのだが、その希望に一気にひび割れが走り、粉々に砕け散った。その衝撃で全身の感覚が遠のき、自分が息をしているのかどうかもわからなかった。視界の右のほうで何かが動いている。

タカミーの腕だ。先ほど山内に向かって人差し指を突き出したその腕が、下ろされないまま宙に浮き、大きく震えている。

「ところであなたたち、どうしてこの場所を知っていたんです？」

山内が訊き、カグヤが答えた。

「たまたま室井杏子さんが連れ去られるところを目撃したので、追いかけて来ました」

「連れ去ったわけじゃない。なあ、室井さん？」

手術台に腰掛けたままの杏子は、うつむいて身体を固まらせたまま、小さく頷いた。本心かどうかは判断できなかった。夏都たちがここへ来るまで、二人のあいだで何が行われていたのかはわからないが、十年前に不本意ながら関係を持ってしまい、その後、思い描いていた代償を与えてくれなかった相手と、二人きりでこんな場所に座らされ、杏子はいったいどのような心境でいるのだろう。

「僕が今日、たまたまこの建物にいたもんだから、手伝いの者を呼びに遣《や》って、来てもらったんですよ。少々話し合わなければならないことがあったんでね。一時間足らずで着くはずだったんですが、なんですか、首都高で事故があったとかで、夕方になってしまった」

いいことなのかどうかわからないが、杏子が夏都と間違われて連れ去られたというのは、どうやら考え過ぎだったようだ。

「手伝いの者、ですか」

カグヤはハンバーグとパプリカを見た。

「お二人ともヤクザ屋さんに見えますが」

遠慮のない表現に、山内は華奢な肩を揺すって笑った。

「想像にまかせますよ。きみら、申し訳ないがもう一度外に出ていてもらえるか」

男たちは即座に頷き、ハンバーグが足でドアの開閉スイッチを押した。今度はつま先をそっと触れさせる程度だった。スライドドアがひらき、二人は暗い廊下に出て行く。

「あのお、お訊きしてもいいですか？」

不意に菅沼が口をひらき、山内の傍らにある銀色のワゴンを指さした。

「そこに水酸化ナトリウムの瓶が出してあるのは何故です？」

「あなたは？」

「菅沼といいます。高田馬場にある塾で数学を教えています」

言葉の裏にある意味を探ろうとするように、山内は菅沼の全身に視線を往復させたが、そんなものはなかった。

「僕が出してきたわけじゃない」

山内はポリ瓶に手をのせて薄く笑う。

「最初からここに置いてあったんです」

杏子の身体がぴくりと動き、唇が隙間をあけたが、それと同時に山内が彼女を見た。

杏子の唇は閉じられた。

「そうですか、置いてあったんですか。まあ手術器具の消毒なんかにも使われますから、そこに出ていてもおかしくはないですよね。では、その隣にあるビーカーの中身は？」

知りません、と言って頬だけで笑う山内に菅沼はつづけた。

「水酸化ナトリウム溶液ですか？」

「ですから、知りません」

「もしそうだとしたら、怖いですな。水酸化ナトリウム溶液は五％を超えた時点で劇物に指定されるほど危険な製剤です」

「そうなんですか」

「もし肌に付着した場合は強烈な熱傷を負います」

「危ないですね」

「何に使ったんです？」

「何にも使って――」

「脅されました！」

杏子の声が重なった。山内が素早く目を向けたが、今度は彼女の口は閉じられなかった。

「山内さん、さっきわたしの目の前で、そのペットボトルの水と、この瓶の中身をビーカーに入れて、混ぜて、これを肌にかけたら二度と治らないくらいの大火傷をするって言いました！　わたし脅されました！」

杏子の鋭い声は手術室の中に反響した。

山内の顔に初めて狼狽《ろうばい》が浮かんでいた。

「どうして脅されていたんです？」

菅沼が訊くと、杏子は目を伏せて唇を結んだ。

「もしかして、脅し返された？」

質問の意味が夏都には捉えられなかったが、杏子ははっと目を上げた。

「あなたたちは……何を知っているんです？」

山内が慎重な目つきで菅沼を見ながら、ゆっくりと立ち上がってネクタイを撫でた。

その瞬間、杏子が動いた。

彼女は飛びかかるようにワゴンの上に手を伸ばしてビーカーを摑むと、両手で一気に肩口まで持ち上げた。中の液体が大きく波打った。

「家に帰してください！」

相手に向かっていつでもビーカーを投げつけられる体勢をとり、杏子は見ひらいた両目で山内を見た。

「帰してくれれば、わたし誰にも言いません」

ビーカーを持つ彼女の両手はひどく震えている。

「昔のことも、今日のことも……誰にも言いません」

山内は上体を引きながらも、見えない何かを素早く計算するような目つきで杏子を見ていた。やがて彼はゆっくりと両手を持ち上げて彼女のほうへ差し出した。

「まあ、落ち着きなさいよ」

杏子はビーカーをぐっと高く差し上げる。両目がさらに大きく広がり、黒目がぜんぶ見えていた。

「まずほら、それを置いて」

山内が彼女のほうに一歩進み出た瞬間、杏子はくぐもった声を洩らして身体をひねった。液体がばしゃりと波打ち、それとともに杏子は悲鳴を上げ、爆発寸前の爆弾のようにビーカーを放り出した。

そのビーカーが宙を飛んでいく光景が、夏都の目にはスローモーションのように映った。底の部分を下に向けたまま、ビーカーは弧を描いて空中を進んでいく。杏子の両手と、ビーカーが落下するであろう場所とのあいだには、棟畠が立っている。棟畠の顔に近づいていくにつれ、ビーカーは前方に傾いていく。中の溶液がガラスの縁から飛び出し、それは液体というよりも、透明で歪《いびつ》な塊に見えた。その塊は、まるで意思を持っているかのように、棟畠の顔面に向かって飛びかかっていく。棟畠の口はまだ叫んでいなかったが、目が先に叫んでいた。透明な塊が棟畠の顔を覆いつくし、激しいしぶきが周囲に飛び散り、そのときリモコンのボタンでも押されたように、スローモーションは終わった。

ぎゃあああああという叫び声が室内に響き渡り、棟畠は床へ転がった。顔面を覆って叫ぶ棟畠に全員が駆け寄ろうとしたとき、重たい物音が室内に響いた。ドアに外側から何かがつづけざまにぶつかっている。その向こうから慌ただしい足音が近づいてくる。女性の金切り声と男たちの声が入りまじり、ドアがスライドした。

見知らぬ女性が、そこに立っていた。

（五）

両手で顔を押さえたまま、棟畠は手術台の上に座っていた。まだ呼吸は収まっていないが――水酸化ナトリウム溶液を浴びたはずの顔に、何の異常も現れていないことは誰の目にも明らかだった。

誰も口をひらかず、ただ棟畠の息づかいだけが聞こえていた。

たったいま手術室に飛び込んできた年配の女性は、手術台の前に膝をつき、かいがいしくハンカチで棟畠のセーターを拭いている。銀縁の眼鏡をかけ、白髪まじりの髪をパーマでふくらませたその女性が誰であるのか、夏都は見当がついた。彼女が室内の光景をひと目見た途端、顔を押さえて叫ぶ棟畠に「勲蔵さん！」と呼びかけてすがりついたからだ。

「この方は……」

一同を代表するように菅沼が訊ねると、棟畠はようやく収まってきた呼吸の合間に、

「妻だ」と短く答えた。

「ここまで運転してもらった……私は車をやらないものだからな」

棟畠が一人でやってきたと勝手に思い込んでいたが、そういえば以前に西新宿の駐車場で賃料の話をしたとき、運転はしないと言っていた。

「お前、車で待っていろと言っただろう」

棟畠は眉根を寄せて不機嫌そうな声を出した。

「だって……心配だったのよ」

妻はハンカチを使う手を止めて項垂《うなだ》れる。

「あの」

あまりに状況が混乱し、誰に何を訊けばいいのかわからなかったが、まず夏都はワゴンの上に載ったポリの広口瓶を指さして山内に質問してみた。

「それは……何なんですか？」

山内は広口瓶を摑んで無造作に蓋を開け、その蓋の上に中身をざらりと出した。半透明の、丸い米粒のような顆粒が小さな山をつくった。中学校の理科の時間に水酸化ナトリウムを実験で使ったことがあるが、確かにこんな姿をしていた。

その顆粒を、山内は一粒つまんで口に入れた。顎の動きに合わせ、こりこりと小気味いい音がする。

「砂糖細工ですよ」

「そういえばべとべとしてきたな……」

棟畠が首もとをさわりながら顔をしかめた。

「砂糖細工……」

床にへたりこんでいた杏子が呆然と呟いた。

砂糖ではなく砂糖細工ということは、わざわざつくられたものなのだろうか。山内が用意してきたのだろうか。水酸化ナトリウムの瓶に入った、水酸化ナトリウムそっくりの砂糖細工を。杏子を脅すために。しかし、そんなことをするくらいなら、もっとほかに脅しの道具になるものがありそうなものだ。——と、そのとき頭の奥でぴんと音が鳴った。この建物へやってきてから目にしたいくつかの光景が、つづけざまに脳裡をよぎった。

そうか。

「そうか！」

タカミーが突如として立ち上がった。彼は両目を見ひらき、右手の人差し指を突き刺すように床へ向けると、たぶん夏都が出会ってから初めて正しいことを言った。

「スタジオだ！」

山内は頷き、半ば面倒くさそうに笑う。

「うちの会社所有の撮影スタジオです」

デザイン事務所に勤めていた当時、聞いたことがある。古い病院や廃校、また小規模なケースではマンションの一室をリフォームしてスタジオに造り替えるのは、映像業界では一般的なことなのだとか。

なるほど、ｗｅｂ上の地図で病院の名前が違っていたのも、そのためだったらしい。地図にあった「梶原総合病院」の建物を買い取ってスタジオに造り替えたのだろう。もちろんこのスタジオにも名称はあるのだろうが、まだ地図データの更新が行われていなかったのだ。建物の入り口には「共栄外科医院」という看板があったが、あれは収録中のドラマか映画の舞台となっている、架空の病院名だったに違いない。――と、そこまで考えたとき、夏都はその「共栄外科医院」という病院名について、何か記憶に引っかかるものがある気がした。

「スタジオといっても機材はそれぞれの撮影部隊の持ち込みなので、知らない人間が迷い込んだら、まあ医者も患者もいない病院にしか見えないでしょうがね。あなたがたがそう思っていたように」

「じゃあ、あの……」

オブが頭の横をぽりぽり掻いて呟く。

「向こうの部屋にあった、血だまりとかは……」

「あそこは今日の撮影で使った部屋ですよ。看護師が院長に殴り殺されるという、まあ安っぽいといえば安っぽいけれど、なかなか数字を期待できるシーンでね。まだ放送されていないから、あんまり言うとあれですが。――それにしても、あなたが気づかなかったのは意外だな」

山内が目を向けたのはカグヤだった。

「病院名も、中の風景も、あなたのお姉さんが主演しているドラマのとおりなのに」

ふっとカグヤの目が広がった。

いま寺田桃李子は医療もののドラマをやっていて、役どころは外科医だ。なるほど、だから病院名に憶えがあったのか。おそらくドラマのCMを見たとき、目にしていたのだろう。建物を眺めていたときにおぼえた奇妙な既視感も、夢で見たのでも何でもなく、どうやらテレビ画面に映っていただけらしい。カグヤが二階の病室で見つけた、あの姉の少女時代の写真は、たぶんドラマの小道具だったのだ。どんなシーンで使われるのかは知らないけれど。

「わたし、お姉ちゃんの出演している作品は観ないんです」

そう言ったとき、カグヤが一瞬だけ、道に迷った子供のような表情を浮かべた。しかしすぐにそれは、いつもの冷静な表情に取って代わられた。

「菅沼先生は……もしかして最初から気づいてました？」

夏都は小声で訊いてみた。みんなで植え込みに隠れて駐車場の様子を窺っていたとき、平然と踏み込んでいって車の中を覗いたり、そのそばにあったドアをいきなり開けたり、男たちに追われているときも変に落ち着いていたり、あれは単に性格のせいだと思っていたのだが――。

「気づいてはいたのですが、言おうかどうしようか迷っていたら、その暇がなくなってしまいました」

「何でわかったんです？」

菅沼はえっと眼鏡の奥の両目を盛大に見ひらいた。

「だって無人の病院なんてあるわけないじゃないですか」

そうなのだ。……いや、だからこそ不気味だったのだが、最初からもっと単純に考えていれば、スタジオ経営という山内の仕事から、ここがスタジオであることくらい、すぐに気づいていただろう。

「あの二人も、じつは役者さんだったりするんでしょうね」

菅沼はドアのほうを指さしながら、くっくっくっとまるで共犯者のように笑う。

「でも山内さん、あれは失敗だったかもしれません。彼らは少々人相が悪すぎます。逆説的ですが、あまりにわざとらしい。もう少し本物っぽい役者さんを雇うべきだったと言えるでしょうな」

「いえ、彼らは本物です。芸能界とヤクザ業界は何かと関係が濃いものでね、こういったかたちで助けてもらうことはよくあります」

そうですかと頷いて菅沼は目を泳がせた。

「……騙《だま》してたんですね。あんな、砂糖細工で」

杏子が頬を硬くして山内に向き直る。この場所がスタジオであることを、彼女が知っていたのかどうかはわからない。水酸化ナトリウムを本物だと信じ切っていたことを考えると、この建物についても本物の病院だと思い込まされていたのかもしれない。山内は何か言葉を返そうとしたが、部屋にいる面々を一瞥して唇を閉じた。

その山内の前に、カグヤが進み出る。

「では、ひとまず安全とわかったところで、確認させていただきます。わたしたちはそもそも、十年前にわたしのお姉ちゃんと杏子さんとのあいだでやりとりされたメールを消去したかっただけです。それが、いつのまにかこんなことになり、いまこんな場所にいます」

まったくだ。

「確認したいのは、ただ一つ。十年前のメールは、そちらにいらっしゃる棟畠さんのスマートフォンに写真として保存され、そのスマートフォンが現在行方不明になっています。山内さんか杏子さん、お二人のうちのどちらかがお持ちだと、わたしは考えているのですが、さて、どちらでしょう？」

「僕じゃない」

「わたしも持っていません」

それぞれ即答した。

驚いたことに、どちらも嘘をついている様子ではなかった。もっとも、人の嘘を見破る自信など夏都《はな》には最初からないのだが。

「もとのメールなら彼女が持っているがね」

山内が顎で杏子を示した。

「持ってません」

うつむいたまま杏子はかぶりを振り、それを見て山内が鼻で嗤《わら》う。

「……何を言っているんだ」

「持ってないんです」

「持ってるだろうが」

「持ってません」

山内は舌打ちし、しびれを切らしたように身体ごと杏子に向き直った。

「持っていると言ったじゃないか。きみは持ってるんだろう？　だからこんな――」

言葉を切り、素早く唇を閉じる。

しかしすぐに山内は、すべてが面倒になったというように、神経質そうに頭を掻きながら誰にともなく喋りはじめた。

「メールは彼女が持ってますよ。消してほしいのは僕も同じです。彼女はね、その十年前のメールを消すことを条件に、僕に金を要求してきたんです。要求されたのが大した額でもなかったし、過去のあれの、まあ謝罪の意味もこめて、払いはしますがね。ただ今後何度も同じような要求をされたらこっちも困りますし……」

言葉を探す山内に、助け船でも出すように菅沼が言った。

「だからヤクザの手を借りて彼女をここへ連れてきた上で、小道具である偽物の水酸化ナトリウムを使い、この溶液を肌にかけたら二度と治らないほどの大火傷を負うなどと言って脅かした？」

山内は答えなかったが、その沈黙は雄弁だった。

なるほど、あのとき菅沼が言っていたのは、そういう意味だったのか。

——もしかして、脅し返された？

きっと山内は、女一人なんて、少し怖い思いをさせておけば黙らせることができるとでも考えていたのだろう。いや、実際にそうである場合が多いのかもしれないが——だからこそ夏都は山内のやりかたに怒りをおぼえた。

ただその怒りは、ある疑念によって少しだけ薄められていた。

自分たちは杏子に嘘をつかれていたのではないか。

「杏子さん……寺田桃李子さんから十年前のメールを消してほしいって頼まれたとき、消したってあなた言ったわよね？」

あれは真っ赤な嘘だったのだろうか。

「消しました」

え、消したのか。

「消した？」

山内が首を突き出す。

「どういうことだ？」

「メールを持っているって山内さんに言ったのは、嘘だったんです……」

「嘘ぉ？」

山内は咽喉の奥が見えるほど大きく口をあけた。

「え、きみ、持ってないのか？」

「持ってません」

「じゃあ何だ、え、何だおい、持ってもいないメールをネタにして、きみは僕に金を要求していたのか？」

そうですと呟きながら、杏子はまた項垂れた。みんなが見つめる中、そのまま彼女は身体を縮め、いまにも床の下に沈んでいってしまいそうに見えたが、急にがばりと上体を起こして大声を上げた。

「はじめはそんなことするつもりなんてなかったんです！　そんなずるい、悪いことしてお金を手に入れようなんてぜんぜん考えてなかったんです！」

彼女は涙に濡れた目を、何故か夏都に向けてつづける。

「でもあのとき、みなさんがわたしの店に来て、マクドナルドでお話ししたとき、カグヤさんが言った言葉がすごく耳に残ったんです。残っちゃったんです」

「カグヤさんの言葉……？」

どの言葉だ。

「ああいったメールが高いお金で売れるって、カグヤさん言いました！」

そういえばあのときカグヤは話していた。

——あなたが考えていることはわかります。あの手のメールは週刊誌などが高値で買い取ってくれるそうですね。

——もちろん関係者が旬な人物であるかどうかで買い取り価格も上下するようですが、場合によっては三十万円から四十万円の高値がつくと聞きます。そしていまのお姉ちゃんは、これ以上なく旬です。なにしろ結婚を間近に控えた有名女優ですから。

「生活も厳しかったので、ついわたし悪いこと考えちゃったんです。恐ろしいことをしてしまったんです！」

なるほど、そういうことだったのか。

夏都は心の半分で納得しながら、残りの半分で、あのときカグヤが杏子に言い放った「つい
が多いですね」という言葉を思い出していた。「つい」の持つ意味は、人によってずいぶん違うらしい。自分も杏子と同じ仕事をしているし、たぶん稼ぎも生活も似たようなものなのだろうが、今後の人生において、つい誰かを脅迫する、などということが起きるとは、ちょっと考えづらい。

「それでわたし……山内さんに連絡しました。ほんとはもう、メールは消してあったんですけど、そんなの言わなきゃわからないと思って」

「いったい何なんだ」

棟畠の苛立った声が割り込んだ。濡れたセーターの首もとに指をかけて引っ張りながら、杏子の告白などどうでもいいとでも言いたげだ。いや、実際どうでもいいのだろう。

「私の電話はけっきょくどこにあるんだ」

「わたし知りません」

杏子が答え、

「同じく知りませんな」

山内も答えた。

「じゃあ、山内さん、あんたは私の電話をすり替えたりはしていないんだな？」

「まったく憶えのないことです」

板についた仕草で軽く肩をすくめてから、山内は急に両目を見ひらいて棟畠に向き直った。

「すり、替えられた？」

「ああ、クラブの中でな」

「やっ」

——ぱり、と言おうとしたようだが山内は言葉を吞んだ。そのことから、彼がダミーの存在を知っていることが察せられた。ということは、やはり棟畠を襲わせたのは山内だったのだろう。彼はそこでダミーを摑まされたのだ。

「いったい誰にすり替えられたんです？」

山内が焦るのも無理はない。なにしろ世に出てはまずいことになるメールの写真が、スマートフォンごと何者かに奪われていたことを、彼はたったいま知ったのだから。ダミーを摑まされた時点では、それがダミーであった理由はわからなかったのだろう。棟畠が用心のために偽物を所持していたとでも考えていたのかもしれない。

「だから、それがわからんから訊いたんだ。じゃあ、すり替えてはいないとしても、路上で襲わせたほうはどうなんだ？　あれはあんたが、さっきの二人にやらせたんじゃないのか？」

「何のことだかわかりませんな」

いかにも適当に誤魔化しつつ、自らの心配事に心を奪われているらしい山内を、棟畠はぎろりと見据えた。両目に細かい血管が浮いているのが離れた場所からでもわかった。セーターの首を引きちぎらんばかりに伸ばし、棟畠は相手を睨んだまま、咽喉の奥で動物じみた唸《うな》り声を洩らした。

いまのやりとりで、また新しいことがわかった。自分を襲わせたのはお前なのかと訊いたということは、やはり棟畠は山内に、十年前のメールをネタに取引を持ちかけていたようだ。そうでなければ、山内が棟畠からスマートフォンを奪おうとする理由自体がない。

「まあいい……襲わせたことについてはこれ以上何も言わんでおこう。あんたが摑んだのは偽物だったわけだし、私の怪我も、大したあれでもなかったしな。ただ、くそ……

いったい誰が私の電話を偽物にすり替えたんだ。あんたでも室井さんでもないとすると、誰だ」

棟畠も夏都たちと同様、スマートフォンは山内か杏子のどちらかが持っていると考えていたようだ。山内に対してはメールの写真をもとに取引を持ちかけていたし、杏子からはメールの写真を消去してほしいと懇願されていた。どちらかが偽物にすり替え、もう一方がその偽物を路上で奪ったに違いないと思っていたのだろう。

そうか。だから今日、杏子が二人組の男に拉致されたと知った途端、棟畠はあんなに興奮し、ここまで追いかけてきたのか。杏子を連れ去った二人が、自分を襲った二人と同じだと考え——要するに、スマートフォンをすり替えたのが杏子のほうで、偽物を奪ったのが山内、そしてその山内が、杏子から本物を奪うべく、彼女を連れ去ったと考えたのだろう。

——いいか、警察なんかには連絡するなよ、するんじゃないよ。絶対だぞ。

ここへ向かっている途中、電話で棟畠はそんなことを言っていた。

——どうしてです？

——いい、どうしてもだ。

警察が介入して事情聴取を受けたりしたら、自分が脅迫まがいの取引を持ちかけたことを、山内が話してしまうかもしれない。そうなれば棟畠は罪に問われるし、もう山内と取引することもできなくなる。ふたたび巡ってきた一発逆転のチャンスを目の前にした棟畠にとっては、警察の介入は、絶対に避けたいところだったのだろう。それにしても、どうしてこの人は自分の損得しか考えないのか。

しかし、わからない。棟畠のスマートフォンを持っているのは誰なのだ。いったい誰が、何のために偽物とすり替えたのだ。

沈黙の中、唐突に声が上がった。

「あたしがやったんです」

一瞬後、全員がその顔に注目した。

「あたしが……偽物とすり替えたんです」

（六）

棟畠の妻は手術台の前で、膝を折って座り込んでいた。自分が全員の視線を浴びていることを承知していて、顔を見られるのを恐れるように、彼女はうつむいていたが、急にがばりと身を起こし、その勢いを利用するように声を上げた。

「あなたの電話はあたしが隠したの！」

部屋が真空状態にでもなったように静まった。

「……お前が？」

棟畠が訊く。

それは、たとえば彼女が町の腕相撲大会で一位になったと言ったかのような、疑問の占める割合が大半の訊き方だった。

「あたしが持ってるの」

言葉とともに空気が抜け、彼女は小さくしぼんでいくように見えた。棟畠は唇をすぼめ、正体不明の物体を眺めるように妻の顔を見つめていたが、ようやく声を取り戻して訊いた。

「……何で？」

妻はふたたび顔を伏せ、今度はそのまま上げようとしなかった。曖昧な色彩のセーターの肩がふるふると震え、慎ましい嗚咽《おえつ》が聞こえはじめ、彼女は両手で叩くようにして顔を隠し、意味不明の母音の連なりを発した。

「あわあわあういおをを……！」

「まったく聞き取れんぞ！」

「あなたが悪いことをひいいいぃ！」

長々としゃくり上げてからつづける。

「悪いことをするのが、嫌だったの。違うの、その悪いことが成功してしまうのが嫌だったの。そうじゃなくて、怖かったの、いいえ違うの、困るの！」

棟畠は少しも意味がわかっていない様子で、ほかの面々に関してはなおさらだった。

「何が困るんだ。何だってお前、私の電話を――」

「あの土地よ！」

「どの土地だ！」

「あなたが悪いことして売ろうとしてた土地よ！」

金切り声を上げたあと、棟畠の妻はあえぐように息を吸い、それを一気に吐き出しながらまた叫んだ。

「あの場所はうちのものじゃないのよお！」

叫び終えてから、彼女はようやく自分が置かれている状況を思い出したらしく、はっと顔を凍りつかせた。

「……どういうことだ」

唇をほとんど動かさずに棟畠が問いかける。

あたしが、あたしが、と妻は二度繰り返してから答えた。

「あたしが……馬鹿だったの……あたしが失敗したの……あたしが騙されて手放してしまったの」

「手放した、ぁ？」

何か巨大な荷物でも抱え上げるように、棟畠は身体の前で両手を広げた。

妻はただ顎を引いた。そのまま黙り込んでしまう妻の顔を、棟畠は長いこと見つめていた。口を半びらきにし、ときおり瞬きをしながら、まるで宇宙人でも眺めているように。

やがて棟畠は、それまでとうってかわって重々しい声で訊いた。

「本当なんだな？」

妻は、関節が蝶番《ちょうつがい》でできているように、首だけをがくんと動かして頷いた。

「……棟畠さん、説明してもらってもよろしいでしょうか？」

長期戦に備えるつもりらしく、山内が丸椅子に腰掛ける。

「いや、あのね山内さん、それがですな……」

しばらく、棟畠は迷っていた。迷っているあいだにもう一度妻に、本当なのかと訊き直した。妻は先ほどよりも力ない仕草で頷きながら、膝の上に置いたハンドバッグを、マッサージでもするように揉みしだいていた。

「山内さん……どうも私、その」

ようやく、棟畠は山内に向き直った。

「私は、まったく意味もなく、あんたに迷惑をかけていたらしい」

山内は、声が小さすぎて聞こえないというように、細い眉を互い違いにして片耳を突き出した。

「そのまあ、順番に話すと、ちょっとした事情がありまして……じつは一年と少し前から、うちの会社の経営は、すべて妻がやっているんですな」

「ほう、そうだったんですか」

そうだったのか。

「私は引退させてもらって、毎日まあ何ですか、電話番みたいなことをやったりやらなかったりしながら……遊ばせてもらってるわけでして」

でもあなたそれは、と妻が言いかけたのを棟畠は制した。

「私はその、あんたに対して自分がやっていたことを、妻に話したんですな……まあ、経営がどん底まで落ち込んでしまっているうちの会社を、一気に建て直すことができるかもしれないってんで、つい口がやわらかくなってしまいまして」

「僕に対してやっていたこと、というのは？」

山内の顔にはうっすらと笑みが浮かんでいた。詳細はまだ不明ながらも、全体的な形勢を見て取ったのだろう。その顔を眩《まぶ》しがるように、棟畠は視線を下げた。

「要するにまあ……あの話です。私が持ってるメールの写真があれで、うちの土地をその、あんたのとこにあれしてもらえないかというあの……」

ああ、ああ、と山内は鷹揚《おうよう》に頷き、ネクタイをするりと撫でた。

「あの脅迫行為のことですか」

「ちが」

と棟畠は言いかけたが、いったん口を閉じてから言い直した。

「まあ……そうですわな」

ついさっき、自分が十年前にやった二人の女性への搾取行為については「過去のあれ」とさり気なく言葉を濁したくせに、自分が何かされたときにはこういう態度をとるのを目《ま》のあたりにし、山内というのがどんな男なのか、夏都はすっかりわかったような気がした。

「意味もなく僕に迷惑をかけていた、というのは？」

「いや、そのどうもその、あんたにね、あなたに買ってほしいと頼んでいたあの例のビルが建ってる土地がですな、なんですか、もううちの会社の……？」

もう一度念を押すように、棟畠は語尾を妻に向ける。妻はよく見ないとわからないくらいの動きで頷いた。

「うちの会社のものではないようです」

「なるほど」

「なんですか、妻が、失敗して……？」

また棟畠は妻のほうに顔を向け、妻は今度は頷くかわりに声を絞り出した。

「持ってるだけで、税金ばっかりとられて、どんどん損して、借金が増えてどうしようもなくなって、でもいまあの土地を処分してしまえばそのお金をほかの借金に充てられるから何の心配もいらなくなるって、営業の人に言われたの……そう言われたの……」

そう言われたの、と妻はもう一度繰り返し、電池が切れたように声を途切れさせた。唇を曲げ、眉を垂らしてうつむくその様子が、まるで悪戯を見つかってしまった子供のようだったので、そのあとの会話に出てきた数字が夏都には冗談か何かにしか聞こえなかった。

「でも処分ってお前、いったいいくらで——」

「五千万って言われたから六千万まで吊り上げたわ」

妻は涙で濡れた目をほんの少し誇らしげに上げたが、棟畠は戯画化された「驚いた人」のようにがばりと口をあけて両手を挙げた。

「二億五千万でも売れる物件だぞ！」

　妻はびくんと肩を震わせる。

「それをお前、いくら余計な上物があるとはいえお前、そんな馬鹿げた金額でお前」

「わかってるわよ！」

　彼女は両手で自分の頬を摑んだ。

「でもそのときはわかってなかったのよ！　六千万で権利を渡して会社の借金をぜんぶ綺麗にして、そのあとになってあなたが山内さんの――」

　彼女はいったん山内のほうを気にしたが、勢いのついた言葉は止まらなかった。

「山内さんの会社の話をしてきて、上手く取引できれば三億はいけるなんて言ったとき、初めて知ったのよ、計画が失敗して工事の途中ではっぽってあるビルが建ってるのに、あの場所がそんなに高く売れるなんて、そんなのあたし考えてもみなかったのよ！」

　どうやら、先ほど棟畠が口にした「二億五千万」を、いま妻が口にした「三億」にまで吊り上げる可能性のあるものが、十年前のメールの写真だったらしい。

「どうして私に相談しなかった」

書かれた台詞を棒読みしたような、棟畠の声だった。

だって、だって、と妻は繰り返し、そのたび肩を強ばらせてしゃくり上げた。

「あなたが心配してるの知ってたから……あたしに心配の種を残したくないって思ってるのわかってたから……それにあたし、あなたが頑張ってやってきた会社をつぶしたくなかったの……だってあなたとの思い出の会社ですもの……でも借金がたくさんあるままだと、あたし自信がなかったの……怖かったのよぉ……」

この女性が億単位の金を自分の判断ひとつで動かせる立場にいることは大きな驚きだったが、いっぽうで夏都は、漠然と気づきはじめていた。

どうして棟畠の妻が営業マンの口車に簡単に乗ってしまったのか。どうして棟畠が、脅迫めいた取引をするほど会社の建て直しを急いでいたのか。そして、どうしてそもそも棟畠は会社の経営をすべて妻にまかせることにしたのか。

あの、と菅沼が遠慮がちに口をひらいた。

「すると、こういうことですかな」

二人の様子を見比べながら、自分自身で確認していくように訊ねる。

「奥様は、ご主人が山内さんに持ちかけていた取引のことを知り、もしそれが成功してしまうと、自分の失態がばれてしまうと思って、取引のネタが入っているスマートフォンを隠したと」

棟畠が妻の顔を見て、「どうなんだ？」と訊く。

妻は床を見つめたまま、丸い顎をぐっと引いて頷いた。

「ほかにどうしていいか……あたしわからなくて……」

「でも、何故すり替えたりしたんです？　ただどこかへ隠すだけでもよかったのに」

夏都が疑問に思ったことを、菅沼が訊いてくれた。ただどこかへ隠してくれていれば、六本木のクラブで夏都やカグヤが疑われることもなかっただろうし、そもそも棟畠は家でスマートフォンを探すのに必死で、クラブへ酒を飲みになど行かなかったかもしれない。

「それはあの……主人がいつも電話を手放さないので」

「病院からいつ連絡が来るかわからんからな」

棟畠がぼそりと呟く。

それを聞いて夏都は、先ほど漠然と気づいた事実に対する確信を強めた。

「チャンスがなかったんです。この人、病院から連絡があるかもしれないって言って、寝るときだって、いつでも出られるように胸の上に電話を置いて寝るんです。お風呂にもビニール袋に入れて持って入るんです。でもあたし、お買い物に行って、ふっと携帯電話屋さんを見たとき、思いついたんです。ああいったお店には携帯電話の偽物がたくさん置いてありますでしょう？　あれがあったらいいんじゃないかって。うちの人がたとえばご飯か何か食べてるときに、さっとテーブルの上の電話を偽物に取り替えて、トイレにでも行くふりをして、それで電話の中の写真を見て、山内さんとの取引に使おうと思ってる写真を探して、消して――」

彼女はいちいちジェスチャーつきでその作戦を説明した。

「それであたし、お店の人に訊いたんです、こういうの売ってくれないんですかって。そしたらお店では売れないけど、インターネットで簡単に買えますよって言うんです。インターネットならあたし仕事で使ってるから、すぐ注文して、届いた日の夜に、考えていたことを実行しました。この人が晩酌してるときに本物とすり替えて、トイレ行くふりして写真を消そうとしたんです」

彼女は両手の拳を握り、腕を下に伸ばして腿に押しつけた。

「でも駄目だったんです。暗証番号が必要だったんです。それがわからないと携帯電話が使えなかったんです……」

先ほどから彼女の話を聞いているかぎり、たとえ暗証番号を知っていたところで、きちんと操作して写真を消せていたかどうかは怪しいところだが。

「それで、ああどうしようどうしようって思ってたら、この人が急に家を出ていっちゃって――」

「木曜だということを忘れていたんだ」

棟畠が憮然と声を挟んだ。

「木曜は、クラブへ行く日だからな」

「電話機ごと水に浸けるなどしてしまってもよかったのでは？」

菅沼が訊くと、棟畠の妻は、こちらが驚くほど、ものすごく驚いた顔をした。

「そんなことできないわ。だって大切な写真がたくさん入っているんだもの。この人あたしと旅行へ出かけたとき、いつも携帯電話でたくさん写真を撮って、あとでゆっくり見るんだなんて言って何枚も——」

やめなさいと棟畠がたしなめ、菅沼はふんふんといかにも適当な感じで頷いた。

「では、奥様」

黙ってやりとりを見つめていたカグヤが、会話の切れ目を待っていたように口をひらいた。

「例のメールの写真は、いまも棟畠さんのスマートフォンの中にあるわけですね？」

「ええ……あります」

「いまお持ちですか？」

「はい、ここに」

棟畠の妻は自分のハンドバッグを撫でる。風呂敷を加工したような布地のバッグで、持ち手は曲がった竹だった。

「いまここで、メールの写真を消してください。その写真があるかぎり、いつお姉ちゃんに災難が降りかかるかわかりません」

妻は、そっと夫の顔を窺った。棟畠は視線を下げ、力ない目でしばらく床を見つめていたが、やがてゆっくりと頷いた。妻がハンドバッグに片手を突っ込み、底のほうからスマートフォンを取り出す。ここまで必死で行方を追ってきた棟畠のスマートフォンは、彼女の手の中で、当たり前だが、ごく普通の姿をしていた。

妻にそれを差し出され、棟畠はひどくのろのろと受け取った。白々とした蛍光灯に照らされて、その手に年相応の老斑《ろうはん》が浮いているのが見えた。

「……電源が入らないな」

「そう、電池が切れちゃったのよ。でも充電の仕方がわからなくて、ずっとそのままにしてあるの」

「そんなお前、病院から電話が来たらどうするんだ」

「もしつながらなかったら、うちの電話にかけ直すわよ」

「ああ……」

電源ボタンを何度か長押ししたが、ディスプレイは真っ暗なままだ。棟畠は確認するように顔を上げて山内とカグヤを見た。

「ご心配はいりません、充電器を持っています」

カグヤが棟畠のスマートフォンを受け取って自分のショルダーポーチを探ったが、はたと手を止め、大きな両目をぱちぱちさせた。

「と思ったら充電器の充電が切れていました。すみません」

彼女は棟畠と妻のほうへ向き直り、しばし迷うように唇を結んだ。

やがて、その唇の両端がふわりと持ち上がった。

棟畠夫妻に頬笑みかける。

「電話は、このまま持ち帰っていただきます。そのかわり、家に戻ってから必ず写真を消去すると約束してください」

「ああ、もちろん約束する」

言葉を強調するように、棟畠はセーターの胸に手をあてた。

「でも、信用できるのかしら？」

思わず言葉が口をついて出た。

「たとえばいったんそのスマートフォンは預かって、こっちでメールの写真を消してから返却するとか、そういうふうにしたほうがいいと思うんだけど」

するとカグヤは、しばらく視線を下げて考え込んだあと、思わぬ真っ直ぐな目でこちらを見た。

「信用したいんです。なんといいますか、この先、自分が人を信じられるかどうかが、いまこのときにかかっている気がするんです。いままでいろいろとご協力いただいたのに申し訳ないのですが、ここはわたしの気持ちを尊重してはいただけませんか？」

そう言われてしまうと、意見を主張しつづけることは難しい。もともとこれはカグヤがはじめたことなのだ。夏都は彼女の気持ちを尊重することに決め、不承不承ではあったが頷いた。

「信用しましょう」

「山内さんも杏子さんも、それでよろしいですか？」

二人はすぐには答えなかったが、やがて山内は苦笑まじりに、杏子は溜息まじりに承諾した。どちらの顔も疲れ切っていた。

「では、お願いします。あなたは信用できる人です」

カグヤは棟畠の顔を真っ直ぐに見ると、ほっとしたように、どこにでもいる少女の顔になって頰笑んだ。

「いっしょにお酒を飲んだ仲ですし」

（七）

高台だからというのもあるのだろうか。東京に比べてずっと綺麗な、目を洗われるような星空だった。冷たい空気のはるか向こうから、チリチリと高い音でも聞こえてきそうだ。

「じゃあ、わたしこれで……」

駐車場でダイアモンドハムレット号のエンジンをかけた杏子が、ウィンドウを下ろして夏都に顔を向けた。

「運転、気をつけてくださいね」

疲弊した、感情をぐっと堪えたその表情を見て、夏都の手は無意識のうちに彼女の肩に触れていた。華奢だが、女性らしいやわらかさのある肩だった。トレーナーごしに伝わる肌のあたたかさも、体温に男女差があるわけではないのに、たしかに女性のもので、同情と共感が胸にこみ上げた。自分の肩もこんな感触なのだろうか。いや、杏子のものよりも少し硬い、少し冷めた感触かもしれない。なんとなくそんなふうに考えたとき、以前にわからなかったことが、わかった気がした。歳も仕事も同じ杏子だが、自分たちのあいだには何かしら大きな違いがある。マクドナルドの二階席で夏都はそう感じたけれど、その違いが、いまは少し理解できたように思えたのだ。女らしさとは違うのだが、それに似た何かで――。

いや、やはりよくわからない。

「お互い、頑張りましょう」

杏子は頷いて小さく口を動かした。その動きはたぶん「ありがとうございます」だったが、声は伴っていなかった。飲食業に向いていないボブの前髪が、彼女の表情を半分隠した。自分の車と二台で連なって帰ろうかと、夏都は提案してみたが、杏子は黙って首を横に振った。

山内は、夏都たちが荒らしてしまった撮影現場を確認しなければならないらしく、まだ建物の中にいる。一度きちんと「被害状況」を見てから、ドラマの制作会社に対する言い訳を考えるのだそうだ。あのパプリカとハンバーグも、山内といっしょだった。

杏子がウィンドウを上げ、ギアをバックに入れた。病院の駐車場にそぐわない移動デりが、ゆっくりとターンし、微かなギアチェンジの音をさせたあと、ためらいのない動きで遠ざかっていく。赤いテールランプが駐車場を出て、ヘッドライトが行く手の木々を左へ向かって舐め、車は植え込みの葉に見え隠れしながら坂道を下っていく。見送る夏都たちのあいだを、年末の風が吹き抜けて、全員同時に首をすくませた。

棟畠の車は坂の下に駐めてあるのだという。

「あんたの車のエンジンがかけっぱなしだったところを見ると――」

「こんなことになるなんて、思ってもみなかったんです」

「そうだろうな」

全員で控えめに笑い、駐車場の出口に向かって歩いた。空気には湿った木々のにおいがまじり、靴をとおして地面の冷たさが足裏に沁みた。あたりは静まり返り、風で動く落ち葉だけが、ときおりかさこそと内緒話みたいな音を立てる。行く手の地面は菅沼が懐中電灯で照らしていた。山内がスタジオの備品を一つ貸してくれたのだ。いや、返す機会はなさそうだから、くれたのだろう。

みんな言葉少なだった。智弥はスマートフォンを取り出していじりながら、足下の段差を器用にまたいで歩いている。

「棟畠さん、お訊きしてもいいでしょうか」

植え込みのそばまでやってきたとき、地面で揺れる懐中電灯の丸い光を眺めながら、夏都は思い切って訊いてみた。

「どこか、お身体がお悪いんですか？」

棟畠は地面に顔を向けたまま小さく笑う。

「いや、まあね……なにせ年寄りだから」

丸い顎をセーターの首もとに埋め、何か思い出話でもするような言い方だった。言葉をつづけないので、夏都もそれ以上訊かずにおこうと思ったそのとき、棟畠はふと顔を上げて遠くの暗がりを見た。

「悪性のあれで、もう長くないんだそうです」

全員が顔を上げた。本人が足を止めなかったので、みんなも同じペースで歩きつづけながら、棟畠の横顔を見ていた。

「ある日、病院から電話がかかってきて、棟畠さん驚かないでください、じつは新しい治療法が発見されたんです……なんてね」

棟畠は自分の胸のあたりを、のろのろとさする。

「言われるんじゃないかと思いまして」

だから棟畠は電話を肌身離さず、いつもそばに置いていたのだ。

「いっぺんそんなふうに思ってしまうと、いまかかってくるんじゃないか、いまかかってくるんじゃないかって……まあ、なんとも未練がましいもんですわ」

棟畠は笑ったが、誰もそれに笑いを重ねなかったので、逆に気遣うようにして言葉をつづけた。

「病気がわかってから、人生が急に忙しくなりましてね。やってみたかったことを全部やってやろうってんで、まず月曜日はパチンコ。火曜日は病院に行かにゃならんのだけど、水曜日は競馬。木曜日は六本木のクラブでＶＩＰになって……まあ飲んでも一杯くらいで、あとは店の従業員にあげちゃいますけどね。で、金曜日は何か新しいことを考えて、土日はまあ、うちのやつとゆっくりしてます」

そういえば、棟畠が西新宿の駐車場にやってきて、あの駐車スペースが使えなくなったと言ったとき、セーターのわきの下に競馬新聞を挟んでいたが、あれはたしか水曜日だった。

「この歳まで、悪いことのひとつもせずに生きてきちゃいましたからね、なんだかそれが情けなくて」

ひょっとしたら、山内に対して脅迫まがいの取引を持ちかけたのも、そんな気持ちが少しは荷担してのことだったのだろうか。夏都や杏子に、駐車場が使えなくなったと嘘をついたり、あんな提案をしてきたりしたのも——。

いや、それればかりは、本人に訊いてみないとわからない。

「ああそうだ、掛川さん」

「はい」

「なんだか、話がころころ変わって申し訳ないけどね、駐車場、また使ってください。あの——屋台？」

「あ、移動デリ、また同じ曜日に、あそこでやってください」

「そのデリ、また同じ曜日に、あそこでやってください」

棟畠は夏都の口許あたりに視線を向けて頰笑んでいた。どうやら本人ばかり清々《すがすが》しい気分になっているようだが――たとえいま聞いたようなことが、これまでの棟畠の言動の理由だったとしても、それがすべての言い訳になるわけではない。夏都は何かぴしゃりとしたことを言ってやりたい衝動にかられたが、そのとき、やわらかく頰笑む棟畠の口許から、うっすらと白い息が洩れているのが見えた。なんとなく、この人も自分と同じ人間なんだなというような気分になった。棟畠の白い息に免じ、夏都は軽い仕返しで勘弁してやることにした。

「特別なお礼のようなものは、今回は必要ないんですか？」

棟畠の両目が大きく広がり、黒目が一瞬、妻のほうへぶれた。

「交換条件さえなければ、ありがたく使わせていただきますけど」

実際、あの場所でまた営業ができるのはありがたい。いまフルで使っている杏子には申し訳ないが、自分も生きていかねばならない。

「ああ……ええ、使ってください。どうもね」

妙な言葉遣いとともに、無意味にうんうん頷きながら、棟畠は目をそらした。が、そのとき妻が「ねえ」と呼びかけたので、またぐっと目を剝いた。

「……何だ」

のだ。

「電話の暗証番号、何だったの？」

棟畠の顔にあからさまな安堵が浮かんだ。これでよく、あれこれと悪巧みができたも

「知ってどうする」

「なんとなく気になって……」

なんとかかんとかだ、と棟畠はぶっきらぼうに答え、妻は「え？」と耳を突き出した。

棟畠は鼻から太い溜息を洩らし、しかめっ面で繰り返した。

「結婚記念日だ」

棟畠という人間が、夏都はなんだかいっそうわからなくなった。いや、わからないのは棟畠だけではない。なにしろ自分のことさえよくわからず、しょっちゅう勝手に苛立って、智弥に話を聞いてもらっているくらいなのだ。他人がどんな人間なのかなんて、わかるはずもない。きっと棟畠自身にも、自分の人格を説明することなんてできないのだろう。ただ少なくとも、どうやら人はたくさんの側面を持っているらしい。そしてその側面には、自分でも見たことがないものも含まれているようだ。夏都だって、自分がこんな出来事にわざわざ首を突っ込んでいくような人間だなんて、ついこのあいだまで思ってもみなかった。

下り坂のはじまりに差しかかった。

懐中電灯の光に、ぼんやりと柳牛十兵衛号が浮かび上がる。明日は何曜日だったろう。

料理の仕込みをして、塾の前か西新宿の駐車場で、店をひらく気力があるだろうか。もういっそ、このまま正月休みに入ってしまおうか。

いや——駄目だ。

弱々しいことを考えた自分を、夏都は無言で叱り飛ばした。サボっている暇なんてない。働いて、どんどん客を増やして、どんどん稼いで、早くあの柳牛十兵衛号のローンを返し終えなければ。ロゴも取り替えて、自分で考えた新しい名前を掲げなければ。曜日を確認しようと、夏都はジーンズのポケットからスマートフォンを取り出した。

そのとき、智弥が急に立ち止まった。

それがまるで、見えない壁にぶつかったような立ち止まりかただったので、夏都も、ほかのみんなも反射的に足を止めた。

ゆっくりと、智弥は身体を反転させてこちらに顔を向ける。

「……何?」

答えない。

片手を頬にあて、視線を下げ、智弥は何もないところをじっと見つめていた。そうかと思えばさっと顔を上げ、いま出てきたばかりの建物に目を向ける。眼鏡のレンズが懐中電灯を白く反射させている。しかし、その光が邪魔していない部分を通して、いつになく真剣な両目が見えていた。夏都がこれまで見てきた中で、もしかしたらいちばん真剣な目だった。

「何よ」

「いや――」

「忘れ物？」

訊くと、智弥はほんの一瞬、間を置いてから頷いた。

いや、正確には、頷きかけた。

智弥の首が縦に動こうとしたそのとき、視界が瞬時に光で満たされ、轟音が鼓膜を震わせた。まるで自分の目が光り、耳が爆発したかのように思えたが、光と爆発音の中心は、坂の下の柳牛十兵衛号だった。身体が反応せず、瞬きさえできず、顔に鋭い痛みがつづけざまに走った。

第五章

（一）

床に尻をついて、白衣の女は男を見上げている。彼女はたったいま自分の身に起きたことを理解できない様子で、その顔は純粋な疑問に満ちていた。

「……え」

男のほうもまた、彼を見上げる白衣の女と、自分が右手に持った大型の懐中電灯を交互に見て、同じような声を洩らす。

「……え」

女の左目の脇に血の筋が生じ、枝分かれして頰を流れ、顎の先から滴《したた》り落ちていく。彼女の黒目が小刻みに揺れ、男の息づかいが急激に激しくなっていく。暗い部屋に、彼らのほかに人はいない。懐中電灯の光がぶるぶると震える。

いっぽう二階の病室では、ベッドの枕元にあるスタンドライトが灯され、少女の写真を照らしている。その写真を、枯れ枝のような指がつまみ上げる。老人の両目は濡れている。瞬きをすると涙が流れ落ちそうになるが、目尻の皺に染み込み、流れることはない。

さらに手術室では白衣を着た若い医師が、水の入ったビーカーの上でポリ瓶を傾け、思い切った量の水酸化ナトリウムをざらりとそこへ流し込む。

場面は暗い事務室に戻る。先ほど女を殴りつけた男が、我を失った様子でつづけざまに懐中電灯を振り下ろしている。女はもう声も上げられず、頭部に受ける衝撃とともにぐらんぐらんと首を揺らすばかりだ。彼女はまずい書類の存在をかぎつけた看護師で、殴っているのは院長なのだが、何の書類がどうまずいのかは、これまでの回を観ていないのでわからない。

その頃、自分の勤める病院でそんなことが起きているとは知らない寺田桃李子が、自宅マンションのドアを開ける。

「ごめーん、遅くなっちゃった」

ダイニングは明るい。テレビの音がする。

しかし入ってみると、そこには誰もいない。

「……マキ？」

ハンドバッグをテーブルの上に置きながら、娘の名前を呼ぶ。

「マキぃ？」

返事のかわりに聞こえてきたのは弱々しい呻き声だった。彼女は顔を硬くしてテーブルの向こうを覗き込む。小学校高学年の娘が寝間着姿で床に倒れ、汗まみれの身体を丸めて腹部を押さえている。その映像に重なって、主題歌とエンドロールが流れはじめる。

つづいて次回の予告。院長が高級車のトランクに、何が入っているのかわからないが、医療用らしい大きなポリ袋を詰め込んでどこかへ走り去る。たぶん死体だろう。病室では少女の写真を見て泣いていた老人が、水酸化ナトリウムを水に溶かしていた医師と向かい合い、「あんたが……？」と驚愕している。寺田桃李子は病院の待合室で顔を覆ってすすり泣き、手術室の中で看護師が「頑張って！　頑張って！」と声を上げている。鏡の前では中年男性が首をひねり、しきりに薄毛を気にしている――これはCMだ。夏都はリモコンの停止ボタンを押した。画面は放送中の番組に切り替わり、グルメレポーターが大写しで肉を食べはじめた。

年が改まって一週間ほどが経つ。

しかし、新しい車が届くまでは、何もできなかった。こうしてリビングに座り、録画した寺田桃李子のドラマを見るくらいしかやることがない。そしてときおり、智弥に聞こえないよう溜息をついたり、たまに菅沼からもらったオルゴールのネジを巻いてみたりするのだった。あの出来事があってから、せいぜい爪を一回切るか切らないかの時間しか経っていないというのに、とてつもなく長く感じられる。

柳牛十兵衛号を爆発させたのはプロパンガスだった。駆けつけた消防署員や、簡単な現場検証を行った警察官もそう言っていたし、言われる前からそうだろうとは思っていた。

あの日、ダイアモンドハムレット号を追いかけて、あれだけの人数で長い時間走っているあいだ、おそらく誰かがどこかのタイミングで、コンロのつまみに身体をぶつけるかどうかして、ガスが漏れていたのだろう。それに気づかず、夏都たちは車を出て、あの病院スタジオへ入っていったのだ。

何が引火したのかはわからない。

――プロパンガスは、ちょうどいい割合で空気と混じり合った状態だと、けっこう簡単に爆発するんですよ。

消防署員の一人は、シートの焼け焦げた柳牛十兵衛号を眺めながら、こんなことも知らないのかという顔で説明した。

――ちょっとした静電気やなんかでも、一発で引火するんです。

あのとき柳牛十兵衛号はエンジンをかけっぱなしの状態で、しかも調理スペースには保温庫やヒートランプといった電気機器がいくつも積んであった。おそらくその中のどれかが発火原因だったのだろう。もし自分たちがもう少し早く車に戻っていたらと思うと、夏都は身体が震える。いや、実際には、早く戻ってドアを開ければガスが外に逃げるから、爆発は起こらなかったのかもしれないが、自分たちが爆風に吹き飛ばされて車の外に弾き出されるというイメージが、明け方の夢のように鮮明に、脳裡に浮かんでしまう。

幸いにも、誰も怪我はしなかった。夏都をはじめ何人かは、爆風で割れたフロントガラスの欠片を肌に受けたが、傷が残るほどではなかった。被害に遭ったのは、柳牛十兵衛号と、それぞれが車内に残していた荷物、そして夏都のスマートフォンだけだ。

夏都のスマートフォンに関しては、爆発に巻き込まれたわけではない。あのとき夏都は曜日を確認しようと、ちょうどスマートフォンをポケットから取り出したところだった。それを爆発の驚きで地面に落としてしまい、そこへオブラージの足が勢いよく乗ったのだ。踏んだのがオブラージだというのも、「勢いよく」というのも、本人が自ら申告してくれた。夏都自身は、そのとき目の前で黒煙を上げる柳牛十兵衛号以外、何も目に入っていなかった。

事故はニュースになった。

夏都たちの名前は出なかったが、カグヤの名前は報道された。ただ、出来事の詳細はもちろん消防隊員にも警察にも説明しなかったので、報道の内容は「カグヤが知人らとともに出かけたところ、その知人の一人が所有する移動デリの中で、積んでいたプロパンガスが漏れて爆発したが、怪我はなかった」という程度だった。いくつかのニュース番組で、プロパンガスの危険性を実験で確かめたり、街角で移動デリを経営している人にインタビューをしていたと智弥が教えてくれたが、夏都は見ていない。

事故について、カグヤはひどく責任を感じてくれていた。

当たり前だが柳牛十兵衛号は廃車となり、仕事をつづけるためには新たな移動デリを購入しなければならなかったのだが、その資金を、全額負担してくれるというのだ。カグヤがそうまでしてくれようと考えたのは、おそらく、智弥のせいだった。

いや、せいだった、と言うべきか、おかげだった、と言うべきか。

——あの車は夏都さんのすべてだったんだよ。

消防車が到着するまでのあいだ、智弥は煙を上げる柳牛十兵衛号を見つめながら呟いた。

あのとき智弥は明らかに、カグヤが責任を感じるよう意図して言葉をかけていた。カグヤはしばらく相手の気持ちを読もうとするように、智弥の横顔を見つめていたが、やがて静かに頷いた。

——わたしが巻き込んでしまったせいですね。

それから彼女は夏都に向き直った。

——費用は、すべてわたしが負担させていただきます。

もちろん夏都は断った。しかしカグヤは聞かず、全額弁償するから新しい車の見積書を必ず送ってくれと言った。智弥と同い年とはいえ売れっ子芸能人なので、お金は実際に持っているのだろう——そんな考えに負けて、最後には首を縦に振ってしまった。

情けなくて、恥ずかしい。

正月が明けてすぐ、夏都は中古車ディーラーと、以前に柳牛十兵衛号の製作を依頼した改造車の専門店へ行き、新しい移動デリの見積もりをとった。その見積書を、智弥に頼み、メールでカグヤに送ってもらったのが二日前のことだ。ノートパソコンは柳牛十兵衛号とともに使いものにならなくなってしまったので、智弥は見積書をスマートフォンで写真に撮ってカグヤに送っていた。短い返信の中で、口座を教えてくれとカグヤは書いていた。それに返信をすると、今朝、車の見積金額がぴったり振り込まれていた。

たしかに自分は人違いで連れ去られ、今回のことに巻き込まれたかもしれない。しかし、カグヤたちの話を聞き、義憤のような同情のような、よくわからない気持ちが湧き、それに圧されて、自らあの作戦に参加したのだ。智弥だって、それはわかっていたはずだ。いや、わかっていたのだ。それでもカグヤにあんな言い方をして、わざと責任を感じさせたのは、夏都の生活を心配していたのかもしれない。

そのあたりの話を、まだ智弥とできていない。

それもまた、情けなくて、恥ずかしい。

何をしていても、何もしていなくても、まるで洗濯機の重心がブレてガタガタと鳴っているような、不安定な気分だった。

画面がCMに切り替わった。夏都はコーヒーでも淹れようと膝を立て、しかし、どきっとしてテレビ画面を見直した。

カラフルでお洒落、カラーバリエーション豊富なワイヤレスイヤホンのCMに出ているのはカグヤだった。町を歩いたり、電車に乗ったり、カフェでマグカップを口許に持っていくカグヤの耳で、イヤホンが目まぐるしく色を変えていく。もちろん本当に変わっているのではなく、加工された映像だ。

こうしてテレビをとおして見てみると、この少女といっしょに柳牛十兵衛号に乗ってあちこち移動したり、マクドナルドで杏子を問い詰めたり、真っ暗な病院スタジオを駆け回ったりしたのが、誰かほかの人の体験談のように思えてくる。画面の中ではカグヤが、町で友達を見つけ、イヤホンを外しながら駆け寄っていく。その光景が、なんだか自分のそばから彼女が駆け去っていくように感じられた。声をかけても、振り返った彼女はきょとんとして夏都の顔を眺め、誰だったか思い出そうと首をひねるのではないか。新車を買う費用まで負担してもらいながら、そんなふうに思ってしまうのだった。

チェーンのディスカウントショップ、ハウスメーカーのCMとつづき、画面はふたたびグルメ番組に戻った。スタイリッシュな焼き肉店の店内を、カメラがゆっくりと舐めていく。客席の奥に小部屋があり、異様な数のワインボトルが寝かされているが、こんな店をつくるのに、いったい移動デリ何台分の費用がかかるのだろう。

納車される車のロゴは、やはり「柳牛十兵衛」だった。わざとそうしたのだ。この機会に、以前から嫌だったあのロゴを別のものに替えることもできたのだが、それをやってしまうと、新しいロゴを見るたび、自分がカグヤに買ってもらった車を使っていることを意識してしまいそうだった。でも、そんなものはけっきょくのところ、誤魔化しでしかないのだ。自分の金で車を新調できなかったという事実は変わらない。

かといって、もしあそこでカグヤの申し出を何が何でも断っていたら、どうなっていたか。——どうにもならなかった。なにしろ新しい車のローンを払いながら、いまは亡き柳牛十兵衛号のローンも払っていくことになるからだ。車両保険にさえ入っていれば、ある程度の金額を補塡してもらえたのだが、生活がぎりぎりで契約する余裕がなかった。そんな余裕もなかったのに二台分のローンを同時に払っていくことなどできるはずもない。つまり新しい車は買えず、移動デリの商売は諦めるしかない。

「完っ全に人生行き詰まってただろうなあ……」

リビングのソファーに寄りかかり、天井に向かって呟くと、夏都のかわりにエアコンが溜息のような空気を吐いた。胸の中の洗濯機はガタガタと鳴りつづけている。なんだか急に、世の中に自分のものなんて何ひとつなくて、すべてが他人に属しているというような思いに打たれた。ほんの僅かに自分のものが残っていたとしても、こうしているあいだにも、砂かネックレスの鎖のように、指のあいだからするすると落ちていく気がした。

智弥が部屋から出てくる音が聞こえた。

壁の時計を見ると、午前十一時過ぎ。ちょっと前までは、柳牛十兵衛号の前に看板やゴミ箱を出し、車体にホワイトボードのメニューを掲げていた時間だ。

「智弥、お腹すかない？」

智弥は自分の腹に手をあてて思案した。髪は朝からの寝癖がまだついていて、頭の後ろが持ち上がっている。

「すいたね」

中学校の冬休みは今日で終わり、明日、一月八日から新学期がはじまる。

「お昼、何がいい？」

「べつに何でも」

「洋食にしようか。お姉ちゃんがいるあいだは、和食ばっかりつくるつもりだし」

明日、冬花がパプアニューギニアから帰ってくる。

柳牛十兵衛号が爆発した翌朝、夏都は姉に電話をかけた。智弥を危ない目に遭わせてしまったことを、報告するためだった。カグヤや寺田桃李子の個人名を伏せながら、一連の出来事を説明すると、姉はこちらが覚悟していた何倍も――いや、もしかしたら何十倍も驚き、息子が怪我ひとつなく無事だと聞くと、しばらく言葉を失うほど安堵した。そのあと、夏都に対して怒りを爆発させた。最後には、自分が無理に息子を預けておいたのだからこんなことを言う資格はなかったと、声を荒らげたことを謝ってくれたが、あのときの冬花は本当に怖かった。智弥を怪しげな出来事に巻き込んだこと。ガス漏れの危険のある車に乗せていたこと。その他いろいろ。返す言葉がなかった。姉の大きな声なんて、初めて聞いた。準備ができ次第、すぐに日本へ行くと姉は言った。電話を切ってから、夏都は智弥にばれないように、寝室で長いこと泣いた。

年末年始の飛行機は予約がとれず、また仕事の都合もあったので、帰国は明日となり、そのまま一週間ほど滞在することになっている。

「たまにはご飯食べに出かけよっか……」

壁の時計をもう一度見ながら呟いた。

そうだ、あそこに行ってみよう。今日は月曜日だけど、彼女はわりとちゃっかりしているから、きっと店を出しているだろう。

（二）

「やってるね」

ダイアモンドハムレット号を先に見つけたのは智弥だった。歩道から手を振ると、杏子はカウンターの向こうで小さく会釈を返した。

少し離れて、客の列が途切れるのを待った。いつも七味唐辛子をたっぷりかけていく中年男性も、ホワイトボードに×を描いてくれる女性もいる。早くも懐かしさを感じられるそんな光景の中を、どこからか運ばれてきた枯葉が、ビル風に吹かれて動いていく。

「夏都さん、お久しぶりです」

二十分ほど経ってから近づいていくと、杏子は中途半端に頬笑んだ。夏都に向ける表情を決めかねているようだった。

「あの、棟畠さんからお聞きしました。何ですか……爆発？」

そう爆発、と夏都はわざと明るい声を返した。

「まあ映画みたいな派手なやつじゃなかったけどね」

もっともそのときの主観では、どんな映画のシーンよりも派手だったが。

「杏子さんもガスの管理には気をつけたほうがいいわよ」

「それって、事故だったんですよね？」

思わず返事が遅れた。

「うん、事故……どうして？」

いえ、と杏子は慌ててエプロンの前で手を振る。

「何だかあまりにいろんなことがあったもんですから、つい」

その気持ちはわかる。夏都も消防車の到着を待ちながら、煙を上げる柳牛十兵衛号を見つめていたとき、いったい誰がどうやって何のために——などという漠然とした疑念が脳裡をめぐっていたものだ。車の中にプロパンガスが積んであることさえ忘れていた。

「いろいろあったわよね、ほんと」

あの数日間の出来事を反芻《はんすう》しそうになった自分を、夏都はすんでのところで押し留めた。これまで何度も最初から思い出し、反省し、そのたび恥ずかしさと情けなさでいっぱいになっていたので、もうそれを繰り返したくはない。

「夏都さん、何食べる？」

智弥がせっつく。

「どうしようかな。全部うどんだと、かえって迷うわね……」

智弥と二人で、車体に貼られたメニュー表に顔を近づけた。視界の端で、杏子が何か言いたげにこちらを見ている。手を口許に持っていったり、唇をひらいたり閉じたり、気づいてくれと言わんばかりだったので、夏都は顔を向けて軽く眉を上げてみせた。彼女は弱々しい表情で笑いかけた。

「僕、ケッパー入りトマトソースうどん」

「……何？」

「ケッパー入りトマト――」

「あ、じゃなくて」

智弥が顔を上げ、夏都と杏子を見比べた。なお数秒ためらった後、杏子は口をひらいた。

「お金が置いてあったんです」

意味がわからない。

「わたし、一昨昨日《さきおととい》から新年の営業をはじめたんですけど、まだ冬休みの会社も多かったみたいで、あんまりお客さんが来なかったんですね。それで、なんだか手持ち無沙汰で、そこの自動販売機であったかい紅茶を買って戻ってきたんですけど、そしたらカウンターの上に――」

現金が置いてあったのだという。

「小銭？」

客がうっかり落としていった小銭を、誰かが拾ってカウンターに置いたというようなシチュエーションを想像したのだが、まったく違った。

「三十五万円です」

心底不思議そうな顔で、杏子はその金額を口にした。

「わたしもう驚いちゃって、もちろんすぐに近くを歩き回ってみたんですけど、ごく普通に、いつもどおり人が歩いてるだけで……」

夏都の言葉を待つ格好で、杏子は言葉を切る。

「お札が、ぽんと置いてあったの？」

「いえ封筒に入って。あ、だから、さっきすぐに近くを歩き回ったって言いましたけど、そんなにすぐじゃなかったんです。これ何だろうって手に取って、それから中を覗いて、えっと思って抜き出して、なんだか怖くてまた中に仕舞って、それからだったので」

「封筒……」

以前に「電気代」が封筒に入れて置かれていたのを思い出し、思わず智弥を見た。

「僕のわけないでしょ」

訊く前に否定された。

「わたし、ほんとにわけがわからなくて、気持ち悪くて、誰か何か心当たりがないかと思って、棟畠さんとか山内さんとか夏都さんに電話したんです。でも棟畠さんと山内さんはぜんぜん関係ないって言って、それは嘘じゃなさそうで、夏都さんだけは電話がつながらなくて」

「スマホが壊れちゃってから、まだ買ってないのよ。家の電話があるから、なきゃないで、そんなに不便でもなくて」

「そうなんですね」

ふたたび杏子は言葉を待つような顔で黙り込んだ。しかし、そうして待たれたところで何を言っていいやらわからない。心当たりなどまったくないし、見当さえつかない。

「三十五万円」

意味もなく金額を口にしてみた。

「はい、三十五万円。ちょうどこのへんに」

杏子はカウンターの端を指先で撫でてみせるが、置かれていた正確な場所を教えてもらったところで何にもならない。

「そのお金、どうした？」

「いちおう、まだ手もとに」

「もらっちゃえばいいんじゃない？」

智弥がメニュー表に目を戻しながら適当なことを言う。

「あんたそんな、軽く考えるもんじゃないわよ」

「あ」

杏子が声を上げた。

「スマホで思い出した。夏都さん、棟畠さんから連絡いきました？」

「来てないけど、何？」

「夏都さんに電話がつながらないって言って、棟畠さん、わたしに連絡先がわからないか訊いてきたんですけど、わたしも夏都さんのお家のほうの番号は知らなかったから教えられなくて」

「何だったの？」

訊くと、杏子は急に声をひそめた。

「偽物だったんです」

「偽物……何が？」

「電話が」

「誰の？」

「棟畠さんの」

理解するまで、しばらくかかった。

「え、奥さんが棟畠さんに返したあの電話？」

「そうです。このあいだの、何ていうんでしたか、携帯電話ショップなんかに――」

「モックアップ」

智弥が素早く教えた。

「それだったらしいんです。家に持って帰って、充電器を差し込んでも反応しなくて、まさかとは思ったらしいんですけど、最後には棟畠さん、マイナスドライバーでカバーをこじ開けて、そしたら――」

「偽物だったの？」

杏子は頷き、智弥が独り言のように呟いた。

「何だかわからないけど……それ、危ないね」

そう、危ない。

「僕たちがやったことが、ぜんぶ無意味にならなきゃいいけど」

そのとき智弥のポケットで電話が鳴った。

「もしもし……ああ、どうも」

智弥はスマートフォンを耳にあてたまま「オブさん」と夏都に教えた。厭《いと》わしそうな顔だったが、直後、電話の向こうで相手が言った言葉に、すっと表情を失くした。そのあとはオブが一方的に喋るのを、相槌も打たずに聞いているばかりだった。

やがて電話を切った智弥は、数秒のあいだ無言でディスプレイを見つめてから、夏都と杏子に顔を向けた。

「手遅れだったみたい」

（三）

その夜、夏都はエミットのスツールに座っていた。

「これから、どうなっちゃうんでしょう」

隣に座った菅沼は曖昧に首を振った。

夏都は前回と同様にボウモアのロックを少しずつ飲み、菅沼もアイスコーヒーの水割りを少しずつ飲み、マスターは素知らぬ顔で棚のボトルを眺めている。年代物のスピーカーからジャズの有線放送が流れ、カウンターの上でキャンドルの炎が揺れていた。

棟畠のスマートフォンに保存されていたメールの写真は、インターネット上に拡散していた。写真が貼りつけられた記事には、誰かがわざわざ調べ出したらしい「奉YOU」「山内俊充」「KANAUエンタプライズ」といった固有名詞がしっかり書かれていた。もちろん「寺田桃李子」という名前も。

それらのサイトの中では、無数のネットユーザーが、アイドルや女優の枕営業を嗤い、広告代理店と芸能人との関係について憶測をまじえて罵倒し、芸能界全体に対して無責任な批難を投げつけていた。

オブからの電話を受けたあと、夏都と智弥が彼らのマンションへ急いで向かうと、タカミーとプーも来ていた。

――カグヤさんに連絡はついた？

四人は揃って首を横に振った。初めてあの部屋に連れていかれたときのように、四人の前には各自のノートパソコンが置かれ、四つの画面はそれぞれ別々のものを表示していたが、どれも十年前の寺田桃李子についてネットユーザーたちが好き勝手に書き殴っているウェブサイトだった。

――グループにメッセージを書き込んでいるのですが、返事はありません。

出会ってから初めて、プーの声は弱々しかった。

――電話とかメールは？

――わたしたち、直接の連絡先は誰も知らないんです。いつもSNSのグループでやりとりしていたのですが、アカウントで繋がっているだけで、電話番号やメールアドレスなどはわかりません。

――僕はアドレス教えてもらってるけど。

智弥の言葉に、えっと四人は驚いた。その視線の受け止め方に困った顔をしつつ、智弥は説明した。

――夏都さんの新しい車の見積もりなんかを送らなきゃいけなかったから、聞いただけだよ。

オブとオブラージのマンションへ着くまでのあいだに、すでにそのアドレスにはメールを送ってあった。心配で仕方がなかったので、夏都が頼んで送ってもらったのだ。しかし、返事はなかった。

――書き込み、どんどん増えてます。

マウスを操作し、オブが背中を丸めた。

――うん……増えてるな。

いまにも閉じてしまいそうなほど瞼《まぶた》を弛緩させ、オブラージはパソコンの画面を呆然と見つめていた。

部屋に沈黙が降り、その沈黙がどうしようもない虚しさと哀しさを引き連れてきた。ときおり四人のうちの誰かがマウスを操作し、微かなクリック音や溜息が聞こえた。

その後もカグヤからの連絡はなく、いまもまだない。

「なんかもう、哀しいっていうか、虚しいっていうか……」

胸を満たす気持ちを、夏都は言葉にしようとしたが、当てはまる形容詞を見つけあぐね、けっきょく溜息をついてグラスを引き寄せた。

いったい何のために、自分たちはあんなことをしたのだろう。どうしてこんなことになったのだろう。何故、棟畠のスマートフォンは偽物だったのだ。彼の妻はずっとモックアップを手元に置いていたのだろうか。それともどこかに置きっ放しにしていた時間があり、そのとき誰かにすり替えられたのだろうか。

わからないことだらけだった。これまでの出来事を順序立てて振り返ろうとしても、映画の予告編みたいに、印象深いシーンが断片的に再生されるばかりで、全体が意味しているものを捉えられない。

「じゃんけんで勝ったら、手持ちのお金が倍になるけれど、負けたら全額を失うというゲームがあったとして」

隣で菅沼が、さらにわからないことを言い出した。

「……はい」

「あなたの持ち金が十円で、最初のじゃんけんで勝って二十円になり、つぎの勝負にも勝って四十円になり、つぎも勝ったら八十円にまで増えます。そのあともどんどん勝ちつづけて、最終的に二十連勝したとすると、けっこうな金額になります。要するに初項10で公比2の等比数列の二十一番目の数字です」

「要するに」のあとのほうがむしろ意味不明だったが、言っていることは理解できた。

「金額は、いくらになると思いますか？」

「……十万円くらいですか？」

当てずっぽうで答えたが、まったく違った。

「一千四十八万五千七百六十円です」

「そんなに」

「もしそのつぎの、二十一回目の勝負で負けてしまったとしたら、あなたはいくら損することになると思いますか？」

これは誰でもわかる。

「その一千四十万……いくらですよね」

しかし菅沼は首を横に振り、正解を教えてくれた。

「十円です」

ああ……そうか。

「もともと十円しか持っていなかったんですもんね」

「はい」

菅沼はしばらく黙り込んでから、それまでにも増して力のない声を洩らした。

「でも、気分としては、やはり一千四十八万五千七百六十円なんです」

言わんとしていることは、なんとなくわかった。

カグヤも寺田桃李子も杏子も山内も棟畠も、もともと赤の他人で、自分の人生とは何の関わりもない人たちだったはずだ。たとえ同じことが起き、十年前の出来事がインターネットを騒がせ、一人の女優の心を永遠に傷つけたとしても、そんなものは無数にあるゴシップの一つとして大した関心も持たなかっただろうし、持ったとしてもすぐに忘れてしまっていただろう。しかし自分は、彼女たちと関わってしまった。

だから、自分自身には何の影響もないはずのゴシップ情報が、こんなにも哀しい。

スピーカーから流れるBGMが切り替わり、オルゴールの音が流れはじめた。曲名は知らないが、耳に馴染みのあるクラシックの曲を、オルゴールの音にアレンジしたものだった。菅沼からのクリスマスプレゼントを、どうしても思い出してしまう。それは向こうも同じだったようで、互いに相手のほうへ少しだけ顔を向け、しかし目は合わせなかった。

「ずっとばたばたしてて、ちゃんとお礼も言えずに、すみませんでした」

「いえ、そのお気持ちだけで」

「嬉しかったです」

えっと菅沼は顔を向けた。

「では相談してよかった」

「誰にです？」

「智弥くんですよ」

出来のいい生徒を自慢するように、菅沼は頰を持ち上げた。

「女性にプレゼントを渡したいのだけど何がいいだろうと、メールで相談しましてね」

「……え」

「もちろんあなたへのプレゼントだとは言っていませんので、ご安心ください」

菅沼にオルゴールを勧めた直後、夏都が自宅でオルゴールを手にしていて、智弥が気づかないと本気で思っているのだろうか。

それにしても、どうやら菅沼は相談相手を間違えたようだ。なにしろオルゴールは女性誌の「もらって困るプレゼント」の上位にランクインするくらいなのだから。

などと考えていたら、あのオルゴールをリビングで鳴らしていたときのことが思い出された。

——意外だな。

もらって嬉しかったと夏都が答えると、智弥はそれだけ呟いて部屋に戻っていった。

もしかしたら、わざとだったのだろうか。

智弥はわざと、女性がもらって困るようなものを調べて菅沼に教えたのだろうか。だとしたら、なかなか可愛い。そういえば以前に菅沼が、夏都の年齢や、夏都が智弥の叔母であることを知らないと嘘をついたことがあるけれど、あの嘘をばらしたのも智弥だった。それも、同じような気持ちからだったというのは考えすぎだろうか。

真相は本人に訊いてみないとわからないけれど、なにか夏都は、智弥の体温のようなものを感じられた気がして、少し嬉しかった。

「今日、カグヤさんからの連絡を待ちながら、あの四人にいろいろ話を聞かせてもらいました」

オブ、オブラージ、タカミー、プー。

「どうして今回、ああやってカグヤさんに協力することになったのか、とか」

出会ったときから気になってはいたが、目の前で様々な出来事が起こるうちに、訊くタイミングを逃しつづけていたのだ。

「ファンが交流するサイトがあって、最初はそれを経由して、カグヤさんからSNSのグループに招待されたそうです」

そのことを教えてくれたのはオブラージだった。彼はノートパソコンの画面を見つめたまま、ほんの少し顔を持ち上げて、こんなふうにつづけた。

——単に、平日も土日も時間がとれそうなメンバーを集めただけなんだと思いますけど。

ほかの三人は何も言わなかったけれど、それぞれの口許が自嘲的に歪み、頬笑んでいたオブの口許にも、やがて同じような嗤いが浮かんだ。

それからみんな、自分の前にあるパソコン画面に目を向けて黙り込んだ。

——昔はちゃんと働いてたんすよ。四年くらい前まで。

パソコンに話しかけるように、オブラージが唐突に言った。

——この実家も出て、一人暮らししようとして、アパートなんかも探してたんすけどね。

画面を見つめながらも、オブラージは何かとても遠くにあるものを眺めるような目をしていた。

——システム組んでたんです。俺、けっこう社内で有名だったんですよ。腕がいいって。仕事も速いって。

夏都は黙って頷いたが、その仕草も、彼は見ていなかった。

——きっかけなんてなかったんです。強いて言えば、上からも下からも褒められたせいで、調子に乗って、働き過ぎたのかな。

ある朝電車の中で、急激な頭痛と腹痛に襲われたのだという。

——それが、駅を出て会社に近づくにつれて、どんどんひどくなっていくんです。けっきょくその日は早退したんですけど、家に帰ったら頭も腹も治ってて。

しかし翌日、また電車の中で同じことが起きた。

——今度は会社の近くで手が震えて、なんだかわからないけど涙が出てきて止まらなくなって、そのまま引き返して家に戻りました。

それ以来会社に行っていないのだと、オブラージは話してくれた。

――行こうとしただけで、頭とか腹とか痛くなっちゃって、手も足も震えて、駄目なんです。だから俺、上司に連絡して、辞めるって言いました。すごい覚悟が要りました。でも――。

オブラージはうっすらと笑った。

――ぜんぜん引き留められなかったっすね。

会社へ行くかわりに、オブラージは毎朝スーツ姿で家を出ると、ゲームセンターへ向かい、夕方までゲームをするようになった。

――言えなかったんすよ、親にもこいつにも。恥ずかしくて。

向かい側で背中を丸めているオブを、オブラージは丸い顎で示した。

――でもそのうち、たまたまこいつがそのゲーセンに来ちゃって。

当時大学生だったオブに、見つかってしまったのだという。

――だからこいつが働いてないの、俺のせいなんすよね。

意味がよくわからなかった。

――そんなことないよ。

オブがぽつりと言った。

――いいって……否定しないで。

それ以上、どちらも何も言わなかった。しかし、二人の様子から、どうやらオブラージは、オブが自分に気を遣って就職しなかったと考えているようだった。それが本当なのかどうかはわからない。わからないが、オブの弱々しい否定の仕方からすると、事実なのかもしれない。

——なんか、親が仕事に出てるあいだ、二人で家でゲームとかしてると、ほんと生きてる価値ないって思っちゃうんすけど——。

そう言ったあと、オブラージはしばらく無言で、キーボードに添えた自分の手を眺めていた。

——カグヤさんのファンになって、オブと二人でカグヤさんのこと応援するようになってからは、楽しかったっすね。プーとかタカミーとも、ちゃんと知り合えたし。

カグヤに声をかけられて集まる前から、互いに顔は見知っていたのだという。

——ゲームのイベントでもサイン会でも、だいたい俺らいますんで。とくにタカミーはグッズめちゃめちゃ買うから有名で、みんな知ってました。

タカミーは何もないところを見つめながら、僕の金じゃないけどねと呟いた。

彼の家は会社を経営しているのだという。

——だから、金だけはあるんです。

——タカミーさん、将来は社長さん？

訊いてみると、タカミーは息を洩らしながら首を横に振った。

――もう、親から諦められてます。

タカミーの両親が経営しているのは、医療機器の商社らしい。

――人の役に立つ仕事みたいに聞こえますけど、実際は接待と裏金で契約を取って稼ぐんですよ。医者のほうも、何が患者のためになるかより、どこと契約したら自分が得するかを考えて業者を選ぶんです。もちろんぜんぶの医者がそうじゃないだろうし、ぜんぶの商社が同じことやってるわけじゃないってことはわかってますけど、とにかくそんな構図に疑問を持って、会社を継がないことに決めたんです。まあ、いま思えば、疑問を持つってことに、ただ憧れてただけなんですけどね。敷かれたレールの上なんて走りたくないぜ、みたいな。

大学を出たあと、タカミーは自分の人生というものを見つけるべく、自己啓発本を何冊も読んだ。

――自分自身が輝いていれば、ベストな仕事が向こうからやってくるとか書いてあって、それを鵜呑《うの》みにして、輝こうと思ったんですよ。それで、あちこち旅に出てみようかなって。奈良県に、自分の名字と同じ川があって、まずそこに行ってみようかって。

いまさらながらタカミーに名字を訊いてみると、「高見川《たかみがわ》です」と教えてくれた。オブとオブラージとプーが、同時に「へえ」という顔をした。

――奈良県にあるその川、天然の鮎《あゆ》とかたくさん泳いでる、すごく綺麗な川らしいんです。

——らしい……？

行っていないのだという。

——何でしょうね。行ったところで何の意味もないって、どっかで気づいてたけど、それがはっきりわかっちゃうのが嫌だったんですかね。でも、自分でやめたくせに、そのとき川を見に行かなかったことで、ぜんぶの自信がなくなっちゃって、なんにもできなくなっちゃって——。

だから、カグヤのイベントでグッズを買うことで、彼女の役に立っていることが嬉しかったのだと、タカミーは言った。

——わたしは実行しましたよ。

プーがぼそりと呟いた。

——何を？

タカミーが訊くと、彼女はテーブルに目を落とし、しばらく適当な言葉を見つけようとしていたようだが、やがてそれを諦め、自分探しですと答えた。

——熊谷《くまがい》さんはかしこい、熊谷さんは勉強ができるって、小学校低学年の頃から、わたし言われてて——。

別段努力をしているつもりもないのに、彼女はいつも成績がトップで、都内で有数の進学校へ進んだあと、日本人なら誰もが知っている大学へと入学したのだという。

——大学でも、いつも好成績だったんです。でもそんなの何の意味もないんですよね。

就職活動が上手くいかず、プーは卒業までとうとう就職先を見つけられなかった。いくつか内定はもらったけれど、その会社で働いている自分を想像することができず、けっきょく辞退したらしい。

――小さい頃から、学校の成績以外に、人よりいいものを何も持っていなかったのに、その唯一の長所も無意味だったと知って、なんか、わたし何なんだろうって思っちゃったんです。それからずっと、親に食べさせてもらいながら、毎日何もしませんでした。

ちょうどその頃、世間では自分探しという行為がもてはやされていた。プーは一念発起し、子供の頃から貯めつづけていたお年玉で旅に出た。北海道へ行った。沖縄へ行った。韓国へ行った。

――単に、三回観光旅行をしただけでした。

カフェ経営の本を読んだ。都内緑化のボランティアに参加した。動物園の飼育員募集の説明会に行った。

――自分探しっていう流行に乗っかってただけなんです。でもけっきょく、何も見つかりませんでした。二十何年そばにあって見つからないものが、どこへ行っても見つかるはずないんですよね。

そんなとき、彼女はテレビで初めてカグヤを見た。

――なんかもう、本当に特別でした。

オブ、オブラージ、タカミーが頷いた。

――わたしがずっとほしかった、特別であるという長所を、カグヤさんは持っていて、しかもあの歳でそれを仕事にしていました。

一瞬で魅了され、憧れ、いまも憧れているのだとプーは言った。

――今回ご連絡をいただいたとき、わたし、嬉しくて泣きました。ほんとに、声を上げて泣いたんです。

――俺、カグヤさんから今回の作戦のこと頼まれたときさ――。

オブラージが顔を上げ、夢見るように宙を見つめた。

――あれ思い出したよ、小学校のときの――。

何と言ったのかは忘れてしまったが、オブと二人で夢中になったというゲームのタイトルを、オブラージは挙げた。四人組の主人公が協力し合って世界を救うゲームで、自分は七回も世界を救ったと、彼は誰の顔も見ないまま、夢見るように話した。わかるわかるとみんな頷き、それから四人はしばらく、そのゲームの話題をつづけた。あの魔法を憶えたあとは無敵状態だったとか、あの敵をクラスで最初に倒したのは自分で、休み時間にみんなが倒しかたを訊きに来たとか。競争のように冒険談を披露し合っている最中、誰も、やはり互いの顔を見なかった。四人の話を聞きながら夏都は、彼らにとってカグヤというのはいったい何なのだろうと考えていた。彼らがカグヤに協力したのは、彼女のためだったのだろうか、それとも自分自身のためだったのだろうか。逆に、カグヤにとって、彼らは何だったのか。

菅沼の様子が、夏都を回想から引き戻した。

「……先生？」

首だけが、前方に向かって異様に伸びている。顔を突き出しているのだが、背筋を真っ直ぐにしたままなので、なにやら宇宙人じみていた。

「どうしたんですか？」

菅沼は答えず、カウンターの上に置かれているガラス製の小さな灰皿を引き寄せる。中には店のマッチが入っている。菅沼はその一つを手に取り、口をすぼめて眺めた。

「エミット」という店名と、住所と電話番号が印刷されているだけだ。

「マッチ……見たことないんですか？」

そう訊ねた瞬間、菅沼はいきなり動いた。マッチ箱をぱちんとカウンターに置くと、目の前のグラスを持ち上げて中身を飲み干し、マスターに声を飛ばす。

「店長さん！」

「はい」

「アイスコーヒーのおかわりを」

「承知しました。お水は——」

「不要です」

硬い覚悟のようなものを含んだ声だった。

「割らないで結構」

マスターは冷蔵庫の中からつくり置きのアイスコーヒーを出し、新しいグラスに注ぐ。菅沼はそれを相手の手から直接受け取ると、そのまま空気でも吸うように一気に飲み干して夏都に顔を向けた。

「三十五万円だったんですよね」

あまりに唐突で、何のことだかすぐにはわからなかった。

「あ、杏子さんのお店に置いてあったお金……ええ、三十五万円だって言ってました」

「あなたの明日のご都合は？」

「姉が帰国するので、空港に迎えに行くんですけど、それまででしたら」

「空けておいてください」

たったいま摂取したカフェインが体内のあちこちで弾けてでもいるように、菅沼の顔や身体はぴくぴくと細かく痙攣していた。

「時間と場所は智弥くんに連絡します」

（四）

智弥と二人で駅の改札を出たのは、翌日の昼過ぎのことだった。

「ターミナルのほうに行っちゃっていいの？」

訊くと、隣を歩く智弥は無表情で頷く。

「菅沼先生、途中で待ってるって」

「三人で待ち合わせてどうするのよ」

「さあね」

「あんたほんとに何も聞いてないの？　先生、ゆうべメールに何て書いてきたの？」

そのとき菅沼の姿が目に入った。通路の角に立ち、こちらに向かって頬笑みかけている。

ゆうべはどうもと、夏都はとりあえず挨拶をした。

「こちらこそ。では行きましょう」

言うなり、菅沼は成田空港第二ターミナルのほうへと歩きはじめる。寝不足なのか、眼鏡の奥の両目が落ちくぼみ、いつもよりさらに顔が白い。

「菅沼先生、今日はいったい――」

「うへんが先にあったのではないかと考えてみたのです」

前を向いたまま言う。

「……うへん？」

「イコールの右側です。人は時間軸に沿って早く起きたことをどうしても左辺に置いてしまいます。でも、左辺ではなく右辺が先にあったのではないか。すべてが逆さまだったのではないか。ゆうべあの店の名前を見ていたときに、そんなふうに思いました」

「店の名前って」

エミット――ＥＭＩＴ――。

「待ち合わせは国際線の到着ロビーでいいのかい?」

菅沼は智弥を振り返る。冬花との待ち合わせのことを訊いたのかと思ったが、便の到着時間までは、まだずいぶんある。

「母を迎えに行く時間に遅れたくないとメールに書いたら、そういうことになりました。到着ロビーで会えば、もし話が長引いたとしても、大丈夫なので」

ターミナルビルに入ってエスカレーターに乗り込む。国際線の到着ロビーは一つ上の階だ。

「会う理由は何て?」

「ただ、話がしたいと伝えておきました」

「そう」

いったいこれから誰と会うつもりなのだ。

「智弥くんにアポイントを取ってもらいましてね」

夏都の疑問に答えるように菅沼が振り向く。

「もっとも、私やあなたがいっしょだとは思っていないでしょうけれど」

「誰と会うんです?」

そのとき菅沼が足を止め、ロビーの一点を見た。

「あ、タイム」

いままでずっと気づかなかった。

まばらに行き交う人々の中に、ショートカットの少女がぽつんと立っている。

視線に気づいたのか、彼女はこちらに目を向け、最初に智弥を見つけて片手を上げようとしたが、それと同時に夏都と菅沼の姿に気がついたらしい。中途半端にひらいた手のひらを宙に浮かせたまま、彼女は表情を固まらせた。シンプルな黒いタックスカートに、淡い茶色のダッフルコート。短い黒髪は、夏都が初めて見る、彼女自身の髪だった。

近づいていくと、カグヤは夏都と菅沼の顔を素早く見てから、智弥に不安げな目を向けた。

「智弥くんだけかと思ってた」

しかし彼女はその表情をすぐに消し去ると、軽く頰笑んだ。

「まあべつに構わないけど」

右手に持っていたピンク色の紙袋を、智弥に差し出す。中には同じ色の包装紙で包まれた、カップ焼きそばくらいの大きさの四角い箱が入っていて、青いシール式のリボンが貼りつけてあるのが見えた。

「……何？」

「今日、誕生日でしょ」

「ああ」

そうか。

「ごめん智弥。なんかいろいろありすぎて、あたし忘れてた」

「いいよべつに。自分の誕生日なんて気にしたこともないし」

智弥はカグヤの差し出した紙袋を受け取り、ぞんざいな仕草で持ち手に手首を通すと、その手をスタッフジャンパーのポケットに突っ込んだ。

「あのさ、カグヤ」

カグヤに向き直り、ほんの短く言い淀む。

「菅沼先生、わかっちゃってるみたいなんだ」

カグヤの目が、何か極端に遠くにあるものを見たように、ふっと霞《かすみ》がかった。

「……何を？」

彼女がそう訊き返すのとほぼ同時に、天井から到着便のアナウンスが響いた。

それが途切れるのを待って、智弥は答えた。

「いちばん大事なところを」

カグヤは智弥の胸のあたりに目を向けて唇を結ぶ。その顔は表情を失くしたまま、永久に固まってしまったように見えた。到着便のアナウンスがもう一度、今度は英語で流れる。周囲ではたくさんの声がまじり合っている。日本語も、そうでない言葉も聞こえる。若い男女のグループがひとかたまりになって、記念写真を撮ろうとしていた。その賑わいがふとやんで、携帯電話のシャッター音が響く。

「室井杏子さんのお店にお金を置いていったのは——」

菅沼がカグヤに訊いた。

「あなたですか？」

数秒の間を置いてから、カグヤは菅沼の顔を見返した。

「顔は見られなかったはずですし、お姉ちゃんの服を着て変装もしていたのに、どうしてわかったのでしょう」

「いえ、杏子さんは気づいていなかったようです。いまも、おそらく気づいていないのではないかと」

いったいどういうことなのだ。何故カグヤが杏子の店に現金を置いていくのだ。

「あれは情報料のつもりだったんですね？」

カグヤは相手の手の内を探ろうとするように、菅沼の顔を見返しながら何度か瞬いた。やがてこくんと頷いたとき、その目には、手放したくない何かを諦めた人が持つ、深い疲れがにじんでいた。

「自分が伝えたとおりの金額を彼女に受け取ってもらおうと思いまして」

「菅沼先生、どういうことなんです？」

耐えきれずに夏都が訊くと、「メールの情報料です」と菅沼は答えた。

「メールの情報料？」

「マクドナルドの二階で、カグヤさんが杏子さんに話したことを憶えていませんか？」

あの日の記憶を、夏都は頭の奥から掘り起こした。情報料……メールの情報料。

「あ……」

——あなたが考えていることはわかります。あの手のメールは週刊誌などが高値で買い取ってくれるそうですね。

——もちろん関係者が旬な人物であるかどうかで買い取り価格も上下するようですが、場合によっては三十万円から四十万円の高値がつくと聞きます。そしていまのお姉ちゃんは、これ以上なく旬です。

三十五万円というのは、ちょうどあのとき彼女が口にした金額と一致する。

しかし、どうしてそれをカグヤが杏子に支払ったのだ。

すべてが逆さまだったのではないかと、菅沼は言っていた。

左辺ではなく右辺が先にあったのではないかと。

「先生、さっき言った〝右辺〟っていうのは……」

いまのことですと菅沼は答えた。

「十年前のメールがインターネットに流れてしまった、この状態のことです」

それがイコールの右側。

その状態が先にあった、ということは――。

こうなることがはじめから決まっていたというのだろうか。

「メールの写真をインターネットに流したのも、あなたですね？」

菅沼の質問に、カグヤは迷いのない仕草で頷いた。

「ネットに流せば、あとから週刊誌も自動的に追いかけてくれますから」

「あの病院スタジオを出る直前、棟畠さんの奥さんがハンドバッグから取り出したのは、本物のスマートフォンだった。それをあなたがモックアップとすり替えた」

「そのとおりです」

憶えている。棟畠の妻がスマートフォンを取り出したとき、充電が切れていたせいで電源が入らなかった。しかしカグヤが充電器を持っていると言い、スマートフォンを受け取った。彼女は自分のショルダーポーチの中でその充電器と接続しているような仕草を見せたが、充電器のほうもバッテリーが切れていたと言って、けっきょくそのままスマートフォンを棟畠の手に返した。

「はじめは、室井杏子さんに、情報を週刊誌に売らせるつもりだったんですね？　だからああして会いに行き、高い値段で売れると嘘をついた」

「そうです、嘘をつきました。実際には、週刊誌はあんなに高い金額で情報を買い取ってはくれません。わたしも芸能界の人間なので、そのくらいは知っています。でも、あいうふうに言えば、杏子さんはメールをマスコミに売ってくれるかもしれないと思ったんです。もちろん実際に売るときになれば、わたしから聞いていた金額よりもずっと安い額を提示されます。でもきっと杏子さんは、じゃあ売りませんとは言わないんじゃないか、生活が大変だから、けっきょく売るんじゃないか、そう考えていました」

「ところが室井杏子さんに会ってみると、彼女は寺田桃李子さんの頼みを聞き、すでに自分のスマートフォンからメールを消去していた」

「ええ、残念ながら」

「しかし棟畠という人物のスマートフォンに、写真として保存されていることを、あなたは知った」

カグヤは頷いた。

「そのとき杏子さんの話の中で、棟畠さんがあのシリーズの最新機種を使っていること も知ったので、ブラックとホワイト両色のモックを用意しました。病院スタジオですり替えたのが、それです。本当は棟畠さんに会いにクラブへ行ったときに、チャンスを見つけてすり替えようと思っていたのですが――」

「彼の奥さんの手によって、すでにスマートフォンは偽物とすり替えられていた」

カグヤは僅かに眉を崩した。

「あれには驚きました」

「用意したモックは、クラブの中ではどこに隠していたんです？　たしかあなたのバッグは、タカミーさんが持っていたと記憶しているのですが」

そう、タカミーが美少女Tシャツを着替えようとしなかったので、カグヤが自分のクラッチバッグを持たせたのだ。そのおかげでタカミーは〝ファッションに詳しいお洒落な人が、わざと変わったシャツを着ている〟といった様子になり、入り口で止められることもなかった。

「偽物の胸の内側に隠していました」

「カグヤさん……あなた、何でそんなことしたの？」

夏都は膝を折ってカグヤと視線を合わせた。

「何でお姉さんが人に知られたくないことを、そんなふうに――」

カグヤは真っ直ぐに顔を向け、まるで自分が持っている正しい権利を主張するかのようにに答えた。

「結婚してほしくなかったんです」

言葉自体の意味が先に理解され、それが意味するところを、夏都は遅れて理解した。

「お姉ちゃんが結婚するのが嫌だったんです」

カグヤと会ったその日を境に、自分が体験したいくつもの出来事に対し、たったいま彼女の口から発せられた言葉は、あまりにアンバランスで、違和感に満ち、それを受け容れるための場所が、心のどこを探しても見つからなかった。カグヤと顔の高さを合わせたまま、夏都は助けを求める思いで菅沼を仰ぎ見た。菅沼はカグヤの顔を見つめながら、ゆっくりと一回瞬きをし、そのまま何も言葉を発しない。隣に立つ智弥は表情のない目を床に向けているばかりで、カグヤの言葉を聞いても驚いた様子さえ見せていない。

いや、違う。

――あのさ、カグヤ。

智弥は知っていたのか。

――菅沼先生、わかっちゃってるみたいなんだ。

「智弥、あんたはカグヤさんが何をやろうとしているのかを知ってて、知らないふりをしてたってことなの？　いつ知ったのよ。あたしとほぼ同時に今回のことに巻き込まれて、そのあといつ？」

訊くと、智弥は不思議そうな目をこちらに向けた。

まるで質問の意味自体がわからないというような表情だった。

「そうか、夏都さん、そこのところをわかってなかったんだね」

「何よ」

「僕は、巻き込まれたんじゃない」

意味がわからないのはこっちだ。

「あんた、巻き込まれたでしょ。あたしが巻き込んじゃったんじゃない。カグヤさんたちに人違いで拉致されたあと、あんたの部屋にあった写真のことを思い出して、本人に会わせてあげようと思ってあたしがオブさんたちのマンションに連れてって――」

「写真はわざと入れておいたんだよ」

智弥が遮った。

「ゲームの装備を売ったお金を封筒に入れて、玄関に置いておけば、それを見つけたあと、夏都さんはきっといろいろ思い悩みながら、封筒を片手に僕の部屋に入る。そう思ったから」

確かにそうした。電気代のことで愚痴をこぼした自分のせいで、智弥が大事なノートパソコンを売ってしまったのだと勘違いし、どうしていいかわからずに、あのとき夏都は現金の入った封筒を持って智弥の部屋で呆然としていた。

「そのとき見つけてくれるように、カグヤの写真のスクラップを本棚の隅に入れておいたんだ。移動デリが特集されている雑誌があれば、夏都さんはきっと手に取るだろうし、雑誌を手に取れば、カグヤのスクラップに気づく。スクラップに気づいたら僕が彼女のファンだと思い込んでくれるし、もしその直後にカグヤ本人と出会えば、夏都さんの性格からして、僕に装備を売らせたお詫びに、僕のことを彼女に会わせようとする」

「あんた——」

「もう目的は達成できたから、ぜんぶ話すよ」

智弥は床を見下ろし、頬を曖昧に持ち上げた。

「夏都さんが拉致されたのは人違いじゃない。僕はカグヤのファンなんかじゃない。僕たちはずっと前から友達だった」

そう言ってから、智弥は夏都と目を合わせた。

「あれは最初から、僕とカグヤが二人ではじめたことだった」

（五）

「さっき智弥くんが言ったように、わたしたちはずっと友達でした」

到着ロビーの椅子で、カグヤは話しはじめた。

三人掛けの椅子に智弥とカグヤと菅沼が並んで座り、夏都は三人と向き合うかたちで立った。正面から顔を見ずに話を聞きたくはなかった。

「実際に会ったのは、夏都さんが智弥くんを連れてきたあのときが初めてでしたけど」

同年代の男女が集まるコミュニティサイトで、二人は知り合ったのだという。

「わたしは小さいときから、お姉ちゃん以外の人と打ち解けることがとても苦手で、小学校のクラスにも、友達と呼べる相手は一人もいませんでした。小学六年生で芸能界の仕事が忙しくなってからは、学校に行けない日も多くなって、もっと難しくなりました。だから友達はみんなネットでつくっていたんです。カグヤという名前は伏せて、仕事なんてしていない、普通の女の子として」

はじめはとても楽しく、夢中になった。

仕事中も、移動時間に友達とやりとりする内容のことばかり考えていた。

しかし、そのサイトに集まっている人間の中に、あまり信用できる相手はいないということに、やがてカグヤは気がついた。

「女の子のふりしてる男の子とか、男の人とか、男の子のふりしている女の子とか、そういう人がたくさんいました。もちろんみんな匿名なので、わたしの思い込みというケースもあったのでしょうけど、少なくともある程度は確実にそういう人がいるというのは感じられて、それがわかってみると、誰も信用できなくなりました」

しかし智弥だけは違ったのだという。

「何が違うのかは、よくわかりませんでした。でも、お互いに仲良くなって、個人の連絡先を教え合って、サイトの外でプライベートな話をするようになってから、なんとなく理解できました。年齢もそうですけど、赤ちゃんのときの親の離婚とか、家の都合で引っ越したこととか、共通点がすごく多かったからなんだと思います」

互いにそれらを知る前から、通じ合うものがあったのだろうか。

「わたし、お姉ちゃんが有名な女優だということを、智弥くんに話しました。それを知ってもらわないと、家の事情を上手く説明できなかったんです。でもそれを教えるのはわたしにとって勇気がいることでした。以前にサイトで仲良くなった女の子に、お姉ちゃんの職業のことを話したとき、その女優の名前を教えてくれと何度も頼まれて、迷惑がかかるかもしれないからそれは言えないと断っていたら、虚言癖のある要注意人物扱いをされて、アカウントを変えざるをえなくなったことがあったんです」

しかし智弥は、彼女が姉の仕事を打ち明けても、自分はそっち方面のことはよくわからないからというだけで、何も訊ねようとしなかった。

それがカグヤを安心させた。

「じつは自分もタレントの仕事をしていると打ち明けたときも、まったく同じような反応で、カグヤという名前を教えても、すごく――」

うつむいたカグヤの頬が、少しだけ浮き上がった。

「薄い反応でした」

そう、そのほうがずっと智弥らしいのだ。部屋の本棚の隅に好きな美少女タレントのスクラップを仕舞っているなんて、智弥がもっともやりそうにないことで——いや、だからこそ夏都はそれを見つけたとき、思わずほっと安心し、そのまま信じ込んでしまったのだが——。

「そのうち智弥くんが、お母さんがまた外国に仕事に行くって教えてくれて、それからしばらくしてから、夏都さんと二人で暮らすことになったと聞きました。智弥くんは〝お母さんの妹〟と書いていたので、このままお会いするまで、夏都さんというお名前は存じ上げなかったのですが」

仕事での出来事などを、相手があまり興味を持っていないと知りつつ、カグヤは智弥に話した。なかなか行けない学校のことも、上手く喋れないクラスメイトたちのことも。智弥もまた、いろいろなことを教えてくれた。両親の離婚。母親に連れられてガーナやジャマイカへ行ったこと。帰国してからの生活。学校に友達がいないのは自分も同じだと智弥に打ち明けられ、カグヤはより親近感が湧いた。

「智弥くんみたいになれたら幸せだろうなって思うようになりました」

言葉の意味が摑めなかった。

「どうして？」

「自分が置かれた家庭環境のことや、学校のクラスメイトのことを、智弥くんは気にもかけずに暮らしています。わたしもそんなふうになれたらと思ったんです」

決して智弥の性格が理想的な中学生のそれだとは思わないが、確かにカグヤのように複雑な生活環境で育ち、同年代の少女たちがあまり抱えないような感情を抱えてしまうと、そういったことに無頓着でいられる人に憧れを持つ気持ちは理解できる。相手が同い年ならばなおさらだろう。

「でも、やっぱりわたしはそんなふうになれなかったんです」

だから――と言い淀み、カグヤは唇を薄くひらいたまま言葉を途切れさせた。

カグヤがつづけようとした言葉はわかっている。だからこんなことをしてしまったのだと、彼女は言いたかったのだろう。だから姉の結婚を受け容れることができなかったのだと。しかし夏都は、その気持ちに共感することはやはりできなかった。違和感の硬い塊が胸元につかえて、それをのみ下さなければいけないのか、吐き出すべきなのかもわからず、ただ苦しかった。

「お姉ちゃんの結婚をやめさせたいと、わたし、智弥くんに相談しました。ずっと二人きりで暮らしてきたお姉ちゃんが結婚してしまうのを止めたいって」

顔を上げて髪を払い、カグヤは初めて夏都の目を見ながらつづけた。

「智弥くんは、決まってしまったことは仕方がないって言いました。わたしもそのときは仕方がないと思っていたんです。どうすることもできないって。でもそれからしばらく経って、お姉ちゃんから昔のメールのことで相談されました。その話を智弥くんにしたとき――」

許可を求めるように、カグヤは智弥の横顔を見た。智弥は曖昧に視線を遊ばせたまま黙っていたが、スマートフォンを取り出してちらっと時刻を確認すると、眉のあたりに苛立ちを浮かべながら言った。

「そのメールを流出させれば結婚は中止になるかもしれないって、僕が言ったんだ」

まるで時間を節約するような早口だった。

「カグヤは、そんなことできないって言った。でもそれは、お姉さんのためというよりも、自分の気持ちの問題みたいだった。だから僕は今回みたいなやりかたを提案した」

「今回みたいなやりかたって何？」

冷静にならなければいけないと、わかってはいた。しかし自分の声に力がこもってしまうのを夏都は抑えられなかった。

「お姉さんの結婚の障害を取り除くという偽物の目的をつくったり、カグヤのファンたちを仲間に引き入れたり、みんなで杏子さんのところへメールを消去してほしいって直談判に行ってみたり」

それらがどうして、カグヤの心情の問題を解決することになるというのか。

「要するに、カグヤがカグヤでいつづけないといけなかったんだ。素のカグヤはこんなだから、あまりに弱々しいから、とてもじゃないけど思い切った行動なんてできない。ましてやそれが自分自身のためだったら、なおさら勇気を出せない」

叱られたように、カグヤはぐっと唇を結んでうつむいた。

「だから僕はカグヤに言って、あの四人を巻き込ませた。カグヤのファンなら誰でもよかったんだ。ファンがいなければカグヤはどこにも存在しないかわりに、ファンがいさえすればカグヤはカグヤでいられる。つくられたキャラクターの中にいるかぎり強くいられる」

「智弥、そんなの強さじゃない」

「強さなんだよ！」

急に、智弥が真っ直ぐに顔を向けた。

一度も聞いたことのない、大きな声だった。眼鏡の奥で両目に力がこもり、黒目が小刻みに揺れ、思わぬその攻撃的な眼差しに、夏都はつづけようとしていた言葉を見失った。別人のようなその顔に、しかしやがて後悔の色がよぎり、一瞬後には、さっきまでの無表情な智弥がそこに座っていた。

「つまりは、はじめたのは僕だったってこと」

五秒にも満たない短いあいだに見た、これまで知らなかった甥の顔と、聞いたことのなかった声に、胸の奥で心を支える軸が揺れていた。そしてその揺れが、自分の胸の中だけでなく、相手の胸の中にも生じていることが、何故とはなしに感じられた。

「あたしのことは……どうして巻き込んだの？」

やっとの思いで訊くと、智弥はごく簡単な計算問題でも出されたように答えた。

「僕が今回の作戦に参加するためだよ。カグヤのファンたちといっしょに移動するのに、車が一台あったほうが便利だったし」

「それだけの理由で……？」

「室井杏子さんって人が都内で移動デリの仕事をしてるっていうのはカグヤから聞いてたからね。もともと夏都さんのことは、その仕事がらみで巻き込めるかなって思ってた。もし杏子さんが何か違う仕事をしてたら、そのときはそれなりに別のやりかたを考えてたと思うよ」

喋りながら智弥はまたスマートフォンで時刻を確認する。

「移動デリがらみで夏都さんを巻き込もうって思いついてから、カグヤに教えられた西新宿の駐車場まで、杏子さんの移動デリを見に行ったんだ。実際どんなかたちで夏都さんを巻き込めばいいだろうって考えながら。そしたら杏子さんの移動デリの看板に、火曜と木曜と土曜はここで営業してますみたいなことが書いてあった。だから、ああこれは、もし夏都さんが別の曜日にこの場所で店をひらいてたら、人違いで拉致、みたいなかたちでいけるかなって考えて」

氷を押しつけられたように胸が冷たくなり、耳の奥がきいんと鋭く鳴っていた。固まった顎をこじあけて夏都がなんとか言葉を口にしようとすると、それを察して先を越すように、智弥が目を向けた。

「調べてみたらあの駐車スペースは使用料不要だったし、夏都さんも助かるだろうと思って」

夏都は一瞬で言葉を制され、その隙を逃さずに智弥はつづけた。

「夏都さんが損しないようには、きちんとしていたつもりだよ。たとえば僕の部屋に入ってカグヤのスクラップを見つけてもらうために、装備を売って手に入れたお金を玄関に置いておいたでしょ？　夏都さんはそれを見て申し訳ないような気持ちになって、僕の部屋に入ったった。でもべつに、夏都さんに部屋に入ってもらうためには、どんな方法を使ってもよかったんだ。あれは僕なりの誠意のつもりだったんだよ」

憶えている。そもそもあの夜、夏都が智弥にお金の話をしてしまったのも、智弥がイヤホンを耳に入れてゲームをはじめたからだった。相手に聞こえていないと思い込み、普段は絶対にしないお金の話をし、ノートパソコンの電気代もただではないなどと言ってしまったのだ。

「巻き込んだあとの行動は夏都さん次第で、ぜんぶ夏都さんが自分で決めたことだから、僕たちのせいにはできないよね。僕たちは夏都さんを、人違いのふりをして連れ去った。その日は商売にならなかったけど、一日分だけなら装備を売ったあのお金で十分にまかなえたはず。マイナスは出てないでしょ」

確かにあの時点では出ていない。

「まあ僕たちも、そのあと六本木のクラブに行くことになったり、病院スタジオの中で怖い人たちに追いかけられたり、夏都さんの車が爆発したり、そんなことが起きるなんてまったく思ってなかったけどね」

菅沼の言う〝イコールの右側〟が、寺田桃李子の結婚を中止させることだったとして、イコールの左側は、本当はもっと単純な数式のはずだったらしい。

「だから、警察に連絡させないように頑張っていたんだね」

それまで黙って話を聞いていた菅沼が口をひらいた。その顔にはどこかしら、自分とまったく関係のない、本か映画の中身についてでも話しているような表情が浮かんでいた。

「僕からも、いくつか訊いていいかな」

立ち上がって腰を伸ばし、菅沼はカグヤの前に回って顔を覗き込む。

「病院スタジオの中では、きみがジャマーを使っていたの？」

カグヤは顔をうつむけたまま頷いたが、夏都には言葉の意味がわからなかった。

「先生、ジャマーって――」

「近くにある携帯電話をみんな圏外にしてしまう機械です。べつに邪魔をするからジャマーというわけではありません。ジャムに〝妨害する〟という意味があって、ジャミングする機械の総称がジャマーです。サイズは普通このくらいでしょうか」

菅沼は市販のコンニャクほどの大きさを示し、カグヤにつづけて訊いた。

「六本木のクラブに智弥くんを呼んだのも、カグヤさんだったんだよね？」

カグヤは頷いた。

「わたし、棟畠さんのスマートフォンがモックとすり替えられていたことがわかったとき、どうしていいかわからなくなったんです。それで酔っ払ったふりをしてトイレに行って、智弥くんにメールで状況を連絡しました」

あのときクラブのＶＩＰルームに現れた智弥が、棟畠にこう言っていたのを憶えている。

――彼女、僕と同い年ですよ。

――お酒を飲ませていい年齢じゃないですよね。

よくよく考えてみれば、あの時点で智弥はカグヤが酒を飲んでいることなど知らなかったはずなのだ。ガラステーブルにあったシードルやワインの瓶やグラスは片付けられ、ただぽつんとスマートフォンの偽物が置いてあるだけだったのだから。

「もう一つだけ訊きたいんだけど」

ここで菅沼は、夏都も知りたかったことを質問してくれた。

「お姉さんが結婚したら、カグヤさんはどうなるの？」

学校に通いながら芸能界の仕事をつづけるのなら、埼玉の祖父母のもとに戻るのは難しいだろう。所属事務所が都内に別のマンションでも用意してくれるのだろうか。いくつかの可能性を思い描きながら、夏都はカグヤの言葉を待ったのだが、彼女が返した答えは最も予想外のものだった。

「お姉ちゃんと旦那さんと三人で暮らします」

これまではなんとか理解しつつ話を聞いていたつもりだったのだが、ここに来てまた夏都は混乱した。

「それなら、どうしてこんなことをしたのよ？」

結婚したら姉が自分のそばからいなくなってしまうというわけではないのに、どうして。

迷うような間があった。長い睫毛《まつげ》が目を隠し、やがてふたたび夏都を見つめたその目には、何か大切なものを敵から守ろうとするような強さがあった。

「きっと、話してもわかってもらえません」

十人ほどの団体が、どこの言語なのかわからない言葉で賑やかに喋りながら、そばを通り過ぎていく。

「話してみて？」

その団体には、ほんの四、五歳ほどの女の子もいれば、老人もいた。たったいま日本へ到着したところらしく、ロビーのあちこちを指さして、何人かが同時に質問めいた口調で何か言っている。みんな訊くばかりで誰も答えない。カグヤはそんな様子をしばらく眺めてから、夏都に目を戻した。

「わたし、お姉ちゃんの出てるドラマや映画を観ないんです」

「ええ、そう言ってたわよね」

だから彼女は、あの病院スタジオが姉の主演ドラマのロケ場所だということに気づかなかったのだ。

「でもほんとは、小学一年生のときに、一度だけ観たことがあります。お姉ちゃんが初めて出たドラマでした。もちろん主役ではなかったけど、毎回出てくる役で、初回も第二回も三回も、お姉ちゃんと二人でテレビの前に並んで、どきどきしながら観ていました」

カグヤはそのドラマのタイトルを口にした。夏都は観ていなかったが、主役である父親を演じていた俳優の名前と、東京を舞台とした家族ものだということはなんとなく憶えている。

「でも、だんだんと気持ちが変わっていきました」

物語が毎週進んでいき、ドラマに気持ちが入り込んでいくにつれ、テレビの前にいることが苦しくなってきたのだという。

「お姉ちゃんは大学生の役で、お父さんとお母さんと、妹が一人いました。妹はわたしよりもずっと年上で、中学二年生でした。すごく頭のいい人で、いつもお姉ちゃんを助けたり、相談に乗ったり、お姉ちゃんにつらいことがあったときは、お姉ちゃんがその日に履いていく靴の中にこっそり手紙を入れてから学校へ行ったりしていました。お姉ちゃんはその手紙を見つけて、ひらいて、中を読んで泣いていました」

小学一年生のときに観たというドラマの話を、カグヤはそこで終わらせた。それ以上何も言わなかった。しかしこちらを見つめる彼女の両目を見ているうちに、夏都はカグヤが言いたかったことを理解した。

「わたしにはずっと、お姉ちゃんしかいませんでした」

その言葉に、カグヤはすべての意味を込めていた。彼女の口から聞こえる声は震えてもいなかったし、高まってもいなかったが、ひらかれたままの両目から、やがて涙がぽろぽろとこぼれはじめた。

「お姉ちゃんしかいないんです」

一度だけ、カグヤの口から同じ言葉を聞いたのを憶えている。

六本木のクラブのトイレで、カグヤが夏都のハンカチを借り、洗面台で口をゆすいだあとのことだ。自分の生い立ちを初めて夏都に打ち明けてくれた彼女は、鏡の中の自分に話しかけるようにして、

――わたし諦めません。棟畠さんのスマートフォンがすり替えられていたのなら、絶対にその行方を追って見つけ出します。

まったく同じ言葉を口にした。

――わたしには、お姉ちゃんしかいないんです。

最初にカグヤと話したときからずっと拭えずにいた、微かな違和感がある。それは、彼女が姉を「お姉ちゃん」と呼ぶことだった。彼女が演じているキャラクターと、その言葉が、どうもそぐわない気がしていたのだ。「姉」という呼び方のほうがしっくりくるように思えたし、実際、彼女はほかの家族のことは「母」「父」「祖父母」と呼んでい

た。

その理由も、いまになって夏都は理解できたように思えた。

両目を大きく見ひらいたまま涙を流しつづけるカグヤの腕に、夏都は触れた。コートの上からでもわかる、細い腕だった。

「お姉さんはいま、どうしてるの?」

昨夜、夏都は杏子に電話をかけ、寺田桃李子から何か連絡はなかったかと訊いた。インターネットに流れたメールの写真が、杏子のスマートフォンを撮ったものであることは明白だからだ。すぐにでも連絡が来るのではないか——そう夏都は考えたのだが、何も連絡はないと言い、杏子は電話の向こうで長いことすすり泣いていた。

「これまでどおり仕事をしています」

訴えるようにカグヤは答えた。

「何も変わらずに生活して、ネットに流れている情報のことにはまったく触れません。知らないはずないのに、ひと言も触れずに、普通にしてるんです。今朝もいっしょに朝ごはんを食べたあと、迎えの車に乗って仕事に行きました。玄関を出ていくときは、いままでとまったく同じ顔でわたしに笑いかけました」

理不尽に受けた苦しみを吐露するかのようなカグヤに、夏都は何も言葉を返せなかった。

これからどうなるのかはわからない。しかし、少なくとも、寺田桃李子の結婚がとりやめになることはないのではないかという思いが、夏都の中にはあった。姉の結婚を止めたいがために、カグヤはこんなことをした。十年前のメールの流出が、カグヤにとっての「イコールの右側」で、それと「姉の結婚の中止」が、つぎのイコールでつながっているはずだった。しかしそれはカグヤの心の中だけにある等式でしかないのだ。中学二年生の少女と、夏都と同年配の女性では、等式の左右はまったく違う。

そのことを、おそらくカグヤも智弥も知らなかったのだろう。


「そろそろ時間だね」

智弥が椅子から腰を上げた。

「お母さんの飛行機がもう着くから」

「わたしはいないほうがいいですね」

カグヤが手の甲で涙を払い、夏都が言葉を探しているあいだに立ち上がった。

「仕事もあるので、これで失礼します」

引き留める理由は、どこにもない。

それが、カグヤと会った最後だった。去り際に彼女は智弥の顔を真っ直ぐに見た。しかし智弥がそれに気づかずにいると、彼女は諦めたようにふっと頬を持ち上げ、ほんの小さな、優しい声で囁いた。

「――わかってたよ」

智弥が顔を上げてカグヤと目を合わせた。カグヤは微かに頷いたように見えた。彼女はそのままくるりと背中を向け、もう誰にも何も言わず、空港のロビーを歩き去った。その細い背中は、彼女自身が遠ざかっていくのではなく、まるで左右の風景がこちらに向かって流れていくように、しばらく夏都の視界の中心にはっきりと映っていた。夏都たちがこの空港へやってきたとき、彼女が誕生日プレゼントの紙袋を片手に、最初に智弥の顔を見つけ、にっこりと頰笑んだことを思い出した。あんな顔で笑うカグヤを見たのは、思えば初めてだった。小学校の頃からクラスに友達と呼べる相手は一人もいなかったと、カグヤは言っていた。もしかすると智弥は彼女にとって初めての、顔を見て笑いかけることのできる友達だったのかもしれない。持って生まれた自分の黒髪を、自分から見せたいと思える、唯一の友達だったのかもしれない。

しかし、歩き去ったカグヤのほうへ、智弥はもう目を向けてもいなかった。

彼女の姿はすでに、下りのエスカレーターの向こうへ消えていた。

若い日本人の男女がスーツケースを引き、余った手の指を絡ませ合いながら歩いていく。女性が相手の耳元で何か言い、男性は首をのけぞらせるようにして笑う。

「ゲートのほうに行っとかないと」

スタッフジャンパーのポケットに両手を突っ込んで到着ゲートを振り返る智弥に、夏都は何を言えばいいのかわからなかった。カグヤと智弥は取り返しのつかないことをした。事態の大きさを、きっとカグヤは理解している。理解していながら、彼女は実行した。自分の思いを、どうしても抱えきれなかったのだろう。哀しさと寂しさに耐えきれなかったのだろう。しかし、智弥は違う。智弥には目的がなかった。単にカグヤを助けたかったのだろうか。それだけなのだろうか。あるいは何か、人間を使ったゲームにでも参加しているつもりだったのか。

訊けばいいだけのことだ。智弥を問い詰めて説明させればいい。なのに、夏都にはそれができなかった。この七ヶ月近く、ずっと二人で暮らし、夏都は智弥の母親がわりだった。しかし、もうすぐ本当の母親が戻ってくる。

「智弥、いまの話——」

やっと口をひらくと、智弥は振り向きもせずに声を返した。

「お母さんに話したいなら話していいよ。夏都さんにまかせる」

肩越しに言いながら、智弥は人けのない到着ゲートのほうへと向かう。ゲートの先にある手荷物受取所では、さっきまで何も載っていなかったコンベアーの上を、いつのまにか荷物が移動している。

そのとき夏都のすぐ脇を、菅沼の身体がかすめて行き過ぎた。

「智弥くん」

菅沼は智弥の腕を摑んだ。振り向いた智弥の顔には、しかし驚きは浮かんでいなかった。何も浮かんでいなかった。眼鏡の奥の両目は、まるで自分の中にあるすべての感情を拒否しているかのように奥行きがない。智弥はその目で、自分よりもずっと背の高い菅沼の顔を見据えた。

「教えてくれるかな、智弥くん」

腕を摑んだまま、静かに、声を押し出すようにして菅沼は言った。

「何をですか？」

「きみがどうしてカグヤさんを手伝ったのかを」

腕を摑まれたまま菅沼を見返し、智弥はしばらく声を返さずにいた。

「可哀想だったからです」

「それだけ？」

「それだけです」

「忘れ物というのは？」

「何ですか？」

「きみはあの病院スタジオを出て車に向かっているとき、坂道の上で立ち止まって建物を振り返った。そして、何か忘れ物でもしたのかと訊かれて、頷いた」

菅沼は相手の言葉を待った。

「憶えてません」

二人は視線を合わせたまま、互いに動かなかった。

やがて菅沼が、摑んでいた智弥の腕を放した。摑まれていた部分を見る動作にまぎらわせるように、智弥は視線を外した。

アナウンスが天井に響き、それと同時に菅沼の口もとが動いた。何を言ったのか、夏都には聞こえなかった。智弥は先ほどまで摑まれていた腕を見下ろしたまま、小さく顎を引いた。ふたたび菅沼の口もとが動き、数秒経ってから、智弥がすっと顔を上げた。構内のアナウンスが途切れ、周囲のざわめきがあぶくのように押し寄せてきた。

「たったいまです」

智弥がそう言ったのが聞こえた。

なにがしかの覚悟をしたような、そして、どこか自信に満ちた声だった。唇を結んだ智弥の、無表情の奥にある何か——無表情と正反対の何かを、夏都は見た。

「夏都さん、行こう」

智弥が短く振り返り、到着ゲートのほうへ歩いていく。その背中を菅沼は黙って見送っている。ついさっきまで乗客だった人々が、数を増しながら現れてくる。その中の一人が智弥を見つけて足を速める。智弥は歩調を変えずに歩いていく。智弥ー、と母親が嬉しそうな声を飛ばし、智弥は片手を上げてそれにこたえる。

終章

家族について

掛川智弥

僕の母は子供たちを助ける仕事をしています。これまで、ガーナとジャマイカという二つの国で、医療設備のあまり整っていない病院で看護師として働き、沢山の子供たちを助けてきました。今は日本の病院で子供たちのために働いていますが、やがてまた海外へ行きます。自分の時間が全くないほど、いつも忙しく働き、沢山の子供たちを助けている母を、僕はとても尊敬しています。

僕は母と時間を過ごすことがあまりありません。でも、母はいつも僕の事を考えてくれていて、誕生日には必ず一緒に過ごしてくれます。忙しい母が、そうして時間を作るのは大変な事です。僕は毎年、自分の誕生日がとても楽しみです。

将来は僕も、世界中の子供たちを助ける事ができるような仕事がしたいです。

（一）

翌朝、智弥は学校に出かけていった。

三学期の授業が、今日からはじまる。

「こないだ、ごめんね」

二人で朝食の洗い物をすませたあと、ダイニングで緑茶を飲みながら、冬花は夏都に謝った。智弥を危険な出来事に巻き込んでしまったと夏都が国際電話で伝えた、あのときのことだった。

「世話を任せといて……あんな言い方はなかったよね」

夏都が言葉を返せずにいると、冬花はもう一度「ごめん」と謝り、テーブルの端に置かれていた写真集の表紙に目を移した。智弥への誕生日プレゼントに、ゆうべ冬花があげたものだ。

冬花は智弥への誕生日プレゼントを二つ用意していて、一つがパプアニューギニアで有名な民芸品だというレモン形の大きな木彫りの皿、もう一つがこの、Ｔｒｅｅ ｋａｎｇａｒｏｏという動物の写真集だった。

木彫りの皿は、何か大事なものができたときに入れると言い、智弥はデスクの上に飾った。ノートパソコンがなくなっていたので、三十センチ×二十センチほどの大きな皿をそこに置いても邪魔にはならなかった。Tree kangaroo――キノボリカンガルーは、小熊とコアラを足して鼻面を前に伸ばしたような可愛らしい動物だった。

智弥は写真集を捲《めく》りながら、インターネットで画像を見たことはあるけれど、さすがに写真集に載っているものは写りが違うと言って感心した。隣から覗いてみると、黒豆のような目をした赤ん坊のキノボリカンガルーが、母親のお腹の袋から顔を出して、不思議そうに草原を眺めていた。

国際電話で説明した出来事に、裏があったことは、まだ冬花に話せていない。

それは夏都自身の判断でもあり、菅沼からの提案でもあった。

――久しぶりに会った二人ですから、まずは親子の貴重な時間をゆっくりと過ごさせてあげたほうがいいのではないかと。

昨夜、電話の向こうで菅沼はそう言った。夏都のほうからかけたのだ。智弥が布団に入り、冬花がシャワーを浴びているときのことだった。

――少なくとも……何日かは。

夏都の考えと同じだった。

冬花は六日間を日本で過ごし、来週日曜日の便で発つことになっている。

そのあいだ、夏都はじっくりと考えてみるつもりだった。もちろん、必ず話さなければいけない事実であるということはわかっている。それがためらわれてしまうのは、母親である冬花を驚かせたくないとか、智弥の罪を秘密にしておいてやりたいとか、そうした理由からではなかった。

まだ自分の知らない事実がある。

そんな思いが拭えないのだ。

——先生、一つ教えてください。

電話口で、夏都は用意していた言葉を切り出した。

——空港で、先生は何を智弥に訊いたんですか？　何に対して智弥は、〝たったいまです〟って答えたんですか？

返事が聞こえるまで、間があった。

——お母さんの乗った便が到着するのはいつかと訊いたんです。

間があったことで、菅沼が返す言葉が嘘であることは予想がついたし、実際に返ってきたのも、相変わらずわかりやすい嘘だった。

——本当ですか？

本当ですと、菅沼は呟くように答えた。しかしその呟きは、何か固い意志に裏打ちされているようだった。

夏都はそれ以上訊かずに電話を切った。

（二）

それからの三日間、智弥は塾を休み、放課後に三人であちこち外出した。サンシャイン水族館、東京スカイツリー、年末からイルミネーションで彩られている、丸の内仲通り。しかし、どこへ行っても、何をしていても、まるで目の前に流れる映像を眺めているように、現実感が伴わなかった。

丸の内でイタリアンを食べた夜以外は、冬花といっしょに家で夕食をつくった。日中、智弥が学校に行っているあいだに下ごしらえをし、外出から帰ったあと、仕上げをしてテーブルに並べた。にんにくをみじん切りにするとき、俎板《まないた》ににおいがつかないようキッチンペーパーを敷いたり、ピーマンの種を取るときにヘタの部分を指で押し込んでぽこっと外したりするたび、冬花はそんなやりかたは知らなかったと言って驚き、すごいすごいと褒めてくれた。ずっと昔に実家のキッチンに並び、幼い料理をつくっていた頃と、二人の立場はすっかり逆になっていた。

最後の夜は外出をせず、早い時間から手巻き寿司をつくった。

驚いたことに、智弥にとってそれが生まれて初めての手巻き寿司だったらしい。

「日本に住んでたあいだも、こんなの二人きりじゃわざわざやらないもん」

冬花は笑いながら自分の寿司を巻いた。酢飯を多く入れすぎて不格好になっていた。

「まあ、そうだよね。あたしと智弥も、ここで一回もやったことなかったわけだし」

そう言って笑い返したとき、意図したことではないのに、まるで智弥と過ごした時間の長さを競い合うような響きが伴ってしまった。夏都は姉の顔を見たが、向こうは気がついていないようだった。

食後、智弥が風呂に入っているあいだに、冬花が智弥の部屋から何か大判の本を持ってきた。

「何それ」

「あの子の卒業アルバム。小学校の」

それまで見たことがなかった。

「勝手に部屋に入ったら、怒るんじゃない？」

「あいつ、そんなの気にしないよ」

冬花はアルバムをテーブルに置き、厚い表紙を捲る。

「実際に通ったのは五年生と六年生の二年間くらいだったけど、あの子、けっこう写ってるんだよ。アルバムつくる人が気を遣ってくれたのかね」

いっしょに中を見てみると、確かに智弥は写真の中によく登場していた。ただしどれも同じ、ぼんやりした無表情で、スナップ写真と記念写真の違いは目線くらいだ。

「勝手に持ってこないでよ」

二人でページを捲っていたら、脱衣所から出てきた智弥に見つかった。

「懐かしかったのよ、いいじゃない」

「よくないよ」

「あんた、顔変わんないねえ」

冬花は自分の息子をもっとよく見ようというように、上体を引いて眺める。

「背は少し伸びたけど」

「何センチ？」

「見ればだいたいわかるでしょ」

「立ってみ」

二人は壁に背中をつけてせいくらべをした。冬花は夏都と同じく女性の平均身長ほどだが、智弥はその肩のあたりまでしかない。そのことを冬花がからかい、智弥はもっと低い人がクラスにも塾にもいると言い返した。そんなやりとりをしている二人のそばで、夏都は卒業アルバムに目を戻していた。クラスごとの集合写真。スナップ写真。一人一人の記念写真。それが全クラス分あり、そのあとは文集になっている。

文集では、「将来の夢」というテーマで一人一人が作文を書いていた。それぞれの作文のタイトルは、そのまま「将来の夢」としている生徒もいれば、別のタイトルをつけている生徒もいる。

智弥のページを探してみると、「あ」行の名字の生徒が終わったあとで、すぐに出てきた。いまよりももっと下手な字だが、小学六年生が書いたとは思えない、漢字の多い文章だ。

タイトルに少し違和感のあるその作文を、夏都は読んだ。

最後まで行き着くと、また最初に戻って読んだ。

二度目の途中で視線が動かなくなった。アルバムのそばに置いてあった湯呑みや、ページに添えられた自分の手が、視界から消えていき、智弥が書いた文字が、何かを囁き合いながら、こぞってこちらを見上げている気がした。

一度か二度、呼びかけに気づかなかったのかもしれない。

「夏都さん」

智弥のその声は、すぐそばにいる相手に向けるにしては大きかった。

「せっかくだから、夏都さんもやろうよ」

「……何を？」

「身長。こっち来て」

智弥は夏都に笑いかけていたが、眼鏡に蛍光灯の光が反射して、両目が見えなかった。

（三）

三ヶ月ほど前に夏都がプレゼントした、紺に白のストライプのハンカチは、横倒しにされたカラーボックスの上に、丁寧に畳んで置かれたままだった。

カグヤたちと出会った日の夜、ここへ来たとき、菅沼は関節が全方向に曲がるロボットのようなぎくしゃくとした動きで、歩いたり座ったりコーヒーを淹れてくれたりした。

しかし今夜は、前回と同様に突然の訪問であったにもかかわらず、まるで完璧に人の動作を再現するロボットみたいに、まったく無駄のないスムーズな動きだった。

「どうぞ」

炬燵の上の本を畳に下ろし、菅沼はコーヒーカップを二つ置いた。揃いのカップで、菅沼のほうは把手が一度とれたところを接着剤でつないだ跡がある。前回もたしか同じカップを出してもらったはずだが、そのときはそんなことには気づかなかった。今夜のほうが冷静なのだろうかと、夏都は自分の心の状態を計ってみる。

カップに入っているコーヒーの色は、どちらも同じだった。

「薄めないんですね」

「ええ」

「眠れなくなっちゃうんじゃないですか？」

「どうせ眠れない気がしますから」

その言葉が、互いの胸の中にあるものを交換する合図のように、夏都には思えた。

「今日、智弥が書いた卒業作文を読みました」

余計な話はせず切り出した。

「将来の夢についての作文でした」

「どんなことが書いてありましたか？」

「姉のことです」

答えてから、言い直した。

文集に書かれていた作文の内容を、夏都は菅沼に話した。菅沼はほとんど相槌も打たず、コーヒーの湯気に鼻先をさらしながら聞いた。それにつられ、夏都も途中からは、自分のコーヒーに話しかけるようにして喋っていた。

話を聞き終えると、なるほど、と菅沼は呟いた。

それだけだった。黙ってカップの中を見つめたまま、夏都が言葉をつづけるのを待っている。

「先生……たとえばの話ですけど」

「はい」

「あの夜、車の中でプロパンガスが爆発しましたが、あれを誰かが意図的にやることは、できたと思いますか?」

短く迷うような間を置いてから、菅沼は答えた。

「できたのではないでしょうか」

「消防士さんが言ってました。プロパンガスは、ある割合で空気と混じり合った状態だと、ちょっとした静電気やなんかでも、すぐに引火するって」

菅沼は黙って頷く。

「それは、何かの機械の電源コードが断線していて、そこで小さな火花が出ていたりしても、引火しますか? たとえば、コンロから少しずつ漏れていたガスが、空気と混じり合って、ある濃度になったときに爆発するようなことは」

――この車、パソコンの電源とれるからいいね。

――夏都さん、いちおうこの車はエンジンをかけたままにしておいてくれる？　何かあったとき、さっと逃げられるように。

「可能性はあります」

――智弥さん、何故包丁を？

――ああ、敵と戦う場合の装備が必要かと思って。

――敵は出現するかしら。

――可能性はあるでしょ。

――ゲームじゃないんだから、馬鹿なこと言ってんじゃないわよ。ちゃんともとに戻しといて。

「姉は、今回のことがあって帰国しなければ、智弥の誕生日をいっしょに過ごせませんでした。もしそうなっていたら、智弥が生まれて初めてのことだったんじゃないかと思います。二人が離れて暮らして、まだ一年経っていないので」

「そうですか」

「今回のことは智弥とカグヤさんが二人ではじめたと、空港で聞きましたけど――」

初めて、夏都は菅沼に真っ直ぐ顔を向けた。

「二人には最初から別の目的があって、そのことをもう一人が知らなかったという可能性は、あると思いますか?」

数秒してから、菅沼も夏都の顔を見た。

「あらゆることに対して、可能性はゼロではありません」

――そのメールを流出させれば結婚は中止になるかもしれないって、僕が言ったんだ。

――つまりは、はじめたのは僕だったってこと。

「今度は、わたし自身の話をします」

目の前には菅沼しかいないのに、まるで大勢の人が――それも自分に敵意を持つ大勢の人が見ている前で話すように、胸の内側が冷たく、呼吸が苦しく、言葉がなかなか出てこなかった。

「わたしは離婚を経験して、別れた夫と二人でやるはずだった商売を一人でやることになりました。そんな大変な時期に、姉から智弥の世話を任されたんです。でも、負けたくないという気持ちがあって――何に負けたくないのかはわかりませんけど、とにかく絶対に負けたくなくて、その思いが自分を支えてきました。たぶん、その思いだけに支えられてきたんです。智弥のことで何か問題が起きたときも、姉に連絡するのがすごく悔しくて、こちらからは一度も電話をかけたりメールを送ったりしたことはありませんでした。一度もです。智弥がノートパソコンをわたしのせいで売ってしまったと思い込まされたときでさえ、姉に電話をかけはしたんですけど、相手が出る前に思い直して、切りました」

菅沼は静かに顎を引く。

「わたしは、姉が自分のやりたい仕事を見つけて、それに打ち込んで、子供たちの命を救ったり病気を治すのに協力したりして、その上、わたしが経験していない子育てという大仕事まで経験して、なんだか自分がその犠牲になってるような……いえ、本当はそんなことはないんですけど……とにかく、そうした理不尽な思いをさせられているという気持ちがあったんです。ずっとあったんです」

自分自身にさえ、これまで隠してきた気持ちだった。冬花が帰国して、智弥といっしょの時間を過ごしているのを見ているうちに、胸の奥から少しずつ洩れ出て、自分のまわりにたちこめ、目をそらさずにはいられなくなった思いだった。

「いまもあるんです」

小学三年生のとき、冬花と夢の話をし、二人でいつかレストランをひらこうと盛り上がった。何年か経ってそのことを話したら、姉は完全に忘れていて、けっきょく笑い話にされてしまった。あのとき夏都はとても哀しくて、うらやましかった。二人の夢を忘れられていたことが哀しく、そして、いろんなことをそうやってさらりと忘れてしまう姉の性格がうらやましかった。しかし、二十年以上経ったいまになって夏都は思う。本当にそうだったのだろうか。本当にそれが哀しくて、それがうらやましかったのだろうか。哀しかったのは、姉が料理から別のものに興味を移し、新たに充足した日々を過ごしているあいだ、自分が無意味な夢をあたためつづけさせられたことだったのではないか。うらやましかったのは、他人への影響を考えず好きなように振る舞えるという、その一面だったのではないか。

そんな思いを直視したとき、夏都は初めて気がついた。

智弥の中にも、こんな気持ちがあったのではないか。

いや、もっと何倍も強い思いがあったのではないか。

「もう一つ、たとえばの話をします」

母親が人生を充実させ、見知らぬ子供たちを笑顔にしているあいだ、自分がその犠牲になっているというような、どうしても振り払えない思いを、智弥は抱えていたのではないか。そしてその思いに気づいてほしいと、いつも願い、しかしどうしても言葉にすることができなかったのではないか。

「これは、とても現実離れした話です」

不意にこみ上げてきた涙を、夏都は努力してのみ下した。

「遠くにいる母親に、どうしても自分の誕生日にいっしょにいてほしいと思っている子供がいたとして、でも母親は忙しくて休みがとれず、帰ってくるにもお金がたくさんかかって、だからその子供は母親に何も言えなくて、哀しくて――」

言葉は語尾を結ばれないまま、つぎつぎとこぼれ出た。

「じゃあどうしたら母親のほうから自分に会いに来てくれるだろうと考えて、何か帰ってこざるをえない出来事でも起きればいいんじゃないか――そんなふうに思いついて

——でもその子供といっしょに暮らしている叔母は、大抵のことでは母親に連絡なんてしてくれず——だから大きな——何か大きな——」

言葉が見つからない。

気持ちのすべてを摑めない。

「大きな事故でも起きれば、叔母は連絡してくれるだろうし、母親も帰ってくるんじゃないかと考えた」

そうつづけたのは菅沼で、そのあと言葉をつないだのも菅沼だった。

「しかしその事故で怪我人を出したくはなかったし、さらには損害をすべて誰かに賄《まかな》ってもらい、マイナスを出さないようにしたかった」

——あの車は夏都さんのすべてだったんだよ。

——費用は、すべてわたしが負担させていただきます。

「だからその子供は、事故の損害を賄ってくれる可能性の高い友達と二人で、ある計画を実行した。友達のほうはそのことに気づかず、ただ自分に協力してくれているのだと信じていた。彼は計画を実行する中で、様々な出来事に振り回されながら、自分の目的を達成する機会がやって来るのを常に待っていた」

そして、病院スタジオのそばに車を駐めたとき、その機会がやってきた。

あの場所ならば周囲に人がいないし、ある程度の時間、車に誰も戻ってこない可能性が高かった。そして車内にはプロパンガスもあれば、電源ケーブルがつながったノートパソコンも、そのケーブルに傷をつけられる包丁もある。智弥はプロパンガスが空気と適度に混ざり合ったときに爆発するよう、つまみをひねってコンロをひらいた。そしてノートパソコンの電源コードに包丁で傷をつけた。しかし智弥の予想よりも爆発までに時間がかかり、夏都たちがみんなで車に戻ろうとしたときには、まだ何も起きていなかった。だから智弥はあのとき、坂道の上で病院スタジオを振り返り、忘れ物でもしたようなふりをして、全員を足止めした。

もし、それが本当だったとしたら。

夏都は菅沼を見た。菅沼はコーヒーの湯気で眼鏡を曇らせながら、顔を上げない。

「炬燵、熱いですか？」

唐突に訊かれ、首を横に振った。しかしいまの質問は、単に顔を上げるためのきっかけだったのかもしれない。

「私も、自分の話をします」

菅沼の眼鏡の曇りがまだらになって消えていき、その向こうから現れた両目は、夏都を真っ直ぐに見つめていた。

「私の母親は、塾の講師をやっていました」

言葉を一つ一つ選んで並べていくように、菅沼はゆっくりと切り出した。

「いまの私と同じで、中学生に数学を教えていたんです。新潟市の中心部なので、進学校がたくさんあって、母は毎日ほんとうに忙しく働いていました。父は農薬の研究員で、当時は単身赴任で神奈川の大学に勤めていたので、母は家のことをすべてこなしながら、毎晩遅くまで塾で中学生を教えていたんです。智弥くんと違って、私は母といっしょに暮らしていましたが、同じ家に住んでいれば寂しさを感じないかというと、そんなことはありません。母が塾で授業をするのは、中学生が学校の授業を終えたあとや、土曜日や日曜日ですから、要するに、私が家にいるとき、母はいないんです」

当たり前の話ですが、と菅沼は頬だけで笑い、炬燵の天板の隅を撫でた。

そういえば、初めて室井杏子に会いに行った日、菅沼が車の中でこんなことを言っていたのを憶えている。

——離れて暮らしているのに寂しがりもせず、智弥くんは強いですな。

先生は寂しがり屋だったんですかと訊くと、菅沼は「まさか」と肩をすくめていた。

——でもいまなんか言い方が——。

——後輩がそうだったもので。

——とんかつ屋の。

——まさしく。

「私は中学一年生のときから、数学がとても苦手でした」

「そうなんですか？」

はい、と眼鏡の奥の両目を細めて笑う。

「中学校の数学は……少なくとも学校の授業で教えるような数学は、まず暗記が大事です。でも私はそれが素直にできませんでした。なんていうのか、母が仕事で数学を教えていて、そのせいで家にいないわけで……そこに何か深い理由のようなものがあってほしいという気持ちがあったのかもしれません。公式を暗記したり、その公式を使って数字や記号を並べ替えたりすることが、世の中にとって大事だなんて、当時はまだまったくわかっていませんでした。だから、こんなもののために母が家を空けているはずがないというような、妙な思いが邪魔をして、素直に教師の教えることを受け容れられなかったんだと思います」

もちろんそれはあとになって気づいたことですが、と菅沼は湯気の消えかけたコーヒーカップをまた覗き込んだ。

「母に数学の面白さを教えてもらえばよかったじゃないかと、お思いになるかもしれません。でも、それができなかったんです。悔しくて、どうしてもできなかったんです。母は塾の大事な教え子たちに数学の面白さや勉強の仕方を教えていればいいんだ、なんて思ってしまって」

似ている気がした。冬花が世話をしている海外の子供たちに対する、智弥の気持ちに。そして、夏都が姉に智弥のことを相談できなかった気持ちにも。

「でもやがて、少しだけ考え方が変わったんです。母が家を空けて子供たちに数学を教えていることに、きっと意味があるはずだ。それを知りたい。そんなふうに思うようになりました。ひねくれているだけでは、寂しさがどうにもならなくなったのかもしれません。だから私は自分で勉強をしはじめました。熱心にやったものだと、いまでも思います。図書館で数学関係の本を何冊も借りてきて読み込んで……そんなことをしているうちに、中学二年生になったあたりから、数学の意味や面白さがわかってきました。そうなると、学校の授業もどんどん理解できるようになりました。授業だけでは物足りなくて、母に内緒で、古本屋で高校生の数学の教科書を買ってきて、密かに問題を解いたりもしていました」

壁に立てかけられた、数式が書き込まれた黒板を、菅沼は眺める。

「気がついたら数学が大好きになっていて、そのことを私は素直に嬉しく思いました。母といっしょに過ごす時間は、相変わらずあまりなくても、二人でこっそり同じ生き物を飼っているというような、秘密めいた嬉しさがありました」

「お母様も、嬉しかったんじゃないですか？　自分の息子がそんなふうになってくれて」

いいえ、と菅沼は小さくかぶりを振る。

「母は、私が相変わらず数学が苦手だと思っていました」

「どうしてです？」

学校のテストでは、わざと低い点を取っていたのだという。

「ぜんぶ憶えています。最高得点でも五十三点、つぎによかったのが四十七点、あとは十一点、二十三点、二十九点、三十七点――」

「やっぱり、悔しかったからですか？」

菅沼は頷いた。

「数学を好きになれた嬉しさもあったのですが、だからといって悔しさは消えてくれず、困ったものでした。母に対する暗号のつもりで、テストの点数をそうやって素数にしてみたり……そんな余計なことに頭を使っても、なかなか悔しさを誤魔化せるものでもなく」

智弥の卒業文集も、母親へのメッセージだったのかもしれない。いつか、どれだけ忙しくなっても、どれだけ遠い場所に離れて住むことになっても、一つだけ頼みを聞いてほしいという、母親への手紙だったのかもしれない。智弥はあの文章を、不安と希望のあわいで——クラスメイトたちに読まれる恥ずかしさを押し殺して、原稿用紙に書き綴ったのではないか。作文のタイトルは「母について」ではなく「家族について」だった。一人っ子で父親がいない自分には、家族は母親しかいないということを、もっとわかってほしかったのではないか。学校から文集が配られた際、冬花はあれを読んだはずだ。そのとき、どんなふうに思ったのだろう。可愛いところもあるなと笑い、あのレストランの約束のように、目の前の出来事に取り組んでいるうちに、忘れてしまったのだろうか。姉の気持ちも、夏都には上手く想像できない。子供時代をいっしょに過ごし、大人になってからもいろんな話をし、こんなに長く付き合っている相手なのに、想像できない。夏都は自分の鈍感さがもどかしかった。

「自分の塾に通わないかと、母に言われたこともあります。私が本当に数学が苦手だと思って、よほど心配だったのか、ひょっとしたら私の寂しさを慮《おもんぱか》ってのことだったのか、あるいはその両方だったのか、わかりませんが」

「先生は、何て？」

「もちろん断りました。母の塾は、私にとっては敵の巣窟のようなイメージでしたから。いくら母の顔が見られても、そんなところで見知らぬ中学生たちと机を並べるなんて絶対に嫌だと思いました。何より、自分がほかの人たちと同じように扱われるなんて……」

菅沼は眼鏡を外し、掌の付け根で額をこすった。

「けっきょく、学校での数学の成績は悪いままでした。中学二年の、冬休み前の三者面談では、担任の教師が母に嫌味を言いました。ご自宅ではお教えにならないんですか、なんて」

こすりすぎて赤くなった額の下に、菅沼は眼鏡を戻した。

「母は心底傷ついていました。二人で暮らしていたので、どれだけ母が哀しかったか、顔を見ればわかります。そんな気持ちにさせるような言葉を母に聞かせてしまったのは、ほかの誰でもない、私です。あのときの母を思い出さない日は、あれから一日もありません。でもこれは、いまだから言えることなんです。当時の私は、そんなふうには考えられませんでした。かわりに——」

かわりに、と菅沼はもう一度呟いた。

「もっと傷つけ、と思いました」

寂しい思いをさせられてきた、仕返しの気持ちがあったのだろうか。

「三学期に入って、そろそろ教師も生徒も受験についての具体的な対策を講じはじめる頃、母が夜中に父と電話で話していました。かなり遅い時間だったので、私は眠っていたのですが、その声で目が覚めてしまって——」

このまま息子の成績が伸びなければ、仕事を辞めることにすると、母親は話していたのだという。家で、息子の勉強をみてやるつもりだと。

「そのときの母の声は、本当に弱々しくて、それまで聞いたことがないような、哀しそうなものでした。でも、それを聞いて、私はどうしたと思います？」

夏都は黙って首を横に振ったが、相手の目を見て、答えがわかった気がした。

「テストで、さらに悪い点数をとったんです。母のあんなに哀しげな声を耳にしていながら、それ以外の行動が思いつかなかったんです」

以前に菅沼が聞かせた食中毒の話が思い出された。あるとき、小さな傷のついた手でおにぎりを握ったばかりに、そこから菌が繁殖し、不可逆性変化で毒素をつくり、気がつけばもう、どうやってももとの状態に戻すことはできなくなってしまう。

思えば、夏都が姉に対して抱えている、この整理しきれない気持ちも、はじめはほんの小さな毒だった。それがいつしか不可逆的にふくらんで、こんなに大きな出来事の一端を担ってしまった。

「母は塾講師を辞めました。休職という制度がなかったのか、それとも母の過度に真っ直ぐな性格がそうさせたのかはわかりません。母は退職して家で過ごすようになりました。私の食事は手の込んだものになりましたし、私たちはたくさん会話をするようになりました。玄関に季節の綺麗な野草を生けたガラス瓶が飾られたりもしました。母は私に数学を教えてくれて、私はそれを理解したふりをして、テストの点数を飛躍的に伸ばし、学年で一番になりました。でも、そうなってからも、母はもう一度働きに出ようとはしませんでした」

そのまま、塾講師に復帰することはなかったのだという。

「私が大学に通うために上京するのと入れ替わりで、父が単身赴任から帰ってきたので、あれからずっと専業主婦をやっています。もちろん外で働くのがいいことで、専業主婦がそうでないというわけではありません。でも少なくとも、私は母の人生を変えてしまった。意図的に変えたんです。母はいまでもそのことを知らず、ときどき電話で私の仕事の話を聞いて、あのとき自分は正しい判断をしたんだなあなんて言います」

菅沼の瞼がゆっくりと下がり、両目がほとんど見えなくなった。しかし、聞こえてくる声の様子で、見えない両目に涙が溢れようとしていることがわかった。

「あの瞬間のことを、私はいまも鮮明に憶えています。仕事を辞めることにしたと母が言った瞬間——私が母の人生を変えたその瞬間、自分がどう感じたかを」

た。

「どんなふうに感じたんですか？」

両手で捕まえていた何かを、力尽きて手放すように、菅沼はぽつりと呟いた。

「成功したと感じました」

夏都は菅沼の顔を見られず、目を伏せた。くすんだ炬燵の天板に、智弥の顔、冬花の顔、カグヤや寺田桃李子の顔、見たことのない少年時代の菅沼や、彼の母親の顔が、重なり合うようにして浮かんだ。誰の顔も、上から薄墨が塗られたように表情が見えなかった。

「たぶん、だから、わかったんです」

もっとずっと過去の話をするような声だった。

「四日前、空港で、智弥くんのお母さんが乗った便が到着したとき、智弥くんは顔を上げて到着ゲートのほうを振り返りました。そのときの彼の顔を見て、私は、かつて自分が母親から、仕事を辞めることにしたと聞かされた瞬間のことを思い出しました。どうして思い出したのかはわかりませんでしたが、とにかく鮮明に思い出したんです」

そして、気づいたら智弥の腕を摑んでいた。

「自分の腕に触れたような気がしました。そのときまで私は、今回の出来事の中で智弥くんに別の目的があったなんて、思ってもみなかったんです。でも、彼の腕に触れたとき、それまでの出来事がみんな違った色に見えました」

ずっと昔に、見たことがある色だったのだという。

「菅沼先生は――」

電話で正直に答えてもらえなかった質問を、夏都はもう一度口にした。

「空港で智弥に何を言ったんですか？」

今度は、菅沼は本当の答えを返してくれた。

「智弥くん自身の目的は達成されたのかと、訊きました」

あのとき智弥は頷いていた。

「もう一つ、それはいつ達成されたのかと」

――たったいまです。

「智弥くんは自信に満ちた目をしていました。その目にも、私は見憶えがありました」

夏都の想像は――現実味がなかったはずの想像は、どうやら正しかったらしい。

何故、こんなことになってしまったのだろう。どうして智弥にあんなことをさせてしまったのだろう。いや、理由はわかっている。自分が智弥の寂しさに気づいてやれなかったせいだ。そして、意固地になって、智弥のことで冬花と連絡を取り合わなかったせいだ。もし自分が、いつも智弥のことを素直に姉に相談できていたら、きっと何も起きなかった。いまだってこうして、冬花とではなく菅沼と向き合って智弥の話をしている。

思えば、智弥が夏都と暮らすようになったときも、気づいてやれることはあったのだ。

冬花がパプアニューギニアへ行くと決めたとき、智弥は日本に残ると言った。そして、長崎の祖父母のもとで暮らすことになったが、町に光通信がないという理由で、行くことを頑なに嫌がった。だから夏都と暮らすことになった。しかし、あのとき智弥はきっと、日本で母親といっしょに暮らしたかったのだろう。自分がパプアニューギニアに行かないと言うことで、母親が翻意してくれると考えていたのだろう。ならば自分も行かないと言ってくれると信じていたのだろう。長崎で暮らすのを嫌がったときも、そのことで母を引き留められるかもしれないという、微かな期待を胸に秘めていたのではないか。

「わたしは……どうすればいいんでしょう」

世の中のすべての人が、自分に向かって冷たい目を向けているという思いが際限なく強まり、見えないその目が心を刺して、夏都はただ問いを繰り返すことしかできなかった。

「智弥に、何を言えばいいんでしょう」

菅沼は眼鏡の奥で何度か瞬きをした。

「公式の話を、夏都さんは憶えていますか？」

以前にわざわざ作戦を立て、夏都を名前で呼ぶことにしてから、菅沼は初めて本当にそう呼んだ。

「公式……」

どこかの部屋で蛇口をひねったらしく、壁の中を水が流れる音が聞こえた。

「いつか車の中で、カグヤさんと話していたことです。公式は発見されるものだという」

憶えている。歴史上、公式をつくった数学者は世の中に一人もおらず、彼らはみんな、もともと自然の摂理の中にあるものを発見しただけなのだと、菅沼は言っていた。

「私は、自分自身がかつて胸に抱え込んでしまった公式を、たしかに知っていたはずなのに、それを役立てることができませんでした。本当に、智弥くんに申し訳なく思っています。公式は、後の世に役立てるために発見されるはずなのに」

それは夏都も同じだった。自分が姉に対して抱えてしまった思いに、ほんの数日前まで目を向けようとしなかった。だから智弥の気持ちに気づかなかった。

「明日、姉は日本を発ちます」

いまこの瞬間も含めた未来の中で、自分はいったい何をすべきなのか。

「どうすればいいのか、私にはわかりません」

（四）

翌日の朝、冬花と智弥とともに、成田空港へ向かった。

出発ロビーの中二階にある土産物屋をめぐったあと、滑走路に面した大きな窓から、三人並んで景色を眺めた。よく晴れた日だったので、遠くに林立したビルは、ミニチュアを間近で眺めているように、輪郭が一つ一つはっきりと見分けられた。空はペンキを塗ったように青い。

「六日間なんてあっという間だとは思ってたけど、こんなにあっという間だとはねえ」

窓辺を離れ、出発ロビーへと移動した。

冬花が持っているのは機内に持ち込むショルダーバッグだけで、スーツケースは夏都が引いていた。長旅の前に体力を温存したほうがいいと冗談まじりに言うと、冬花は素直に礼を言って夏都にそれを預けた。

「しっかし、日本もこれだけいろいろ自動化されて素早くなったのに、飛行機だけはいまだにぱっと搭乗手続きしてぱっと乗るってできないのね。電車みたいに」

夏都は上手く言葉を返すことができず、ただ頰を持ち上げるばかりだった。目覚まし時計に起こされた直後のように、声にも風景にも、現実感がともなっていない。智弥は夏都よりもほんの少し前、冬花よりもほんの少し後ろを、うつむきもせず、ことさら顔を上げもせず、いつもと変わらない様子で歩いている。

そう、まったく変わらない。

冬花が帰国する前と、冬花とともに寝起きしていたこの六日間と、別れが近づいているいまと、智弥には何の変化もない。

「向こうの病院でいっしょに働いてるナースがさ、アメリカ人なんだけど、子供のとき初めて親に連れられて乗った飛行機が夜の便で、雲を抜けたとき宇宙に出たと思ったんだって」

姉の明るい笑い声に重なって、出発便のファイナルコールが聞こえた。冬花の乗る便ではない。エコーがかかったような声が、まだ搭乗していない客を個人名で呼び出している。

昨夜、菅沼と別れ際に交わした会話が、夏都の胸の中で繰り返されていた。

――智弥はどうして、あんなことができたのでしょうか。

そう問いかけながら、夏都は知らない生き物の正体を探ろうとするように、記憶の中の智弥をあらゆる角度から注視した。言動の一つ一つや、顔色や顔つきを、繰り返し思い起こした。しかし、やはりどこにもヒントは隠されていないのだった。

――カグヤさんも、彼女のお姉さんも、もうもとの状態には戻れません。智弥には直接関係のないことなのかもしれませんが、今回の出来事で、二人の人生は変わってしまいました。

そしてそれは不可逆性変化だ。これからまだ変化しつづけるかもしれないけれど、出来事が起きる前の状態に戻ることは、もう決してない。

――それが、自分と同じ、生身の人間の人生だということを、智弥はわかっているのでしょうか。

菅沼は、口をつけないまま冷めきってしまったコーヒーを見つめながら、長いあいだ言葉を返さなかった。曖昧な返答も、無責任な明言も無意味だということを、きっと承知していたのだろう。夏都がそう思ったとき、しかし菅沼は唐突に顔を上げ、

――わかっていると思います。

思わぬはっきりとした口調で言った。

――どうしてそう思うんですか？

助けを求める思いで、夏都は訊ねた。ところが菅沼は、たったいま自らはっきり答えたことだというのに、その理由については曖昧に首を振るばかりだった。

結論の出ないまま、夏都は菅沼の部屋をあとにした。

「じゃ、ちょっとあたし手続きしてくるわ。夏都、スーツケースありがと」

冬花が搭乗手続きを済ませているあいだ、ロビーの長椅子に座って待った。

智弥はスタッフジャンパーのポケットに両手を突っ込み、離れた場所を横切っていく白人の一団を眺めている。

ひと晩中、寝ないで考えた。

自分はどうすればいいのか。どうすべきなのか。しかし、いくら考えても答えは出てこず、かわりに、ああすればよかった、こうすればよかったという後悔ばかりが繰り返し頭を埋める。

「ゆうべ遅くに出かけたのは――」

ロビーに視線を遊ばせたまま、智弥が急に口をひらいた。

「菅沼先生に会いに行ったんでしょ？」

返事ができずにいると、智弥はつづけて訊いた。

「何の話だったの？」

「あんたの話」

咽喉から言葉を押し出した。

そうだよね、と智弥は短く笑う。

「まあべつに、僕に関するどんな話かは訊かないけど」

出発ロビーを人々が行き交う。五日前、カグヤが最初に智弥を見つけてにっこりと頰笑んだときの顔が思い出された。

「ねえ、智弥」

どうしてか、相手の耳を見つめて、夏都は呼びかけた。

「カグヤさんから、何をもらったの？」

「何って？」

「誕生日のプレゼント。このまえ、ここで」

「電子フォトフレーム。デジカメとかスマートフォンで撮った写真を入れて、何秒かごとに表示させられるやつ。なんか一枚だけ最初からメモリーに写真が入ってたけど」

「何の写真？」

「カグヤの」

唇だけで笑い、そのまま何も言わない。

この空港で、智弥にくるりと背中を向けて立ち去ったときの彼女の気持ちを思い、夏都は訊かずにはいられなかった。

「髪は……どっちだった？」

「どっちって？」

夏都が言い直す前に、ああ、と智弥は頷いた。

「たしか黒かった」

「それを見て、あんたどう思った？」

「どう？　まあ画素数の高い写真でも五百枚くらい入るみたいだから、べつに最初から一枚入ってたところで何も変わらないでしょ」

少し待ってみたが、それ以上の言葉はない。

「それだけ？」

短く考える間を置いてから、智弥はこくんと顎を引く。

「それだけ」

相変わらず表情の動かないその横顔が、夏都の気持ちを決めさせた。

「ゆうべ菅沼先生と会って、智弥の話をしたって言ったでしょ」

言葉をつづけようとすると、それを遮るように「珍しいね」と智弥が言った。

「いつも、二人のときは〝あんた〟って呼ぶのに」

夏都が言葉を探す一瞬の隙間に滑り込むように、智弥の視線がこちらを向いた。両目がひたと夏都を見た。

「もう、ぜんぶばれてるんだよね」

口許をうっすらと頰笑ませ、僅かに顔を傾ける。夏都が何か言う前に目をそらし、出発ロビーの風景に視線を遊ばせながら、智弥は両足を軽く跳ね上げた。スニーカーの踵《かかと》が、互いに僅かにずれながら床を打った。

「お母さんを帰ってこさせる方法、夏都さんのとこで暮らすようになってから、ずっと考えてたのに、なかなか思いつかなくてさ。怪我をしたりしなければ、べつに何でもよかったんだけど」

智弥の言葉が冷水のように両耳へ入り込んでくる。

「そんなときに、カグヤからお姉さんのことで相談されたから、ちょうどいいかもしれないと思ったんだ。お母さんを帰ってこさせるのに、事故とか火事とかそういうことを考えてたんだけど、夏都さんほら、生活が大変だから、金銭的なマイナスを出すわけにはいかないでしょ。その点、カグヤは有名人で、お金も持ってるし、世間知らずなのにプライドが高い。だから、彼女が発端でありさえすれば、何か事故が起きたときに、お金を払わせることができるんじゃないかと思って」

言いたいことは——言わなければならないことはいくらでもある。しかし言葉は石のようで、咽喉から先へ出てこない。

「その機会を待ってるあいだに、あんなにいろいろ振り回されることになるとは思わなかったけど」

「菅沼先生に見破られるとも思わなかったな」

「智弥——」

「先生、何でわかったんだろ」

「智弥！」

三度目の声が、自分の耳の奥できいんと響いた。まるで自分に向かって強い声を出されたように、顔が冷たくなり、身体中から血が逃げ出していく気がした。

「夏都さんも、そんな声出すんだね」

智弥は何もないところへ視線を向ける。

「ねえ智弥、聞いて」

言えるのは、自分しかいない。

「カグヤさんだって、彼女のお姉さんだって、もう以前と同じには戻れないのよ。あたしの車だって、ただの物じゃなかったの。新品に取り替えてもらえばいいってもんじゃないの。智弥にはわからないかもしれないけど、あの車にはいろんな、目に見えないものが詰まってたの。ただ運転して料理を売るだけの車じゃないの。そうじゃなかったの。人だって、ただ歩いて喋ってるだけじゃないのよ。みんなそれぞれの人生があって、一生懸命に生きて——」

「……だよ」

「智弥」

智弥が口の中で呟いた言葉は聞き取れない。夏都は言葉を継ごうとしたが、相手のほうが早かった。智弥は先ほど呟いたのと同じひと言を、こちらへ向かって顔をねじりながら鋭く吐き出した。

「僕だってそうだよ！」

唇が、ひらかれたまま小さく震えていた。

その震えはやがて大きくなり、何かとてつもなく巨大なものが迫ってくるのを見ているように、両目が広がった。智弥の顔だけを残して、周囲の景色が奥行きを失い、聞こえていたざわめきが遠のいた。

昨夜の菅沼の言葉が正しかったことを、いま、夏都は知った。

智弥はわかっていたのだ。

誰よりもわかっていた。

「どうして僕のことはそう考えてくれないの？　どうしてみんな僕は平気だと思うの？　そう見えるから？　人の感情になんてぜんぜん興味がない、コンピューターばっかりいじってる人間に見えるから？　何でいま頃になって気がつくの？　夏都さん、当たり前だよ。みんな生きてるよ。何だってただの物じゃないよ。そんなのわかってるよ」

わかっていないのは、夏都のほうだったのだ。

「僕が夏都さんの車といっしょに駄目にしたノートパソコンだって、お母さんと暮らしてた頃の写真とか、たくさん入ってたよ。僕が憶えてないお父さんの写真も、お母さんのアルバムからこっそりスキャンして何枚も入れてあったよ。ぜんぶとっておきたかったよ。あんなふうにしたくなかったよ。でも、そんなこと考えちゃ駄目なんだ。思い出とか、そういうのを大事にしちゃ駄目なんだ。作戦が成功してお母さんが帰ってきても、にこにこして喜んだりしちゃいけないんだ。もっとゲームみたいに、人が人じゃないみたいに、物がただの物でしかないみたいに考えなくちゃいけないんだ」

「どうして――」

「どうして？　だってそういう自分じゃないと、朝起きて学校行って、勉強して、クラスメイトと喋りもしないで帰ってきて、スマホを見たらお母さんからのメールも着信も入ってなくて、そんなふうに毎日繰り返しながら、いつかおかしくなるでしょ？　壊れるみたいにして、駄目になっちゃうでしょ？　僕はそんなの嫌だよ。夏都さんはすごく優しくしてくれて、自分の子供じゃないのにいろいろ世話を焼いてくれて、それなのに、もし自分の部屋にこもって泣いたりするような毎日になっちゃったら絶対に嫌だよ。僕はそんなの嫌だよ」

残っていたすべての息を一気に絞り出すように、智弥は夏都に最後の言葉をぶつけた。

「そんなの耐えられるわけないよ！」

五日前――。

智弥はこの空港で、カグヤはつくられたキャラクターの中にいるかぎり強くいられるのだと言っていた。

——智弥、そんなの強さじゃない。

——強さなんだよ！

それまで聞いたことのない、大きな声だった。

いっぽうでカグヤは、智弥のようになれたら幸せだと言っていた。何があっても動じることなく、自分のやりたいことをやっている智弥のようになりたいと。

しかし、二人は同じだったのだ。

どちらも同じように自分をつくり上げ、どちらもそのことで心を強くして、どちらもそれを本物の強さだと思い込んでいた。そうしなければ自分を守れなかった。

冬花が帰国する前と、冬花とともに寝起きしていたこの六日間と、別れが近づいているいまと、智弥には何の変化もなかった。夏都はそう思った。しかしそれもきっと、自分の感情を決壊させないための、必死の努力だったのだ。

塾まで迎えに行った帰り道、歩きながら話したのを憶えている。

——あんた来月、誕生日だよね。

——そうだっけ。

——何がほしい？

——べつに何も。

あのとき自分は、智弥の顔をきちんと見ていただろうか。表情の奥にあるものに目を向けようとしていただろうか。言葉だけを聞いて、相変わらずだなと勝手に納得していたのではないか。あのときにはもう、カグヤと智弥は互いの目的のために動いてしまっていた。しかし、止められたはずなのだ。夏都にはいつでもそれができたはずなのだ。いまにして思えば、カグヤは気づいていたのかもしれない。明確にではなかったとしても、智弥に何か別の目的があることを、彼女は察していたのかもしれない。だから五日前にこの空港で歩き去るとき、

――わかってたよ。

そう言って、優しく頰笑んだのではないか。

たった一度だけ、智弥が心情の欠片を見せてくれたことがある。あれは杏子に初めて会いに行った日、柳牛十兵衛号の中だった。

――今日のこと、お姉ちゃんに言わないでよ。

――言わないよ。

狭い車内で、智弥はカグヤとくっつき合うようにしてパソコンゲームの画面を覗き込んでいた。

――そもそもお母さん、僕の話なんて聞いてる暇ないでしょ。後進国で天使のような子供たちを助けなきゃならないんだから。

どうしてあのとき気づいてやれなかったのだろう。何故、大事なことはみんなあとになって気づくのだろう。三十年以上も人間をやっていながら、客商売をやっていながら、今回みたいな出来事を体験していながら、人は外から見えているものがすべてではない

という単純なことに、どうして思い至らなかったのだろう。思えば智弥は、いつだって自分だけの世界で過ごしているような顔をしながらも、夏都が疲れた日には話を聞いてくれたし、意見がほしいときには答えてくれた。夏都のことになんて関心がないような態度をとるくせに、スマートフォンのパスコードが誕生日だと教えたときには、日付を訊かずにそれを打ち込んだ。

「お母さんに話す？」

顔をそむけ、智弥は静かに訊いた。

話してもいいよと、そのまま夏都の顔を見ずに言う。

「本当のことをぜんぶ聞いたら、僕の行く末が心配になって、もう遠くへ行かなくなるかもしれないしね」

冬花は智弥がやったことを何も知らない。きっと、話したとしても、まさかあいつがと最初は笑い飛ばすことだろう。しかしそれが冗談でも何でもないとわかったとき、姉はどんな顔をし、何を思って、どんな言葉を返すのか。どれほど驚かされ、どれだけの後悔を生涯にわたって抱くことになるのか。

「いっしょに暮らしたいって――」

言葉で咽喉をこじ開けるようにして、夏都は声を押し出した。

「そう言えばいいじゃないの。自分といっしょにいてくれって言えばいいじゃないの」

押し出された言葉はつぎの言葉を引き出した。

「帰ってきてって言えばいいじゃない！　寂しいって言えばよかったじゃない！」

智弥は疲れ切ったように首を横に振った。

「……できないよ」

「どうして」

智弥の頭がゆっくりと前へ傾き、しぼんでいく植物のように、スタッフジャンパーの胸に顎が近づいていく。

「できないんだよ、夏都さん」

「智弥ー」

離れた場所から冬花が呼んでいる。

「ねえ夏都さん」

そばにあったテナントの店先で、何か見つけたらしく、冬花はそちらを見ながら後ろ手で智弥に手招きをしている。

「夏都さん、助けてほしいよ」

「智弥ー」

作文の中に四度も書いていた「助ける」という言葉を——六年生のとき、きっと自分を納得させるために繰り返し書いたのであろうその言葉を、いま智弥は初めて口にしていた。夏都といっしょに暮らしたこの半年間で、初めて。

「こんなはずじゃなかったんだよ。寂しさだって、哀しさだって、ほんの少しだと思ってた。ちょっと困らせてやりたいって、最初はそんな気持ちがあっただけだった。なのに僕、気がついたら——気がつくたびに——」

「智弥ー？」

智弥は腰を上げた。そのまま母親のほうへ向かって歩き出し、しかし途中で立ち止まって夏都を振り返る。知らない場所に放り出された、もっと幼い子供のようだった。左右に垂らした両手がだんだんと握られていき、何か強い痛みに耐えるように、身体が強ばった。声にならない肉声が全身から放たれていた。いままでずっと本人にしか聞こえていなかった、悲痛な声が、いくつもまじり合いながら、夏都の耳にも聞こえていた。

自分の身体につながっていた糸を断ち切るように、智弥は顔をそむけた。

母親のほうへ向かってふたたび歩き出すその背中は、五日前に見たカグヤの背中と同じだった。まるで周囲の風景がこちらに向かって流れているように、智弥の姿は夏都の視界の中心にはっきりと、固定された物体のように映っていた。心が、まるで内臓のように痛かった。その痛みごと、夏都は長椅子から立ち上がった。まざり合った言葉がつぎつぎ咽喉へ突き上げてくる。夏都は両足を交互に踏み出しながら、自分と智弥が過ごした時間を、冬花と智弥が親子である時間を、人が人に向ける愛情を信じようと思った。信じたかった。

解説

間室道子

道尾秀介さん初の週刊誌連載作品であり、初の女性を主人公にした作品、と初めてづくしの本書だが、驚くことがいっぱいあった。

まずは女ごころのとらえ方。男性作家の書く女ごころって、男が女にそう思っていてほしいこと、男にとっての好都合、希望、押し付け、妄想（！）であることが多いのだけど、「道尾さんは男性なのになぜこれがわかる!?」と仰天する女性読者が多発していると思う。

主人公の夏都は32歳。デザイナーである夫の望みは移動車でランチを販売して生計を立てることで、夢追い人の彼は事務所を退社。そしてさあこれからだという時、若い女と浮気。あげくの果てにこの人と一緒になりたいと言い出した。夏都は夫をぶん殴ってマンションから追い出しさっさと離婚。彼女に残ったのは納車されたランチワゴンと車の改造にかかった借金であった。

意地と、夫の夢につきあううちに自身で感じ始めた強い魅力のために、夏都は一人で車のローンを引き受け、ランチ販売を軌道に乗せようとしている。そのうえ、小児医療が遅れている国を助けるため世界のあちこちに赴任し、今はパプアニューギニアにいる姉の中二になる息子・智弥を半年前から預かっている。リアルな友達の姿は見えず、ひまさえあればノートパソコンに向かっているクールな甥っ子とのなかなかの距離感と、楽ではない家計。夏都はめげずにその日の出来事、仕事の愚痴を智弥にしゃべりまくり、実はそこそこある彼の気遣いに、あとで気づいてしんみりする。ようするに夏都は頑張り屋さんなのだ。

物語は夏都と智弥、塾の先生・菅沼（数学教師としては優秀だが外見と内面は老けて疲れた『ウォーリーをさがせ！』のウォーリー）、美少女アイドル・カグヤ（カラフルなかつら、微かな微笑み）、彼女の親衛隊４人（推して知るべし、オタクのみなさん）といった個性的なキャラクターが、カグヤの姉である有名女優の昔のスキャンダルをもみ消すため奔走。展開を追いながら、読者は「道尾眼」のするどさに目を見張ることになる。

たとえばある日、夏都の移動ワゴンに元夫の浮気相手が来て、自分が何者であるかをわざわざ名乗り、こんにゃくサラダを買っていった。二日後、女が仕事でいない時間帯を見計らって、夏都は初めて元夫が今いるアパートを突撃訪問。彼に売れ残りのロコモコ丼とシャケのおにぎりを突き付けたのであった。彼女はなぜ、そんなことをしたのか？

女が店に来たことへの復讐か、今は無職の元夫に私のランチ稼業は継続してると言いたかったのか。違う。会いに行った根底にあったのは「浮気相手が予想してたより不美人だったから」。きゃー！

男性読者はキョトーン、あるいは女の意地の悪さに震撼であろう。女性は「図星。それにしても道尾さん、よくおわかりね」とおののいているであろう。夏都は「お前が逃した魚はこんなに美人で、お前がつまらない浮気で捨てたお前自身の夢をちゃくちゃくと実現させてる人間なんだぞ」と見せつけたかった。そうすることで立て直したいのは元夫との関係ではなく、自分は明日も大丈夫で、これからもやっていけるんだという気持ち……。うなずく女性は多いはず。

夏都を「頑張り屋さん」と書いたが、女の人って何と戦っているのかよくわかってないまま頑張ることが多い。ビジネス書のタイトルに顕著だが、男性たちの努力のしどころって「なになに力」「何円貯めて何を買え」「こういう奴とはつきあうな」など、やり方とゴールと敵が見えているし、達成か未達かの基準もはっきりしてる。ある意味単純。でも女性は、身の置き場とココロの置き場がちがう。「イニシアチブを取りながらも守ってもらいたい」「行動の支えとしてプライドがあるはずなのに、プライドを持ち続けること自体が生活の目的になってしまっている」など複雑。男性陣にとっては「面倒くせえ！」の一言かもしれないが、自分で自分がわからない、と吐露する夏都はいとおしい。

道尾さんの書き方もうまい。男性作家が女性の褒められたもんじゃない行いや心理を書くとき「だから女はダメなんだ。わかるでしょ、男性諸氏よ」と男の共感狙いでいくと、たいていいやらしくなる。なぜなら相手のいたらなさを、体と声がデカい者たちがつるみ、上からにやにや見下ろすとき、そこにあるのは女の愚かさではなく男のしょうもない優越感だから。

でも、道尾さんは女ごころのアンダーな部分を夏都に寄り添いながら浮上させる。己の面倒くささを夏都がどうやって知るかが重要で、意外な人物に指摘されるのか、自分自身で気付くのか。驚きは目を覚まさせてくれるし、後悔は相手に何かしてあげたい気持ちに転じる。生な女の部分があらわになるたび、ベタつくどころか夏都はまたひとつ前に進んだな、と思えるのは、こういう丁寧さがあってこそ。

また男性読者も、まさかの人物からセクハラされた夏都のダメージ、夏都と同じエリアでランチワゴンを切り盛りしている女性がヘアスタイルをボブにしている理由などを読むうち、女ごころのやっかいさは彼女たちが置かれている状況の困難や厳しさから来てるんだ、とわかり、苦しみやささやかな矜持に共感できると思う。

道尾眼の発揮は女性たちに限らない。アイドル・カグヤの4人の親衛隊についてもすごいのだ！

柚木麻子さんの小説『マジカルグランマ』で知ったことだが、現代のアメリカ映画界では、白人を助けるためだけに登場する都合のいい黒人キャラクターをあえて差別用語を使って「マジカルニグロ」と呼び、作品を批判するそうだ。思えば小説に登場するオタクって「ダサくて奇妙な人たちが主人公を助けるため物語のいいところで秘めた力を発揮する」という設定が多い。言わば「マジカルオタク」。

本書のオタクたちはちがう。中の一人は女性だが、道尾さんは彼女を「それほど肥っているわけではないのだが、眼鏡のつるがこめかみのあたりにぐっと食い込んでいた」と描写し、そののち「塩分の摂り過ぎなのだろうか」とつけ加える。容姿の一点に注目することで彼女の全体像を立ち上がらせ、生活習慣を匂わせる。読者は彼女の朝から深夜の様子まで、想像できるだろう。道尾さんの冷静でシンプルなまなざしに揶揄や見くだしはなく、一点に懸けてまるごとに迫るんだ、という作家の気迫がうかがえる。

また、美少女ロングTシャツにスリムジーンズ姿の長身長髪オタク男性が、ヴィトンのクラッチバッグを持ったとたん「お洒落上級者の変わったTシャツコーデに見えた」という展開にもうなる。たしかにオタクの独特感は、ファッションにおける「あえての」に通じるかも！と膝を打つ人がたくさんいるだろう。4人のオタクには都合のいい力はない。ただ生身のオタクとしてそこにいることで、物語を厚くする。これは対象に深いまなざしを注ぎ、すぐそこにあった未知を引き出してくる道尾眼。これは作家という人種の真骨頂だと思う。

初の週刊誌連載、初の女性主人公に続く初は、タイトルが見慣れぬカタカナ語であること。単行本刊行時に道尾さんにお目にかかる機会があり聞いたところ、「古谷実さんの漫画『シガテラ』に影響されました。ファンはみんな「シガテラってなんだ」と思いながら読むんだけど、初回から最終回までほぼ説明はないんです。かっこいいなと思っていて、いつか自分の作品でやってみたかった」とのこと。で、みなさん、ここで辞書やスマホを取り出し「staph」を調べて震えるでしょう。

本書の中でも言及はサラリ。「気づけばこんなところに！」はこの単語そのものだ。『スタフ staph』は心の食中毒を描いているのだ。登場人物の誰もが、すぐさま対処すれば無害だったのに放っておいたため毒に変化し、手に負えなくなったものを抱えている。ある人は会社の上からも下からも腕がいいと褒められ、期待に応えようとブレーキをかけることなく仕事をしていたら、ある日突然会社に行けなくなった。ある人は一家の栄光の思い出を台無しにしたくなくて、一人でやっかい物を処分し内緒にしていた。でも「打ち明けていればこんなことには！」がその後続出。夏都だってそうだ。

まじめであること、弱音を吐かないこと、独学で才能に目覚めること、感情に流されずにふるまうこと。私たちが身に付けた強みはどうしてある日、弱点になってしまうのだろう。私たちはなぜ、自分の人生を守る武器だったものを他人を傷つける凶器として使ってしまうのだろう。私たちはいつから、だいじな人がどれだけ自分のために傷つき、耐えてくれるかで、愛を計ろうとしていたんだろう。

「テレビに映っていたもの」「その場にいなかったはずの人がなぜか知っていたこと」など、ミステリーとしての伏線と回収に「ヤラレタ！」と歯ぎしりする一方で、心理描写の意味に心揺さぶられる。10歳まで英語圏で暮らし、テストはいつも満点で成績表もオール◎の智弥だが、彼が英語をしゃべれるかどうか、母親が知らないということ。夏都への好意から不器用な作戦を立ててぎくしゃくと話しかけてくるのがミエミエの菅沼に、彼女が「菅沼先生は、悪いことを考えたりする人ですか？」「卑怯な手を使って女の人をどうこうしようとか」「ちょっとした嘘とか、軽い感じの作戦を事前に立てておくとか」と突っ込んだとき、彼が顔面蒼白になった理由。これらの意味するものは、ほんとうに悲しい。

物語には「黒幕」がいるのだ。その正体とこんなことをしでかした理由に誰もが打ちのめされ、ラストシーンは登場人物も読者も立ち尽くすしかない。でも、彼らは間に合ったんだ、と思いたい。黒幕は少なくとも夏都の前で叫ぶことができたのだ。思い出すたび涙があふれ、毒に心蝕まれて生気のない人生をおくることなく、前進していけるチャンスをこの人は得た、と考えたいのである。夏都についてもそう。この騒動にかかわった人たち全員で、彼女を長年の屈託から解放したんだ、と思いたいのである。間に合ったんだよね、間に合ってくれ、間に合え！という心の悲鳴は、いつしか祈りになる。

道尾眼は、現実を物語に引き込むときだけでなく、自作の登場人物を眺めるときにも発動できるはず。道尾さん、いつか黒幕と夏都の5年後10年後を書いてください。お願いします。

（書店員・代官山 蔦屋書店）

初出　「週刊文春」二〇一五年八月一三・二〇日号〜二〇一六年六月二日号
単行本　二〇一六年七月　文藝春秋刊

文春文庫

スタフ staph

定価はカバーに
表示してあります

2019年 9 月10日　第 1 刷

著　者　道《みち》尾《お》秀介《しゆうすけ》
発行者　花田朋子
発行所　株式会社 文藝春秋

東京都千代田区紀尾井町 3-23　〒102-8008
TEL 03・3265・1211(代)
文藝春秋ホームページ　http://www.bunshun.co.jp

落丁、乱丁本は、お手数ですが小社製作部宛お送り下さい。送料小社負担でお取替致します。

印刷・凸版印刷　製本・加藤製本
Printed in Japan
ISBN978-4-16-791345-8

（　）内は解説者。品切の節はご容赦下さい。

さよなら神様
麻耶雄嵩
「犯人は○○だよ」。鈴木の情報は絶対に正しい。やつは神様なのだから。冒頭で真犯人の名を明かす衝撃的な展開と後味の悪さが話題の超問題作。本格ミステリ大賞受賞！　（福井健太）
ま-32-2

デフ・ヴォイス　法廷の手話通訳士
丸山正樹
荒井尚人は生活のため手話通訳士になる。彼の法廷通訳ぶりを目にし、福祉団体の若く美しい女性が接近してきた。知られざるろう者の世界を描く感動の社会派ミステリ。　（三宮麻由子）
ま-34-1

誰か　Somebody
宮部みゆき
事故死した平凡な運転手の過去をたどり始めた男が行き当たった、意外な人生の情景とは――。稀代のストーリーテラーが丁寧に紡ぎだした、心を揺るがす傑作ミステリー。　（杉江松恋）
み-17-6

名もなき毒
宮部みゆき
トラブルメーカーとして解雇されたアルバイト女性の連絡窓口になった杉村。折しも街では連続毒殺事件が注目を集めていた。人の心の陥穽を描く吉川英治文学賞受賞作。　（杉江松恋）
み-17-9

ペテロの葬列　（上下）
宮部みゆき
「皆さん、お静かに」。拳銃を持った老人が企てたバスジャック。呆気なく解決したと思われたその事件は、巨大な闇への入り口にすぎなかった――。杉村シリーズ第三作。　（杉江松恋）
み-17-10

楽園　（上下）
宮部みゆき
フリーライター・滋子のもとに舞い込んだ、奇妙な調査依頼。それは十六年前に起きた少女殺人事件へと繋がっていく。進化し続ける作家、宮部みゆきの最高到達点がここに。　（東　雅夫）
み-17-7

ソロモンの犬
道尾秀介
飼い犬が引き起こした少年の事故死に疑問を感じた秋内は動物生態学に詳しい間宮助教授に相談する。そして予想不可能の結末が！　道尾ファン必読の傑作青春ミステリー。　（瀧井朝世）
み-38-1

（　）内は解説者。品切の節はご容赦下さい。

花の鎖
湊　かなえ
元英語講師の梨花、結婚後に子供ができずに悩む美雪、絵画講師の紗月。彼女たちの人生に影を落とす謎の男K……。三人の女性たちを結ぶものとは？　感動の傑作ミステリ。（加藤　泉）
み-44-1

望郷
湊　かなえ
島に生まれ育った私たちが抱える故郷への愛、憎しみ、そして憧憬……屈折した心が生む六つの事件。日本推理作家協会賞・短編部門を受賞した「海の星」ほか全六編を収める短編集。（光原百合）
み-44-2

運命は、嘘をつく
水生《みずき》大海《ひろみ》
夢に出てきた男に焦がれる月子。親友・小夜は危うい月子を心配するが……。フレンチ・ミステリーを思わせる大胆な展開と仕掛けがあなたを誘う。初野晴による特別〝解説〟短篇つき。
み-51-1

推定脅威
未須本有生
自衛隊航空機TF-1が二度にわたり墜落。機体を製造した四星工業の技術者・沢本由佳は事故原因に疑問を抱き独自に調査を始める。松本清張賞受賞の航空サスペンス。（小森健太朗）
み-53-1

ターミナルタウン
三崎亜記
かつてターミナルだった駅をほぼすべての電車が通過するようになり衰退した静原町——鉄道を失った鉄道城下町は再興できるのか。全く新しい町興しが始まる。（伊藤氏貴）
み-54-1

深海の夜景
森村誠一
妻を亡くした老人、路上生活者へと転落した若者、母子強姦殺人事件の遺族と犯人、大震災発生時に居あわせた男女など現代社会に生きる人々の心に灯る光を描く七篇。（成田守正）
も-1-25

警視庁組対五課 大地班　ドラッグ・ルート
森田健市
薬物捜査を手掛ける警視庁組対五課大地班に内部告発でもたらされた秘密の取引情報。それは、罠と裏切りで血塗られた悲劇の序章にすぎなかった——疾走感溢れる本格警察小説の誕生！
も-28-1

（　）内は解説者。品切の節はご容赦下さい。

山口恵以子
月下上海
昭和十七年。財閥令嬢にして人気画家の多江子は上海に招かれたが、過去のある事件をネタに脅される。謀略に巻き込まれた彼女の運命は……。松本清張賞受賞作。（西木正明）
や-53-3

柳　広司
シートン探偵記
〝狼王ロボ〟追跡中に起きた殺人。盗難の疑いをかけられたカラス。『動物記』で知られるシートン氏は名探偵でもあった。動物にまつわる謎を解く心優しいミステリ短編集。（今泉吉晴）
や-54-4

薬丸　岳
死命
若くしてデイトレードで成功しながら、自身に秘められた殺人衝動に悩む榊信一。余命僅かと宣告された彼は欲望に忠実に生きると決意する。それは連続殺人の始まりだった。（郷原　宏）
や-61-1

矢月秀作
刑事学校
大分県警刑事研修所・通称刑事学校の教官である畑中圭介は、小中学校時代の同級生の死を探るうちに、カジノリゾート構想の闇にぶち当たる。警察アクション小説の雄が文春文庫初登場。
や-68-1

横山秀夫
陰の季節
「全く新しい警察小説の誕生！」と選考委員の激賞を浴びた第五回松本清張賞受賞作「陰の季節」など、テレビ化で話題を呼んだ二渡が活躍するD県警シリーズ全四篇を収録。（北上次郎）
よ-18-1

横山秀夫
動機
三十冊の警察手帳が紛失した――。犯人は内部か外部か。日本推理作家協会賞を受賞した迫真の表題作他、女子高生殺しの前科を持つ男の苦悩を描く「逆転の夏」など全四篇。（香山二三郎）
よ-18-2

横山秀夫
クライマーズ・ハイ
日航機墜落事故が地元新聞社を襲った。衝立岩登攀を予定していた遊軍記者が全権デスクに任命される。組織、仕事、家族、人生の岐路に立たされた男の決断。渾身の感動傑作。（後藤正治）
よ-18-3

（　）内は解説者。品切の節はご容赦下さい。

横山秀夫
64（ロクヨン）（上下）
昭和64年に起きたD県警史上最悪の未解決事件をめぐり刑事部と警務部が全面戦争に突入。その狭間に落ちた広報官三上は己の真を問われる。ミステリー界を席巻した究極の警察小説。
よ-18-4

米澤穂信
インシテミル
超高額の時給につられ集まった十二人を待っていたのは、より多くの報酬をめぐって互いに殺し合い、犯人を推理する生き残りゲームだった。俊英が放つ新感覚ミステリー。（香山二三郎）
よ-29-1

吉永南央
萩を揺らす雨　紅雲町珈琲屋こよみ
観音さまが見下ろす街で、小さなコーヒー豆の店を営む気丈なおばあさんのお草さんが、店の常連たちとの会話がきっかけで、街で起きた事件の解決に奔走する連作短編集。（大矢博子）
よ-31-1

吉永南央
その日まで　紅雲町珈琲屋こよみ
北関東の紅雲町でコーヒーと和食器の店を営むお草さん。近隣で噂になっている詐欺まがいの不動産取引について調べ始めると、因縁の男の影が……。人気シリーズ第二弾。（瀧井朝世）
よ-31-3

吉永南央
名もなき花の　紅雲町珈琲屋こよみ
新聞記者、彼の師匠である民俗学者、そしてその娘。十五年前のある〈事件〉をきっかけに止まってしまった彼らの時計の針を、お草さんは動かすことができるのか？　好評シリーズ第三弾。
よ-31-4

吉永南央
糸切り　紅雲町珈琲屋こよみ
紅雲町のはずれにある小さな商店街「ヤナギ」が改装されることになった。だが関係者の様々な思惑と〈秘密〉が絡み、計画は空中分解寸前に――。お草さんはもつれた糸をほぐせるか？
よ-31-6

吉永南央
オリーブ
突然、書き置きを残して消えた妻。やがて夫は、妻の経歴が偽りで、二人の婚姻届すら提出されていなかった事実を知る。女は何者なのか。優しくて、時に残酷な五つの「大人の嘘」。（藤田香織）
よ-31-2